Dunja M. Pechner

Noch nicht mal alleinerziehend

Dunja M. Pechner

Noch nicht mal alleinerziehend

Roman

TAG&
NACHT

MIX
Papier aus verantwortungsvollen Quellen
FSC® C014496

Verlagsgruppe Random House FSC-DEU-0100
Das für dieses Buch verwendete
FSC®-zertifizierte Papier *Pamo House*
liefert Arctic Paper Mochenwangen GmbH.

1. Auflage

Satz: Uhl + Massopust, Aalen
Druck und Bindung: GGP Media GmbH, Pößneck
Printed in Germany
ISBN 978-3-442-83003-9

www.tagundnacht-verlag.de

Für Micky, Sanni und die nächste Generation –
Maximilian, Julius, Tristan und Eva.
Und natürlich allen Frauen, die zuweilen über die
großen Entscheidungen im Leben an ihre Grenzen,
oder die der Gesellschaft, stoßen – so oder so.

Sie griff ihre Jacke und eilte zur Tür, während sie eigentlich noch damit beschäftigt war, auch den rechten Lammfellstiefel anzuziehen.

»Mmmmann«, motzte sie, bevor sie das Gleichgewicht verlor und mit voller Wucht gegen die Wand kippte.

»Autsch! Autsch! Autsch! Sch... Autsch!« Nora rieb sich ihren linken Ellenbogen und die Schulter. Am liebsten würde sie jetzt heulend einfach hier auf dem Fußboden hocken bleiben. Aber dafür war keine Zeit. Ein Blick auf die Uhr sagte ihr, dass sie eigentlich in vier Minuten bei ihren Eltern sein müsste, um pünktlich zum Essen zu erscheinen. Also rappelte sie sich auf, rannte die Treppe hinunter, raus auf die Straße und zu ihrem Auto. Sie schmiss ihre Sachen auf den Beifahrersitz, sprang hinters Lenkrad und drehte den Zündschlüssel. Zögerlich tuckernd meldete sich der Motor ihres blauen Mini, Baujahr 1985.

»Na komm schon, Hase. Lass mich nicht hängen. Nicht jetzt«, sagte sie beschwörend und streichelte über das Lenkrad. Der Mini antwortete nach einer kurzen Phase des Warmwerdens mit dem vertrauten Motorengeräusch. Mittlerweile war es 13 Uhr – jetzt ging es nur noch darum, mit wie viel Verspätung sie ihr Elternhaus in Bergisch Gladbach, 25 km östlich von Köln, erreichen würde.

Jede Woche derselbe Stress, dachte sie verärgert. Warum konnte sie nicht einmal pünktlich aufstehen und in Ruhe das

Haus verlassen?, fragte sie sich, als sie auf die Autobahn fuhr. Vielleicht hätte es geholfen, wenn sie mehr als vier Stunden geschlafen hätte. Wenn sie vergangene Nacht um vier nach Hause gegangen wäre, anstatt vorzuschlagen, noch weiterzuziehen und die Nacht erst beim Frühstück in den Markthallen ausklingen zu lassen. Nora grinste. Blödsinn! Das hätte sie heute noch viel mehr bereut. Um nichts in der Welt hätte sie auch nur eine Sekunde dieser Nacht versäumen wollen.

Der Samstag gehörte in Noras Familie der Familie. Das war ein ungeschriebenes Gesetz und hatte Tradition bei den Leinenmachers. So wie Geburtstage, Namenstage, Hochzeitstage, Weihnachten und Ostern! Der Samstag war ihnen allen heilig! Um 13 Uhr traf sich die ganze Familie bei Noras Eltern zum Mittagessen. Noras älterer Bruder Johann erschien pünktlich mit seiner Frau Karin und den beiden Kindern Marc, acht Jahre alt, und Mina, sechs. Ebenso pünktlich war Noras kleine Schwester Sophie samt Charles, ihrem irischen Mann, und Jules, dem zweijährigen Sohn. Nora stieß erfahrungsgemäß immer zu spät dazu – auch das hatte Tradition. Und egal, was Nora auch versuchte, es schien eine für sie unlösbare Aufgabe, samstags wenigstens einmal – wie alle anderen auch – um eins zu erscheinen. Diesmal parkte sie ihren Wagen mit 30-minütiger Verspätung vor ihrem Elternhaus.

Augenblicklich flogen die Gardinen am Küchenfenster des Fachwerkhauses zur Seite, und Noras Mutter tippte mit strengem Gesicht mahnend auf ihre Armbanduhr. Im selben Moment öffnete sich die Haustüre und offenbarte ihren vorwurfsvoll dreinschauenden Vater. Nora atmete tief durch. Ausreden waren heute zwecklos: Sie trug kein Make-up, und die letzte Nacht hatte tiefe Spuren hinterlassen. Sie sah aus wie eine »Sumpfeule«. So bezeichnete ihre Mutter Nora immer dann, wenn rote, kleine Augen, untermalt von dunklen Augenringen, in einem verquollenen, übermüdeten, leicht grauen Gesicht darauf hindeuteten, dass ihr mittleres Kind sich mal wieder »in der Nacht verloren« hatte. Noras dunkelblonde Locken waren außerdem noch nass. Ein klares Zeichen dafür, dass sie es erst in letzter Minute geschafft hatte, noch schnell unter die Dusche zu springen. Kurz: Ihr ganzer Zustand lieferte eine Armee von sicheren Indizien für die Sumpfeulen-Theorie.

»Kind«, rief ihr Vater, als sie, bepackt mir ihren Sachen, umständlich aus dem Auto kletterte. »Wann kaufst du dir endlich ein richtiges Auto?! Ich denke jedes Mal, du kommst mit dem Trecker vorgefahren!«

»Papa, ich freue mich auch, dich zu sehen«, entgegnete sie und schloss das Gartentor ordnungsgemäß hinter sich.

»Nun komm schon! Du bist spät! Das Essen wird kalt!«

An der Haustür umarmte sie ihren Vater und drückte ihm einen Kuss auf den Mund, ehe sie fragte: »Bin ich etwa die Letzte?« Eine rein rhetorische Frage. Natürlich.

Ihr Vater lachte – irgendwo zwischen verärgert und amüsiert. »Jetzt komm erst mal rein!« Im Flur nahm er ihr Jacke und Tasche ab und geleitete sie linker Hand ins Esszimmer – als wäre sie noch nie hier gewesen. Das machte er immer so.

»Ich hoffe, du hast eine gute Ausrede, du bist viel zu…« Ihre Mutter stockte, als Nora das Zimmer betrat. »Nora! Wie siehst du denn aus?«

»Mama!«

»Kommst du vom Sport oder lebst du jetzt aus der Altkleidersammlung?«

»Mama, das trägt man jetzt so«, rechtfertigte Nora ihre

blaugrüne und zudem – wie sie fand – extrem stylische Jogginghose. »Und außerdem ist die super bequem.«

»Papperlapapp, das ist eine Turnhose! Und was sind das für Schuhe?«

»Könnten wir dann jetzt essen?«, unterbrach ihr Vater die aufkeimende Auseinandersetzung.

»Natürlich, wenn es noch genießbar ist«, stichelte ihre Mutter und entschwand Richtung Küche.

Nora setzte sich an den Tisch, auf dem heute Mutters bestes Porzellangeschirr stand. Weiß, mit einem 558-Goldrand. Ihr Aussteuergeschirr – ein Erbstück ihrer Mutter, die es von ihrer Mutter hatte, die wiederum von ihrer und so weiter... Das packte Noras Mutter eigentlich nur zum Hochzeitstag oder zu Ostern aus. Beim Anblick des Geschirrs wurde Nora heiß und kalt. Dann heiß und schlecht. Hatte sie etwa den Hochzeitstag ihrer Eltern vergessen? Auch wenn sie immer noch nicht verstanden hatte, warum ihre Eltern diesen Tag nicht ganz alleine, irgendwo an einem romantischen Ort, nur für sich feierten, vergaß sie normalerweise nie den höchsten Familienfeiertag. Außerdem war der Tisch nur für drei Personen gedeckt.

»Wo sind denn die anderen?«, fragte Nora.

»Später«, sagte ihr Vater und zwinkerte ihr geheimnisvoll zu.

Noras Mutter kam mit dem Essen zurück. »Weil wir heute nur zu dritt sind, habe ich dein Lieblingsessen gekocht – Königinnen-Pastete!«

Nora verstand dies als Friedensangebot und verkniff sich den Kommentar, dass sie seit drei Jahren kein Fleisch mehr aß. Sie lächelte. »Und du hast gleich noch zum guten Geschirr gegriffen – oder habe ich etwas verpasst?«

»Bestimmt«, flötete ihre Mutter. »Aber jetzt iss erst mal. Du siehst aus, als hättest du es bitter nötig. Warst du letzte Nacht aus?«

»Ein bisschen«, sagte Nora und stocherte in ihrer Pastete mit den glitschigen rosa Fleischstückchen.

»Ein bisschen viel oder ein bisschen lange?«

»Keine Ahnung, ein bisschen halt.«

»Und was macht die Arbeit?«, fragte ihr Vater.

»Papa, ich arbeite doch gerade gar nicht. Ich nehme mir eine Auszeit!«

Im Januar hatte Nora, die bis dahin als Imageberaterin gearbeitet hatte, ihren Job geschmissen. Drei Monate sollte ihre Auszeit dauern. Einfach mal nichts tun, in den Tag hineinleben, Freunde treffen, sich neu orientieren und herausfinden, was sie mit ihrem Leben in Zukunft anfangen wollte – das war ihr Plan. Denn sie war müde. Müde, Klienten zu sagen, wann sie wie besser rüberkommen, welche Kleidung zu welchem Anlass und welches Statement zu welcher Frage passt. Es hatte sie immer mehr Anstrengung gekostet, über Gestik, Mimik und Körpersprache zu referieren oder mit ihren Klienten zu allen möglichen Events um die Welt zu reisen. Nach und nach hatte das alles für Nora an Sinn verloren. Sie war einfach nicht mehr glücklich gewesen! Ihre Eltern hatten sowieso nie verstanden, was sie da machte. Ihr Vater, da war Nora sich sicher, ging eher davon aus, dass sie für einen internationalen Escort-Service arbeitete. So wie er das verstand, flog Nora mit irgendwelchen – angeblich – berühmten Menschen irgendwo hin, um sich dann bei Veranstaltungen mit denen hinter der Bühne rumzutreiben, in der für ihn äußerst zweifelhaften »Backstage-Area«. Oder sie lief mit denen über irgendeinen roten Teppich oder machte sonst was mit diesen Leuten.

»Schatz, wie heißt das noch mal, was du da machst?«, hatte er sie zu Beginn ihrer Karriere gefragt.

»Ich bin Imageberaterin, Papa.«

»Macht man da eine Lehre, oder wie wird man das?«

»Ich bin da über den Journalismus reingerutscht, das weißt du doch!«

»Also, keine Ausbildung nötig, ja?! Mmmmh...«, hatte er geantwortet. »Und was macht ihr da noch mal genau – in diesem ›Stage‹?«

»Wir warten, bis meine Klienten Interviews geben oder Auftritte haben.«

»Und was ist deine Rolle dabei?«

»Ich koordiniere die Abläufe, bin Ansprechpartnerin für die Medien oder Veranstalter, berate meine Klienten und betreue sie«, erklärte Nora.

»In irgendwelchen dunklen Garderoben?«

»Die ganze Zeit über, Papa!«

Danach hatte er sie nie wieder gefragt. Für ihn war klar: Nora hatte keinen Beruf. Nicht wie ihr Bruder, der in einer Rechtsanwaltskanzlei arbeitete. Oder wie ihre Schwester, die mit ihrem Mann ein Schreibwarengeschäft betrieb. Nora bot in seinen Augen eher eine Art Serviceleistung an, für die man keine Ausbildung brauchte. Eine für ihn höchst mysteriöse Sache, über die er keinesfalls mehr wissen wollte.

»Und was willst du jetzt machen?«, fragte er.

»Das weiß ich noch nicht, deshalb gönne ich mir ja diese Auszeit!«

»Ja, drei Monate wolltest du dir gönnen! Jetzt ist schon April«, bemerkte ihre Mutter.

»Der 10. April!«, konterte Nora und lächelte ihre Mutter an.

Doch ihr Vater ließ sich nicht so schnell abspeisen: »Aber du kannst doch nicht einfach nichts tun. In diesen Zeiten. Du hast doch auch ganz gut verdient mit diesem …«

»Deshalb kann ich es mir ja auch leisten, mal nichts zu tun«, unterbrach ihn Nora. »Eltern, wollt ihr das jetzt wirklich zum hundertsten Mal mit mir diskutieren?«

»Nein, Kind! Es ist ja dein Leben. Wenn du meinst, es ist jetzt an der Zeit herauszufinden, was du einmal werden willst, wenn du groß bist – bitte! Du wirst schon wissen …«

»Eben. Danke, Mama.«

Zeit, das Thema zu wechseln, dachte sie, während sie überlegte, ob sie ihre Mutter für diese Spitzen hassen oder bewundern sollte.

»Also, Leute, lüftet endlich das große Geheimnis. Was habe ich verpasst? Und wo stecken Johann und Sophie samt ihrer Höllenbrut?« Nora liebte ihre Nichte und ihre Neffen, aber noch mehr liebte sie es, ihre Eltern mit solchen Bemerkungen zu provozieren. Doch heute erhielt sie nicht die übliche Reaktion. Ihre Eltern strahlten um die Wette.

»Also«, begann ihre Mutter und tupfte sich bedeutungsschwanger den Mund mit ihrer Serviette ab. »Jo ist am Mittwoch ganz spontan von der Firma nach Paris eingeladen worden – mit der ganzen Familie! Weil er einen ganz wichtigen Mandanten an Land gezogen hat. Und Sophie fühlt sich heute nicht so …«

»Deine kleine Schwester ist wieder schwanger«, platzte es aus ihrem Vater raus.

»Sind das nicht tolle Neuigkeiten?!«, rief ihre Mutter mit glänzenden Augen.

»Ganz tolle Neuigkeiten«, freute sich Nora aufrichtig.

»Eigentlich wollten sie es dir selbst erzählen. Aber das

hat ja wohl nicht geklappt«, sagte ihre Mutter leicht vorwurfsvoll.

Nora verzog das Gesicht. Sowohl ihr Bruder als auch ihre Schwester hatten in der vergangenen Woche versucht, sie zu erreichen – Nora hatte beide bis jetzt noch nicht zurückgerufen. »Weiß Sophie schon, was es wird?«, fragte sie neugierig.

»Wieder ein Junge«, antworteten ihre Eltern im Chor und voller Stolz.

Ihre Mutter stand auf, räumte den Tisch ab, küsste ihren Mann im Vorbeigehen auf den Kopf und die langsam weniger werdenden braunen Haare. Sie machte sich auf, den Nachtisch zu holen.

»Da müssen wir gleich drauf anstoßen. Ich habe extra eine ganz tolle Flasche Champagner kalt gestellt«, sagte ihr Vater mit feierlicher Stimme. Dann wurde es still zwischen Vater und Tochter. Leise begann er mit den Fingerspitzen auf dem Tisch zu trommeln, während er seine Tochter betrachtete. Erst ganz langsam und leise, dann immer schneller und mit Nachdruck. Nora ahnte nichts Gutes. Es konnte sich nur noch um Sekunden handeln, ehe er das nächste existentielle Thema anschneiden würde.

Drei … zwei … eins: »Und? Gibt es bei dir etwas Neues?«, fragte er zögerlich.

»Du meinst, ob ich auch schwanger bin?«, feixte Nora.

»Nora!«

»Papa!«

»Man wird ja wohl noch mal fragen dürfen.«

»Papili, wenn ich jetzt schwanger wäre, dann würden wir alle in kürzester Zeit reich und berühmt werden. Zumindest ich. Der Papst würde mich wahrscheinlich heiligsprechen, Kirchen würden nach mir benannt und ich hätte meine eigenen Fanartikel. Poster, Kaffeetassen, Bettzeug, Schmuck, T-Shirts – vielleicht sogar eine ganze Modelinie … Auf jeden Fall würden sie Holzstatuen nach mir schnitzen und Bilder von mir malen. Am Ende müsstest du noch zu mir beten.«

Ihr Vater schaute sie entsetzt und ungläubig an. Nora lachte laut auf. Sie hatte richtig Spaß. Auch wenn ihre Ausführungen nicht so wirklich der Wahrheit entsprachen. Aber Nora hatte vor langer Zeit beschlossen, ihren Eltern nur dann von einem Mann zu erzählen, wenn es sich nicht mehr vermeiden ließ. Also erst dann, wenn sie wieder eine ernsthafte Beziehung hatte. Alles andere hätte ihre Eltern nur unnötig beunruhigt und die Frage auf den Plan gerufen, was um alles in der Welt sie bloß falsch gemacht hatten bei der Erziehung ihres mittleren Kindes, dass dieses ein so schamloses Leben führte. Und deshalb sprach Nora auch nicht über Affären. So ersparte sie sich weitere Verhöre.

Ihr Vater schüttelte den Kopf.

»Worüber sprecht ihr?« Ihre Mutter war zurückgekommen und verteilte Schälchen mit Vanilleeis.

»Über die unbefleckte Empfängnis«, sagte Nora immer noch lachend. »Papa wollte wissen, ob ich auch schwanger bin.«

»Das wollte ich nicht! Aber ein Freund wäre ja schon mal ein Anfang!«

»Ein Anfang? Wofür denn?«, fragte Nora und wischte sich die Tränen aus den Augen.

»Simone, jetzt sag doch auch mal etwas!«

Ihre Mutter schürzte die Lippen. Oh je. Jetzt wurde es wirklich ernst.

»Nun, wir fragen uns schon, wo das alles hinführen soll. Wir machen uns einfach Sorgen! Willst du denn ewig alleine bleiben?! In deinem Alter?«

Nora überlegte nicht lange. »Mama, Tobi und ich sind erst seit eineinhalb Jahren getrennt. Wir waren zehn Jahre zusammen! Zehn! Ich glaube nicht, dass es besorgniserregend ist, dass ich mich nicht gleich in die nächste Beziehung gestürzt habe. Oder dass dies ein Zeichen dafür ist, dass ich auf einen einsamen Lebensabend zusteuere.« Langsam wurde sie sauer. Sie hasste diese Gespräche.

Ihre Eltern allerdings wurden gerade erst so richtig warm – und Nora selbst hatte soeben den Startschuss abgefeuert. »Ich mochte den Tobi«, sagte ihr Vater fast wehleidig.

»Ja, der Tobi, der war ein so toller junger Mann«, stimmte ihre Mutter ein. »Nett, höflich, gebildet, charmant, einen ordentlichen Beruf – und so gutaussehend. Und ihr wart ein so schönes Paar. Ich habe bis heute nicht verstanden, warum du den nicht geheiratet hast.«

Nora wünschte sich weg. Weit, weit weg. »Weil wir nicht mehr verliebt waren. Und außerdem will ich gar nicht heiraten, das wisst ihr doch.«

»Nora, bei aller Liebe, aber ich verstehe dich einfach nicht. Woher hast du nur diese Aversion gegen das Heiraten? Dein Vater und ich sind seit 39 Jahren verheiratet ...«

Nora holte tief Luft, bevor sie ihrer Mutter ins Wort fiel. »Stopp! Stopp, Mama! Nicht heute! Bitte! Ich bin müde. So richtig müde und langsam echt genervt. Können wir uns nicht einfach freuen? Schließlich haben wir etwas zu feiern. Also lasst uns ganz schnell diese Flasche Champagner köpfen und auf Sophie und ihr Baby anstoßen. Und nicht über mich reden. Geht das, bitte?! O. K.?!«

Drei Stunden später saß Nora wieder in ihrem Auto auf dem Heimweg nach Köln. Sie liebte ihre Eltern. Aber Gespräche wie diese waren die Hölle – auch ohne Kater. Sie war kraftlos, ihr Kopf hämmerte, und der Champagner hatte ihren Zustand auch nicht gerade verbessert. Warum musste in dieser Familie eigentlich immer alles besprochen werden? Und warum gab es Dinge, die ihre Eltern einfach nicht hinnehmen konnten oder wollten? Es war ja nicht so, dass Nora ihre Eltern erst gestern mit ihren Ansichten wie aus heiterem Himmel vor vollendete Tatsachen gestellt hätte. Ihr Handy piepte – eine neue Nachricht, verriet das Display. Nora drückte auf O. K. und las:

Ist so schade, die Nacht war viel zu kurz. Es vergeht kein Moment, dass ich nicht an dich denk. Ich kann nicht warten, dich zu sehen. Beso M

Nora lächelte! Es gab einen Gott. Einen, mit dem sie nicht rumdiskutieren musste. Einen, dem sie nichts erklären musste, weil er sie ganz genau verstand. Er wusste, was Nora wollte und was gut für sie war. Und genau deshalb hatte er ihr letzte Nacht auch M geschickt! M wie Mariano – aus Argentinien! Nora seufzte tief und lächelte. Alles war gut, so wie es war. Punkt!

Als Nora sich die Treppen zu ihrer Zweizimmer-Altbauwohnung im dritten Stock hochschleppte, hatte sich der Zorn über ihre Eltern bereits wieder gelegt. Es war kurz nach fünf. Sie schloss ihre Wohnungstür auf, trat ein und atmete erleichtert durch. Zu Hause! Hier gab's nur sie, keine Verhöre, keine Rechtfertigungen und ausschließlich ihre Regeln.

Der Anrufbeantworter im Flur blinkte wild. Ja, Nora besaß tatsächlich noch dieses Relikt aus einem anderen, technologisch unterentwickelten Zeitalter. Diesen SMS-Terror hasste sie. Warum tippten sich die Leute auf diesen kleinen Tastaturen lieber die Finger wund, als kurz miteinander zu sprechen? Nora verstand das nicht. Ihr Handy war eher eine Anschaffung aus beruflicher Notwendigkeit gewesen. Obwohl sie diese Rund-um-die-Uhr-Erreichbarkeit grundsätzlich völlig hysterisch fand. Als Nora noch gearbeitet hatte, hatte sie feste Bürostunden, in denen ihr Handy auf Empfang war. Heute ließ sie es nicht selten stiefmütterlich im Off-Modus zu Hause liegen. Wer sie erreichen wollte, sollte es halt später noch einmal probieren. Oder eine Nachricht auf ihrem Anrufbeantworter hinterlassen, schließlich war der 24 Stunden am Tag im Einsatz. Heute hatte sie das Handy allerdings angemacht und sogar in ihre Handtasche gesteckt. Aber nur, weil sie insgeheim mit einem Anruf von Mariano gerechnet hatte. Und in diesem Fall war eine SMS ausnahmsweise sehr willkommen und gar nicht störend. Im Gegenteil – ganz süß sogar …

Das fleißige Aufflackern des Anrufbeantworters zeigte Nora an diesem späten Samstagnachmittag, dass seine Existenz durch und durch berechtigt war. Nora drückte die Play-Taste – der AB antwortete prompt mit der gewohnt blechernen Frauenstimme: »*Nachricht eins, Samstag, 10. April, 14 Uhr 24: Hey Süße, ich bin's! Wo hast du denn gestern plötzlich gesteckt? Hast mich einfach stehen lassen. Ich glaub's ja nicht. Ich hoffe, es hat sich wenigstens gelohnt. Du musst mir alles erzählen, hörst du?! Alles, ich will jedes Detail, vor allem die schmutzigen. RUF MICH AN! Sobald du das hörst! Tschüüüüüüss.*«

Nora lachte laut, als sie die Nachricht ihrer Freundin Luna hörte. Dieses verrückte Huhn. Luna war eine von Noras besten Freundinnen. Sie hatte den krassesten Humor, den Nora je bei einer Frau erlebt hatte, und dabei sah sie aus wie eine Elfe: 1,76 Meter groß, schlank, mit langen, bis zu den Hüften reichenden schwarzen Haaren und grünen Augen. Luna war wunderschön – und derb. Ein Kerl in Frauengestalt, ganz nach Noras Geschmack. Dass Luna 26 war – zehn Jahre jünger als sie selbst – spielte in ihrer Freundschaft überhaupt keine Rolle. Mit Luna teilte sie die Liebe für intensive, tiefe Gespräche und die Leidenschaft für gute, wilde und lange Partynächte. Dennoch beschloss sie, Luna bezüglich der vergangenen Nacht noch ein bisschen im Unklaren zu lassen.

»*Nachricht zwei, Samstag, 10. April, 14 Uhr 51: Hier ist Sophie! Du bist bestimmt noch bei Mama und Papa und hast schon die frohe Botschaft erhalten. Wahnsinn, oder?! Ich freue mich so, ich hoffe, du auch. Jetzt wirst du also Vierfach-Tante! Na ja, ich wollte es dir eigentlich persönlich sagen. Ich habe auch dreimal versucht, dich übers Handy zu erreichen, aber du bist nicht drangegangen. Und zurückgerufen hast du auch nicht. Aber das ist ja nichts Neues. Egal, ruf doch jetzt mal zurück! Bis dann, Nora!*«

Sophies letzte Worte verfehlten ihre Wirkung nicht – Nora überkam augenblicklich ein schlechtes Gewissen. Ihre kleine Schwester hatte wirklich oft versucht, sie zu erreichen.

»Nachricht drei, Samstag, 10. April, 15 Uhr 26: Nora, Baby, Kim hier. Wo steckst du? Ach shit, es ist ja Samstag. Du bist bestimmt bei deinen Eltern. Ich wollte nur ein bisschen quatschen. Und dich einladen, aber das erzähl ich dir dann, wenn du zurückrufst. Also, melde dich – BEVOR die Kinder ausziehen!«

Nora grinste. Kim war wirklich unmöglich. Als ob er tatsächlich in irgendeiner Form zuverlässiger wäre als sie selbst. Nora war sich sicher, dass ihre beiderseitige Unzuverlässigkeit die Basis ihrer zehnjährigen Freundschaft war. Beide waren Profis im Zuspätkommen, wochenlang nicht zurückrufen, Verabredungen in letzter Sekunde absagen oder gar ganz vergessen. Manchmal sahen sie sich monatelang nicht. Vorwürfe gab es nie, eher mal einen dummen Spruch oder Kopfschütteln, weil sowohl Kim als auch Nora wussten, dass sie ihren Meister getroffen hatten. Widerstand und Leugnen war zwecklos. Und gerade deshalb war Kim wohl ihr engster Vertrauter. Nora klärte zwar die Dinge grundsätzlich erst mal mit sich selbst, bevor sie überhaupt darüber sprach. Aber wenn sie jemanden ins Vertrauen zog, dann war Kim meist die erste Person. Dann saß er vor ihr, schaute sie mit seinen graublauen Augen aufmerksam an, fuhr sich regelmäßig durch das blonde, wuschelige Haar und hörte ihr bis zum Ende zu, bevor er ihr seine Meinung – meist schonungslos – kundtat. Er war Maler, und wie es sich für einen Kreativen gehörte, tiefsinnig, sensibel, herrlich unkonventionell, chaotisch und völlig irre. Er lebte mit seiner Freundin Marie seit Jahren in wilder Ehe – auch die beiden gemeinsamen Kinder konnten an diesem Status quo nichts ändern.

»Nachricht vier, Samstag, 10. April, 16 Uhr 19: Nora, Frauke hier. Sag mal, denkst du daran, dass wir am Montag Gabriella haben?! Bei mir um 12 Uhr. Ach ja, und du bist dran mit Einkaufen – geht das klar?! Ruf mal zurück. Ende der Nachrichten.«

Frauke, typisch! Am Samstag noch mal kurz nachhaken, ob alle den Beauty-Termin mit Gabriella am Montag auf dem Schirm haben. Mittlerweile war es fast halb sechs. Jetzt in die Badewanne, dachte Nora, als sie ihre Schuhe auszog und das Telefon klingelte. Nora nahm ab. »Hallo?!«

»Sag mal, kannst du dich nicht einmal mit Namen nennen, du Stück!«

Das machte Nora tatsächlich nie! Die Leute wussten doch schließlich, wen sie anriefen.

»Luna! Naaaa?!«

»Sag mal, wie lange willst du mich denn noch schmoren lassen? Ich drehe schon völlig durch.«

»Luna, es ist Samstag! Ich war bei meinen Eltern …«

Luna unterbrach Nora mit einem lauten Lachen. »Mmmmh, Familientag – sexy!«

»Ja, obwohl es das nicht ganz trifft. Der Fokus lag heute mehr auf dem Sinn und Ergebnis von Sex. Der Fortpflanzung. Sophie ist nämlich wieder schwanger …«

»Na, Hallelujah! Da hattest du bestimmt viel zu erzählen – nach letzter Nacht …«

Nora lachte, schwieg allerdings.

»Ohhhh, bitte!«, stöhnte Luna und schickte noch einen Phhh-Laut hinter her. »Jetzt lass dich bloß nicht so bitten, Prinzessin. Du weißt, was ich hören will. Also, gib's mir!«

Nora lachte erneut, setzte sich auf den Fußboden im Flur und grinste breit, als sie sich an Freitagnacht erinnerte. Sie war mit Luna in diesen neuen Club gegangen. Und ER war

Nora gleich aufgefallen. Schon beim Reinkommen, Luna stand noch an der Garderobe. Während Nora auf sie wartete und bereits den Club abcheckte, hatten sich ihre Blicke quer durch den Raum getroffen. Nora und Luna standen nicht mal zwei Minuten an der Bar, beide ihren ersten Wodka auf Eis in der Hand, als er plötzlich neben ihr auftauchte. Gott, hatte Nora gedacht, als sie ihn anschaute. Er war groß, bestimmt 1,84 Meter, hatte einen dunklen Teint, dunkelbraunes, halblanges Haar und bernsteinfarbene Augen mit einem Stich Oliv. Er trug Jeans, ein dunkelgraues Shirt, das einen gut definierten Oberkörper erahnen ließ, und coole, schwarze Boots.

»Mariano«, sagte er mit starkem spanischen Akzent, der das R nur so rollen ließ, streckte ihr die Hand entgegen und strahlte sie selbstbewusst an. Er hatte dieses Etwas, eine Mischung aus Junge und Mann, das Nora so mochte.

»Ich bin Nora, und das ist Luna«, antwortete sie und ergriff seine Hand. Er schüttelte die ihre, gab ihr ein Küsschen rechts und links und begrüßte dann Luna ebenso, jedoch ohne Nora dabei aus den Augen zu lassen. Er hatte so gut gerochen.

»Also, ich höre«, unterbrach Luna Noras Erinnerungen. »Auch wenn es – nur so am Rande erwähnt – natürlich extrem uncool von dir war, einfach so abzuhauen und mich da stehen zu lassen, will ich jetzt alles wissen. Wie heißt er? Wie alt ist er? Was macht er? Was ist gelaufen? Küsst er gut? Hat er sich schon gemeldet? Seht ihr euch wieder …«

Typisch Luna, sie war einfach sehr direkt.

»Also gut: Er heißt Mariano, ist Argentinier …«

»Geil …«

»Luna!«

»Was?! Du kennst mich doch!«

Luna stand auf südländische Typen. Offensiv, auch wenn

sie seit einem Jahr eine »feste«, wie sie nicht müde wurde zu betonen, Beziehung mit Linus führte. Luna fand jedoch, gucken war o. k., und dabei beließ sie es auch tatsächlich, seit sie mit Linus zusammen war.

»Er macht irgendetwas mit Sport. Polo oder so. Aber ich weiß nicht, ob er spielt oder als Trainer hier arbeitet. Das hab ich vergessen. Auf jeden Fall ist er wohl deshalb für ein Jahr hier.«

»Was heißt denn, ›das hab ich vergessen‹? Ist der so langweilig?«

»Neee, überhaupt nicht. Aber wir haben so viel geredet und noch mehr getrunken, die ganze Nacht. Da konnte ich mir echt nicht alles merken. Er ist super witzig und wirklich cool. Wir sind erst rüber ins Nachtflug, dann ins Pink Champagne und dann in die Markthallen zum Frühstück. So.«

»Wie ›so‹?! Das war's? Komm schon!!« Lunas Stimme bekam einen bestimmenden Ton.

»Na ja, beim Frühstück und zum Abschied haben wir ein bisschen geknutscht...« Nora liebte diesen Ausdruck, der eigentlich der Altersgruppe vorbehalten war, die immer noch »Dr. Sommer« las.

»Ja, und weiter?!«

»Nix weiter! Das war's. Ich bin dann irgendwann nach Hause – so um sieben oder acht. Weiß ich auch nicht mehr genau.«

»Und Knutschen war gut? Küsst er gut? Du weißt, Nora, das ist super, super wichtig!«

»Mmmmh...« Nora lachte erneut. Genau dafür liebte sie Luna – Grenzen waren ihr völlig fremd, und sie besprach die Dinge, vor allem alle Liebes- und Sexthemen, gerne detailliert.

»Ja, Knutschen war gut«, antwortete sie. »Ziemlich gut.«

»Hat er sich schon gemeldet?«

»Er hat mir eben eine SMS geschrieben, aber ich konnte noch nicht …«

»Ja, ja, schon klar. Und willst du ihn wiedersehen?«

»Glaube schon!«

»Gut so. Ist ja auch ein echtes Stück. Und wie alt ist der Hase?«

Nora zögerte – eine Sekunde zu lang für Luna.

»Nora?! Wie alt?«

»25«, nuschelte sie sehr, sehr leise und ziemlich schnell in den Hörer.

»Was? Wie alt?«

»25«, sagte Nora jetzt etwas lauter und deutlicher.

Luna kreischte am anderen Ende der Leitung. »Babyyyyyyyyyyyyyy! Du bist so krass! 25! Der Rattenfänger von Hameln ist ein Nichts im Vergleich zu dir, altes Mädchen! Und das ganz ohne Flöte – Respekt!«

»Luna, bitte!«, flehte Nora glucksend. Sie war irgendwie verlegen, aber gleichzeitig freute sie sich diebisch. »Ich kann ja auch nichts dafür!«

»Klaaaaaar! Ist ja auch nicht so, als ob du ausschließlich auf jüngere Typen abfährst. Nööö. ›Was? Du bist 30? Sorry! Nächster bitte!‹« Luna überschlug sich fast, als sie Nora imitierte.

»So ist das gar nicht«, versuchte sich Nora aus der Schusslinie zu ziehen.

»Ahhhhhhhh, lächerlich …«, lautete Lunas Antwort.

»Was ist denn los?«, hörte Nora Linus besorgt aus dem Hintergrund fragen.

»Noras Neuer ist 25!« Luna schrie jetzt vor Lachen.

»Ihr spinnt doch«, lautete Linus' Kommentar, und er schien sich wieder zu entfernen.

»Luna, das ist nicht mein Neuer! Pass bitte auf, was du erzählst.«

Als Luna sich wieder unter Kontrolle hatte, sagte sie schnell: »Ja, schon gut. Aber im Ernst, Baby: Ich find's super! Du machst das genau richtig so. Pass auf, ich muss jetzt los. Linus und ich wollen etwas essen gehen. Aber ich musste vorher unbedingt mit dir sprechen. Willst du vielleicht mit?«

»Nee! Danke. Ich hatte heute genug Menschen um mich. Und ich bin echt ein bisschen fertig von gestern. Ich will nur noch in die Badewanne und dann auf die Couch.«

»Gut. Dann mach dir einen schönen Abend. Und ruf den Knaben an. Und halt mich auf dem Laufenden. Nicht die Luna zappeln lassen, verstanden?!«

»Verstanden! Tschüss Luna – und Grüße an Linus.«

»Der flippt bestimmt voll aus, wenn er checkt, dass das kein Witz war und der Typ original drei Jahre jünger ist als er … Tschüss Nora.«

Luna hatte aufgelegt. Nora atmete tief durch, rappelte sich vom Boden auf und legte das Telefon in die Station. Eine Viertelstunde später lag sie in einem herrlich heißen Schaumbad, Lavendelgeruch hing im Raum, und sie grinste immer noch vor sich hin. Aber anrufen würde sie Mariano nicht. Heute noch nicht.

Qué pasa, Nora?« Es war Sonntagvormittag, elf Uhr. Nora hatte sich mit Absicht keinen Wecker gestellt und lange geschlafen. Sie war immer noch etwas verknittert. Sie hatte sich nur schnell in der Küche einen Kaffee geholt und ihr Handy gegriffen, um sich gleich wieder in ihr Kingsize-Bett zu kuscheln. Hier begrüßte sie jetzt diese kurze Nachricht, Absender: Mariano, Uhrzeit: 08:25. Nora drückte auf den grünen Hörer – Absender anrufen!

»¡Nora!«, meldete sich Mariano nach nur einem Klingelzeichen und hörbar erfreut. »Da bist du, finalmente!! Es war so eine schöne Abend mit dir. Ich kann nur von meine Gefühle reden, pero, ich muss dich wiedersehen! Das war so eine unvergleichliche Nacht mit dir…«, sprudelte es aus ihm heraus.

Nora lächelte. Dieses R und I und S – sein Akzent war auf erstaunliche Weise niedlich und scharf. »Fand ich auch!«

»Was machst du?«, fragte er.

»Ich gammel.«

»Was ist das?«, fragte er verwirrt.

»Ach, das heißt so viel wie: Ich mache gar nichts. Ich gönne mir einfach einen entspannten Sonntag, hänge ab, esse und schlafe.«

»Aaah, du hängst ab!«

»Ja«, lachte Nora. »Ich chille.«

»Was machst du heut Abend?«

»Warum?«

»Ich dachte, wir machen eine schöne Abendesse zusammen. Ich bin ein sehr, sehr gute Koch.«

»Ein Date?«, fragte Nora grinsend und betrachtete die Nägel ihrer ausgestreckten linken Hand.

»¡Sí, claro!«

Ganz schön offensiv ..., dachte Nora. Das gefiel ihr. »Was gibt's denn?«, fragte sie.

Jetzt lachte Mariano. »Ich mache die weltbeste bife con ensalada. Ganz einfach! Ich hol dich ab. Um neun?«

Nora überlegte kurz. Einerseits ging ihr das irgendwie zu schnell, andererseits ...

»Nicht nötig. Ich fahr lieber selbst. Aber ich esse kein Fleisch.«

»Ooh ... ¡qué lástima! Nora, das ist gar nicht gesund.«

Mariano schien wahrlich entsetzt, so als hätte sie ihn furchtbar beleidigt. Es entstand eine peinliche Pause, bis er schließlich zaghaft fragte: »Und pescado – Fisch?«

»Fisch ist in Ordnung. Wann soll ich wo sein?«

»Um neun! Ich wohne im Gereonswall 14. Du muss klingeln bei Maracedo.«

Mariano Maracedo – na, wenn das nicht vielversprechend klang. »Alles klar. Soll ich etwas mitbringen?«

»Nur dich!«

Nora kicherte etwas verlegen.

»Ich freu mich so sehr, Nora.«

»Bis später!«, sagte sie und legte auf. So müssen Sonntage anfangen, dachte Nora zufrieden. Ihr Körper verlangte nach mehr Kaffee. Sie räkelte sich ausgiebig im Bett, wobei ihr Blick nach oben auf den von ihr eigens kreierten »Porno-Kronleuchter« fiel. Nora hatte das alte Stück aus Kristall, ein Erbstück ihrer Oma, mit Stripperschuhen, Handschellen, schwarzen und weißen Liebesfedern und Holzengeln verziert. Die durchsichtigen Plateauschuhe mit 18 cm Absatz, in deren Sohle sich Dollarscheine in Rollen aneinanderquetschten, hatte sie beim Bummeln in L. A. in einem professionellen Stripper-Laden entdeckt. Nora liebte die Gesichter der Menschen, wenn sie den »King-of-Porn«, wie sie den Kronleuchter liebevoll nannte, zum ersten Mal sahen. Sie erinnerte sich nur zu gut daran, als ihr Bruder Johann und seine Frau Karin sie, zusammen mit den Kindern, zum ersten Mal besucht hatten. Karin hatte beim Anblick des Leuchters Marc, der damals wohl sechs gewesen sein musste, reflexartig die Augen mit ihren Händen verdeckt. »Geld«, hatte die kleine Mina beim Anblick der Schuhe gerufen, weil Karin sie ganz vergessen hatte. Minas Flehen, die »hübschen Schuhe aus der Lampe« mal anziehen zu dürfen, stieß damals jedoch auf Granit.

Als Zeichen für Anstand und Sitte hing über Noras Bett ein Bild von Jesus und eins von Maria Magdalena. Beide hielten ihr flammendes Herz in den Händen. Die jeweiligen Rahmen leuchteten auf Wunsch in allen Regenbogenfarben.

Vom Schlafzimmer kam man auf den Flur, der ins Wohnzimmer und in die Küche führte. Beide Räume waren durch einen Durchbruch miteinander verbunden und im selben Stil eingerichtet: antike Möbel, kombiniert mit schlichten Designermöbeln und »Sperrmüll«, wie ihre Mutter immer sagte. Nora liebte alte Holzmöbel, wie ihren antiken Esstisch von 1887, der bequem acht Personen in der Küche Platz bot. Über ihm baumelte ein sechsarmiger Kronleuchter aus Kupfer, den Nora in einer alten Schmiede in der Eifel entdeckt hatte. Hier stand auch ihr geliebtes Buffet, ein Schnäppchen vom Flohmarkt, in dem Noras »gutes Geschirr und Kristall« untergebracht waren. Im Wohnzimmer thronte an der kurzen

Fensterseite ein riesiger, englischer Sekretär. Noras kostbarstes Stück aus dem Jahre 1731, mit dem sie sich vor fast sieben Jahren zum 30. Geburtstag beschenkt hatte. An der linken Wand hing mittig ein 40-Zoll-Flatscreen, darunter stand eine alte Aktenkiste aus Metall mit fünf langen Schubladen. Das gute Stück aus DDR-Zeiten hatte Nora in Berlin tatsächlich vor dem Sperrmüll gerettet. Es war wohl mal grau, beige und auch grün lackiert gewesen – das verrieten jedenfalls die von einigen Roststellen umrahmten, abblätternden Lackschichten. »Kind, willst du dieses hässliche Ding nicht wenigstens mal lackieren lassen?«, fragte ihr Vater sie bei fast jedem Besuch.

»Nein, Papa, möchte ich nicht. Ich finde, die Truhe spiegelt mich so total wider«, antwortete Nora dann.

Ihr Vater reagierte stets gleich: Er starrte sie eindringlich an. Mit einem Blick, der verriet, dass er seine älteste Tochter keinesfalls so hässlich und abgeranzt fand wie dieses Teil. Aber auch so, als befürchtete er, Noras Gesichtshaut könne dennoch jede Sekunde abblättern.

Rechts und links der DDR-Trophäe standen alte, hölzerne Rollaktenschränke, die irgendwann mal Nordwest-Lotto gehört hatten. Das behaupteten zumindest die Aufkleber auf den hölzernen Tresoren in ihrem Inneren. Hier lagerte Noras Musikanlage, der DVD-Player, die Wii-Konsole und ihre unzähligen CDs und DVDs. An der Wand gegenüber stand ein puristisches, beigefarbenes Ledersofa. Davor, auf einem beigefarbenen Lederteppich, boten zwei kleine, antike Beistelltische aus Teakholz ihre Dienste an. Die ganze rechte Seite war mit weißen Wandregalen versehen, die Nora von einem Schreiner hatte anfertigen lassen. Auf ihnen standen unzählige Fotos von Freunden und der Familie, Kerzen, Steine, ein

Buddha und alle Bücher, die Nora für ihre Arbeit brauchte oder liebte.

Nora ging zur Haustür, holte ihre Sonntagszeitung und machte sich dann in der Küche einen frischen Kaffee. Gut, dachte sie, nachdem sie einen großen Schluck aus dem dampfenden Becher genommen hatte. Sie las in Ruhe die Zeitung, rief dann Sophie an, um zur Schwangerschaft zu gratulieren und die Wogen zu glätten. Dann verordnete sie sich ein intensives Schönheitsprogramm: duschen, Körper- und Gesichtspeeling, Feuchtigkeitsmaske für Gesicht und Dekolleté, eincremen von Kopf bis Fuß und ein neuer Lack für Hände und Füße. Ein bisschen Fernsehen und ein kurzer Schönheitsschlaf waren auch noch drin. Ein Sonntag ganz nach Noras Geschmack.

Um kurz vor neun sprang sie in ein Taxi, das bereits seit zehn Minuten vor der Haustür mit laufendem Motor auf sie wartete. Sie hatte sich gegen ihr Auto entschieden. Mariano wohnte mitten in der Stadt, und auf Parkplatzterror hatte sie heute keinen Bock. Aber sie wollte auch nicht, dass er sie abholte.

Sie hatte gut eine Stunde auf ihrem Bett gesessen und ihren Kleiderschrank angestarrt. Was sollte sie bloß anziehen? Sie wollte gut aussehen, das war klar! Auf keinen Fall zu overdressed, aber auch nicht zu casual. Kein Kleid. Auch kein Rock, aber Jeans? Letztlich entschied sie sich für eine blaue Seidenhose, nicht zu eng, nicht zu weit, weiße Chucks, ein weißes V-Neck und eine taillierte, weiße Strickjacke. Um den Hals trug sie einen blau-weißen Schal, und weil es draußen noch recht kühl war, hatte Nora auch ihre blaue Lederjacke übergezogen. Sie war nur wenig geschminkt: Wimperntusche, ein bisschen Rouge und ein zartes Lipgloss waren alles. Ihre

Haare hatte sie in einem Zopf gebändigt. Zum Abschluss gab es einen Spritzer ihres Lieblingsparfüms »White Patchouli« – aber wirklich nur einen Hauch. Nora war eine große Freundin von gut inszenierten Understatements. In ihre blaue Ledertasche stopfte sie eine Flasche Prosecco. Dieses Blubberwasser schien das Einzige in ihrem Kühlschrank zu sein, das nie ausging.

Sie war zehn Minuten zu spät, als sie vor Marianos Haus stand, also genau pünktlich. Das fünfstöckige Haus, in dem er wohnte, war ein imposanter, kernsanierter Altbau. Neben der Haustüre aus massivem Holz hing ein großes, glänzendes Messingschild, auf dem vier Namensschilder angebracht waren. Maracedo stand ganz oben. Sie klingelte.

»¿Nora?! Du musst kommen in den vierten Stock«, meldete sich Mariano.

Die Tür öffnete sich, gleichzeitig ging das Licht im Hausflur an, der eher wie eine Empfangshalle wirkte und mit weißgrauem Marmor ausgekleidet war. An der Decke hing ein pompöser Kronleuchter, und überall war Stuck angebracht. Am Ende des gut acht Meter langen Flurs befand sich ein auf alt getrimmter Fahrstuhl mit verzierten Eisentüren. Links davon führte eine marmorne Treppe in die oberen Etagen. Nora nahm den Fahrstuhl. Von außen hatte sie fünf Etagen gezählt, aber der vierte Stock schien der letzte zu sein. Mariano stand bereits in der Wohnungstür, als sie den Fahrstuhl verließ. Lässig lehnte er am Türrahmen und strahlte Nora an. Er trug eine verwaschene Jeans, braune Boots und ein veilchenblaues T-Shirt, das nicht nur seinen dunklen Teint noch mehr zur Geltung brachte, sondern auch seinen perfekt trainierten Oberkörper betonte. Muskulös, aber nicht aufgepumpt, so wie es sein sollte. Yes!, dachte Nora und sagte leise: »Hi!«

Er kam ihr zwei Schritte entgegen, umarmte sie leicht und drückte ihr einen Kuss auf die linke und einen auf die rechte Wange. »So schön«, sagte er nur. »Bitte, komm rein.«

Er machte Nora den Weg frei und führte sie in seine Wohnung. Nora verschlug es fast den Atem: Sie stand in dem größten Wohnraum, den sie jemals gesehen hatte. Ein Saal mit roten Backsteinwänden, bodentiefen Fenstern und Fischgrätenparkett über die gesamte Fläche. Eine offene Küche mit Kochinsel zur rechten. Ein runder Esstisch, der bereits für Zwei eingedeckt war und den eine große Vase mit langstieligen Lilien zierte, stand nicht weit von ihr entfernt. Lilien standen überhaupt überall. Auf dem Klavier, am Fuße des Klaviers, auf der silbernen Kommode gegenüber, auf dem Tisch zwischen den drei rotbraunen Sofas im hinteren Teil des Raums. Einige Meter dahinter befand sich eine große Schwingtür. »Da ist die Dachterrasse«, erklärte Mariano, der ihrem Blick gefolgt war. Ein paar Meter links davon führte eine Wendeltreppe nach oben. Deshalb die fünf Stockwerke, dachte Nora.

»Darf ich deine Jacke ausziehen?«, fragte er in seinem leicht fehlerhaften Deutsch und half ihr, sie abzulegen.

»Wow, das nenne ich mal eine Wohnung«, sagte Nora anerkennend.

Er lächelte verlegen. »Schön, dass du da bist. Ich habe schon fast alles fertig. Nur der pescado braucht noch ein bisschen. Nora, was möchtest du trinken? Ich dachte, eine schöne Weißwein zum Fisch?«

»Gerne. Ich hab uns auch eine Flasche Prosecco mitgebracht.« Nora holte die Flasche aus der Tasche. »Ist auch noch kalt.«

»¡Fantástico! Dann fangen wir damit an. Bitte, setz dich doch.«

Das tat sie, ohne ihn dabei aus den Augen zu lassen. In der Küche öffnete er die Flasche, füllte die Gläser am doppeltürigen Kühlschrank mit zerstoßenem Eis, schenkte ein und kam dann zu Nora an den Tisch. Er reichte ihr ein Glas und sagte: »Ich freue mich so, so sehr, dass du gekommen bist heute.«

Nora nickte und nahm einen Schluck.

Er schaute sie lange an, bevor er sagte: »Jetzt müsste der Fisch gut sein. Ich komme gleich wieder.«

Auf dem Tisch standen bereits eine große Schüssel Salat, Brot, Salz und Pfeffer, Öl, Balsamico und Wasser. Nach einer kurzen Weile kam er zurück, in den Händen eine Platte mit zwei gegrillten Seezungen, gegrilltem Gemüse und Kartoffeln.

»Sag mal, wo hast du das denn alles hergezaubert, so auf die Schnelle und am Sonntag?«

»Ich will ganz ehrlich mit dir sein, Nora. Ich hatte sehr gehofft, dass du kommst, und habe ich schon gestern ein bisschen eingekauft«, antwortete er und lachte sie an.

Nora hob ihre rechte Augenbraue. »Ach, ja?!«

»¡Sí!«

»Und da bin ich!«

Mariano schenkte ihnen Wein und Wasser ein, und sie begannen zu essen. Es war köstlich. Er war wirklich »ein sehr, sehr gute Koch«.

»Und du bist sicher, dass hier nicht kurz vor meiner Ankunft der Catering-Service vorbeigekommen ist und das geliefert hat?«, zog sie ihn auf.

»¡Absolutamente!«

»Schmeckt super!«

»Das macht mich sehr glucklich.«

»Sag mal, wie groß ist das hier?« Nora schaute sich erneut im Raum um.

»Probablemente 140 Quadratmeter?!«

»Und wie viele Zimmer hast du hier?«, fragte sie und deutete mit dem Kopf nach oben.

»Hier unten ist eine Zimmer zum Wohnen und Essen, eine Toilette für Gäste und Garderobe. Oben ist meine Schlafzimmer …«, er machte eine bedeutungsvolle Pause und sah ihr tief in die Augen, bevor er fortfuhr, »… mi oficina, dann eine Schlafzimmer für Gäste und noch ein Bad.«

»Krass!«, entfuhr es Nora.

»¡Sí! Ich hätte mir das auch selbst nie ausgesucht. Ist viel zu groß für eine persona. Und viel, viel zu teuer. Aber mein Boss lässt mich in der Wohnung leben für ein Jahr.«

»Da hätte ich mich auch nicht geziert. Vielleicht sollte ich auch anfangen, Polo zu spielen.«

»¡Oh, Nora! Du reitest?«, fragte Mariano neugierig.

»Oh, nein.« Nora hasste Pferde, entschloss sich aber, ihre Abneigung in milderer Form kund zu tun. »Ich hab echt Angst vor Pferden. Die sind irgendwie unheimlich.«

Jetzt schaute er sie an, als ob sie ihm gerade verraten hätte, dass sie eigentlich ein Mann sei, aber schon bald einen OP-Termin für die Geschlechtsumwandlung hätte.

»Ich bin mal von einem getreten worden«, erklärte sie daher schnell, obwohl das gar nicht stimmte.

»Ah so«, antwortete er. »Das müssen wir ändern, unbedingt. Schnell! Pferde sind so wunderbare Tiere, Nora. Wunderbar. Du wirst sehen.«

»Och … Und du spielst jetzt hier für ein Jahr Polo?«

Er lachte. »¡No! Nicht hier. Ich habe in Argentina gespielt, viele, viele Jahre. Aber bei euch gibt es keine professionelle Liga, so wie bei uns oder in England. In eurem Land spielen die Menschen Polo zum Spaß. Ist Hobby. Aber mein Boss will eine echte Liga aufbauen. Profesional. Und deshalb haben sie mich geholt. Ich suche Pferde und Spieler, mache Ausbildung und Training.«

»Cool!«, sagte Nora, ohne zu wissen, ob es das auch tatsächlich war. Sie mochte wirklich keine Pferde. Und sie konnte sich nicht vorstellen, dass es Spaß machte, auf ihnen über ein Spielfeld zu jagen, um mit einem Holzschläger auf kleine Bälle einzuschlagen. Das gab ihr fast so viele Rätsel auf, wie die Begeisterung für Fußball. Aber es machte ihn so sexy, wie er dasaß und aus allen Poren vor Begeisterung strahlte, während er Nora in das kleine ABC des Polos einführte.

»Ja, so ist das mit die Polo. Aber Nora, ich möchte eigentlich viel, viel mehr von dir wissen«, unterbrach er ihre Gedanken.

»Was möchtest du denn wissen?«

»Also, ich weiß, dass du wunderschön bist, maravillosa. Und dass du Pause machst von der vielen Arbeit. Aber was machst du gerne? Was magst du? Und was magst du nicht? Wie ist deine familia? Hast du Geschwister? Tiere? Was bringt dich zum Lachen? Wann bist du glucklich? Ich möchte alles von dir wissen, Nora. ¡Todo!«

Die nächsten Stunden verbrachten sie damit, vor dem offenen Kamin ihre Lebensgeschichten auszutauschen. Nora erzählte von ihren Eltern und von ihrem Elternhaus, das ihr Vater, ein Architekt, selbst entworfen und geplant hatte. Von ihren Geschwistern, wie sie groß geworden war. Von ihrem Job, ihrer Auszeit und ihren Freunden. Er erzählte von seiner Kindheit in Argentinien, wie er außerhalb von Buenos Aires als einziger Junge mit fünf Schwestern auf einer riesigen Farm aufgewachsen war. Seiner Familie gehörte irgendeine Supermarktkette da drüben. Er war in England und der Schweiz aufs Internat gegangen und sprach fünf Sprachen:

Spanisch, Englisch, Französisch, Italienisch und Deutsch. Wenn er von seiner Heimat sprach, strahlten seine Augen voller Wärme und Liebe. Nora fand das ungemein anziehend.

Es war fast ein Uhr nachts, sie hatten sich in Decken eingekuschelt, als sie auf der Couch ein bisschen näher zu ihm rutschte. Er schaute sie an. »Du bist so schön!«

»Ich bin vor allem ziemlich alt, also, im Vergleich zu dir!«

»Unsinn! Du bist wunderschön.« Er strich mit der Hand sanft das Haar aus ihrem Gesicht. »Ich kann nur von mir sprechen, aber ich würde dich so gerne …«

»Das möchte ich schon den ganzen Abend.« Nora rutschte noch näher an ihn ran und küsste ihn.

»Willst du etwas trinken? Einen Hibiskustee oder einen Brennnesseltee?!«

Es war Montag, und Nora hatte ganz spontan nach dem Einkaufen einen Stopp bei ihrer Freundin Nina eingelegt. Sie hatte Nina ewig nicht gesehen. Eine Zeit lang waren sie mal unzertrennlich gewesen. Wenn sie sich nicht sahen, telefonierten sie täglich. Heute war das anders: Mit Nina ein Treffen auszumachen, war vergleichbar aufwendig wie die Planung des nächsten G8-Gipfels. Nina war vor vier Monaten Mutter geworden, seitdem drehte sich so ziemlich alles um ihren Sohn Stefan. Nora fand das o.k., schließlich war es Ninas erstes Kind, und da musste sie erst mal »reinwachsen«. Das kannte Nora von ihren Geschwistern. Aber was dies tatsächlich bedeutete, war Nora schleierhaft. Sie hatte immer gedacht, solange Babys nicht laufen und sprechen können, bestünde der Tagesablauf der Winzlinge aus Gefüttert-Werden und Schlafen. Eine ziemlich entspannte Zeit für die Mütter also. Aber dem schien nicht so zu sein. »An manchen Tagen schaffe ich es nicht mal unter die Dusche«, hatte Sophie ihr mal erzählt.

»Warum?«, hatte Nora gefragt.

»Wie ›warum‹? Sobald Jules die Augen aufmacht, bin ich voll beschäftigt: füttern, Bäuerchen machen, wickeln, aufräumen, wieder füttern, wickeln, kochen, einkaufen, spazierengehen, und dann will er ja auch noch bespaßt werden.«

Wie bespaßt man wohl ein Baby, das eigentlich nur auf

dem Rücken oder dem Bauch liegen kann?, hatte Nora damals überlegt.

Nina sah heute ebenfalls so aus, als hätte sie es noch nicht unter die Dusche geschafft. Sie trug einen grünen Niki-Hausanzug mit milchigen Flecken, graue Filzpantoffeln, ihre hellblonden Locken waren zu einem wüsten Dutt zusammengebunden, und ihr Gesicht sah irgendwie grau aus. Vielleicht sogar ungewaschen.

»Wüüüüüääääääääh«, krähte es aus der Wiege, die im Wohnzimmer stand und über der ein lustiges Mobile mit allerlei Tieren aus der Wüste baumelte.

»Oh, ich muss mal kurz«, sagte Nina und huschte hektisch aus der offenen Küche Richtung Wiege. »Du weißt ja, wo alles steht. Mach dir einfach Wasser heiß, ja?! Der Hibiskustee steht da vorne, an der Spüle.«

»Seit wann trinkst du denn so etwas?«, fragte Nora und lies den Blick suchend durch die silberne Stahlküche wandern. Fläschchen, Aufsätze, Nukkis, Gläschen – unzählige Babytools standen wie eine Armee aus Zinnsoldaten auf den Ablageflächen aufgereiht.

»Wozu braucht Stefan denn zwölf Nukkis?«

»Na hör mal, kannst du dir vorstellen, wie viel Zeit ich damit vergeude, nach Nukkis zu suchen? Immer, wenn man einen braucht, ist keiner griffbereit… Oh Süßer, was hast du denn? Bauchschmerzen?«

Nina hatte ihren Sohn aus der Wiege genommen und ging jetzt – das Kind fast rüttelnd – durch das Wohnzimmer. Nora schaute sich weiter suchend in der Küche um. Hier stand doch mal eine wirklich stylische Espressomaschine. Ein wahrer Traum von Koffeinspender aus Chrom. Um die hatte Nora Nina immer beneidet. Aus einer ähnlichen hatte Mariano Nora gestern Abend nach dem Essen einen Traum-Latte gezaubert. Bevor sie sich auf die Couch zurückgezogen hatten. Bevor sie die halbe Nacht geknutscht hatten. Aber nur geknutscht! Nora war ein anständiges Mädchen. Sie lächelte kurz bei dem Gedanken daran, bis sie feststellte, dass sich auf dem alten Platz für die Espressomaschine nun ein – penibel gefalteter – Stapel Lätzchen befand. Ungläubig nahm sie das oberste in die Hand und betrachtete es. »Sag mal, bügelst du die etwa?«

»Ja, klar«, antwortete Nina und schaute Nora an, als hätte die sie gerade gefragt, ob sie sich auch schon mal die Beine rasiert hätte. »Stefan, Stefan, Stefan ...«, versuchte sie das herzzerreißend weinende Bündel zu beruhigen – ohne damit aufzuhören, ihn hin und her zu schütteln.

»Nina, ich kann die Espressomaschine nicht finden ...«

»Ja, die hat jetzt meine Schwester. Wir trinken keinen Kaffee mehr. Jaaaaa, jaaaa, so ist's besser, oder?!« Nina schaukelte ihren Sohn im rechten Arm und streichelte ihm mit der linken Hand den Bauch. »Er hat gerade mit Koliken zu kämpfen. Ich dachte eigentlich, das hätten wir hinter uns.«

»Warum trinkt ihr keinen Kaffee mehr?«

»Tee ist einfach viel gesünder, vor allem, weil ich ja noch stille.«

»Und Frank trinkt auch keinen mehr?« Nora konnte sich keinen Grund vorstellen, warum auch Ninas Mann dem Kaffee entsagen sollte.

»Nee. Und er meint, er fühlt sich jetzt auch viel besser. Mach dir doch einfach einen Tee. Die sind beide echt super lecker.«

»Mmmmh ...« Augenblicklich erinnerte sie sich an den letzten Tee, den sie – aus Solidarität – mit Nina getrunken hatte. Ein Sud aus Himbeerblättern – echt abartig bitter. Aber Nina hatte damals frühzeitige Wehen, und ihre Hebamme hatte ihr versichert, dass dieses Gebräu dem »sachte, aber effektiv« entgegenwirken würde. Und weil Nina damals tatsächlich unter schlimmem Koffein- und Nikotinentzug litt und dementsprechend gelaunt war, hatte Nora sich aus Solidarität auch einen Becher dieses Gesöffs runtergezwängt. Auf eine weitere Begegnung mit Tees aus dem Reformhaus wollte sie auf jeden Fall verzichten. Für immer!

Nora öffnete den Kühlschrank. Cola, ein Glück! Sie goss sich ein großes Glas ein und setzte sich an den Esstisch. »Und wie lange willst du noch stillen?«, fragte sie aus reiner Höflichkeit.

»Ach, ich stille ja eigentlich schon ab«, sagte Nina und deutete mit dem Kopf in Richtung Sofaecke, wo auf einem Beistelltisch eine riesige Pumpe stand.

»Was ist das?«

»Na, eine Milchpumpe!«

Die Chippendale-Lampe, die früher dort geleuchtet hatte, entsprach viel mehr Noras Sinn und Vorstellung von gelungener Inneneinrichtung.

»Ich hatte ja solche Probleme mit meinen Milchdrüsen, weißt du. Die waren sooooo eng, dass Stefan vor lauter Anstrengung beim Trinken immer eingeschlafen ist, ohne je richtig satt geworden zu sein. Der ist dann immer vor Hunger aufgewacht und hat nur geheult. Das war furchtbar. Und dann hatte ich auch immer so wunde Brustwarzen. Und diese Stillhütchen haben auch nicht geholfen ...«

»Mmmh«, sagte Nora, der das eigentlich viel zu viel an Information war. Dennoch nickte sie und versuchte, ein verständnisvolles Lächeln aufzusetzen.

»Aber das mit dem Abpumpen klappt echt super. Die Gerdemie hat das auch so gemacht.«

»Wer?«, fragte Nora.

»Na, die Gerdemie aus dem La Leche Club!«

»Dem was?«

»La Leche, meine Stillgruppe.«

»Du bist in einer Stillgruppe?«

»Das weißt du doch.«

»Nee, das weiß ich nicht. La Leche …?«, Nora lachte laut auf. »Was macht ihr denn im La Leche Club?«

»Wir tauschen uns aus – übers Stillen.«

Nora bekam einen regelrechten Lachanfall, als sie sich vorstellte, wie eine Gruppe von Frauen mit hochgezogenen Pullovern und Still-BHs im Kreis zusammensaß. Ihre Kinder an die eine, ausgepackte Brust gedockt und mit der freien Hand die wunde Brustwarze der anderen reibend.

»Nora, das ist nicht witzig. Du hast ja keine Ahnung, was da alles plötzlich auf einen zukommt. Da wird Stillen zum Politikum. Man will ja schließlich das Beste für sein Kind. Und wenn das nicht richtig klappt, dann könnte man schon mal durchdrehen, weil man eben nicht funktioniert wie eine richtige Mutter. Dann ist man echt froh, wenn man sich austauschen kann und hört, dass andere dieselben Probleme haben.« Nina schien aufgewühlt zu sein.

»Entschuldige«, sagte Nora schnell und schüttelte grinsend den Kopf. »Ich hatte da nur gleich so ein Bild vor Augen.«

»Und?«, fragte Nina jetzt. »Was gibt's Neues?«

»Also …«

»Ach, du glaubst nicht, was mir passiert ist«, fiel Nina ihr ins Wort. »Da gehe ich gestern spazieren und treffe diese Yvonne. Du weißt schon, die, die mal in der Galerie gearbeitet hat.«

Nora überlegte. Sie kannte keine Yvonne. Nina hatte jetzt

samt Stefan auf dem Arm ebenfalls am Tisch Platz genommen.

»Die hat eine Tochter, die ist zwei Monate älter als Stefan. Matilda heißt die, glaube ich.«

Nora nickte. Matilda kannte sie auch nicht.

»Wir treffen uns also, beide mit Kinderwagen, bleiben stehen, jede guckt sich das Baby der anderen an und wir fangen an, uns zu unterhalten. Über die Geburt...«

Bitte keine Details, flehte Nora innerlich.

»... die Gewichtszunahme, Wasser in den Beinen, über die Zeit nach der Geburt, die Umstellung, Schwangerschaftsgymnastik, Schlafmangel, Kinderkrankheiten – halt so über dies und das.«

»Mmmmh«, machte Nora.

»Dann sind wir bei Ernährung. Ich erzähle, dass ich abstille und schon angefangen habe, Fläschchen zu geben, und dass ich da manchmal pürierte Möhren zugebe. Auf einmal macht die mich voll an: ›Waaaaas? Du fütterst schon Möhren drunter? Das kann ja wohl nicht dein Ernst sein!! Kein Wunder, dass dein Kind Bauchschmerzen hat. Das ist viiiiiiiiel zu früh! Also, an deiner Stelle würde ich mir das noch mal gut überlegen.‹ Und dann guckt die mich an, so von oben bis unten, und sagt: ›Du, ich muss jetzt dann auch mal. War schön, dich zu sehen. Aber wenn ich du wäre, würde ich das auf jeden Fall noch mal mit meinem Kinderarzt besprechen.‹ Und dann ist sie davon gerauscht. Kannst du dir DAS vorstellen? Die spinnt ja wohl! Jetzt sag doch mal was!« Ninas Stimme war laut geworden und schrill.

Nora schaute sie fragend an. »Äh...«

»Es ist ja nun nicht so, als würde ich mein Kind prügeln oder psychisch misshandeln. O.k., mit Möhren fängt man erst ein bisschen später an, aber meine Mutter hat gesagt, sie hätte uns schon ganz früh welche unter die Milch gegeben, wenn wir so Koliken hatten.« Nina sah Nora mit einem um Verständnis flehenden Blick an.

»Ja, wenn's geholfen hat…«

»Oh, shit, es ist schon Viertel vor elf. Nora, tut mir leid, aber um elf muss ich mit Stefan beim Kinderarzt sein. Das mit den Koliken lässt mir dann doch einfach keine Ruhe.«

Nora verstand, trank aus, griff Tasche und Jacke und ging zur Haustüre des Einfamilienhauses, das Nina und ihr Mann vor einem Dreivierteljahr gekauft hatten – natürlich mit Garten und Garage.

»Mensch, es war schön, dass du so spontan vorbeigekommen bist. Und noch viel schöner, dass wir uns endlich mal wieder unterhalten haben. Du fehlst mir. Das sollten wir bald wieder machen.« Nina drückte ihr einen Kuss auf die Wange. »Tschüss Nora« Und schon schloss sich die Haustüre vor ihrer Nase. Nora stellte ihre Tasche ab, zog sich ihre Jacke an, holte ihre Sonnenbrille aus der Tasche und dachte: Unterhalten…

Kurze Zeit später saß Nora in ihrem Auto. Es war ein herrlicher Tag, die Sonne schien, und kein Wölkchen trübte den blauen Himmel. Es war ungewöhnlich mild für April. Nora drückte gerade den Knopf, um das Faltdach des Minis ein wenig zu öffnen, als ihr Handy klingelte.

»Hallo?!«

»Nora, ich bin's, Frauke. Sag mal, du hast dich ja gar nicht zurückgemeldet. Heute ist doch unser Gabriella-Tag. Bringst du jetzt Brötchen und Knabberkram mit, oder soll ich noch mal schnell los?«

»Tschuldige, Süße, ich habe ganz vergessen, dich zurückzurufen, aber für mich war das eh klar. Ich war eben einkaufen und hab alles am Start.«

»Super, dann um 12 Uhr bei mir, ja?!«

»Jaha, ich fahr nur noch mal schnell nach Hause und komme dann gleich zu dir!«

»Gut, dann bis gleich.«

»Ja, bis gleich.« Nora legte auf. Sie schmunzelte. Frauke hatte wie immer alles unter Kontrolle. Dieser Eigenschaft verdankte sie die Spitznamen »Die Patin« und »Frau Rottenmeier«, nach der strengen Erzieherin aus »Heidi«. Nora liebte diesen Charakterzug an Frauke, denn sie war diejenige, die so einfach alles und alle zusammenhielt. Frauke war eine von Noras ältesten Freundinnen. Neben Kim und Luna war sie wahrscheinlich die einzige Person, die Nora wirklich nah war. Ihren aufmerksamen, strengen, aber liebevollen Augen entging nichts. Und Frauke zögerte nie lange, Nora »zurechtzurücken«, wie sie es nannte, wenn diese mal wieder neben der Spur lief. Und Nora lief oft neben der Spur: ihre nicht in den Griff zu bekommende Unpünktlichkeit, ihre Vergesslichkeit, ihre offene, aber oft unverbindliche Art, ihr regelmäßiges Abtauchen ohne Ankündigung, die damit verbundene Funkstille – Nora brachte es tatsächlich manchmal wochenlang fertig, sich bei niemandem zu melden. »Ich brauche das einfach manchmal, das Alleinsein«, hatte sie Frauke einmal versucht zu erklären. Sie saßen an der Theke einer mexikanischen Bar. Nach irgendeiner Party waren sie hier mit ein paar Leuten noch auf einen Absacker eingefallen. Die Stimmung war ziemlich ausgelassen. Nina hatte sich bereits eine rote Krepppapier-Serviette um die Stirn gewickelt und forderte alle im Laden auf, es ihr gleichzutun. »Blödsinn«, hatte

Frauke geantwortet. »Was du brauchst, sind die Eier, auch mal zu sagen, dass es dir nicht gut geht, oder um Hilfe zu bitten.« Dann griff sie ihr Tequila-Glas, leckte das Salz von ihrer linken Hand, kippte das durchsichtige Zeug hinunter und biss mit angewidertem Gesichtsausdruck in eine Zitronenscheibe. Nora war stumm geblieben, Frauke hatte selten Unrecht.

Alle sechs bis acht Wochen trafen sich die beiden mit ihren Freundinnen Senta und Kiki zur Mani- und Pediküre – jeweils im Wechsel bei einer der Vier zu Hause. Seit drei Jahren kam dann ihre brasilianische Perle Gabriella und sorgte für schöne Hände und Füße. Eine richtige Weiberrunde, bei der das ein oder andere Fläschchen Prosecco geleert, gegessen und getratscht wurde. Meist dauerte dieses Happening vier bis fünf Stunden. Als Nora noch gearbeitet hatte, konnte sie nicht immer dabei sein, bei »Gabriella«, wie sie ihren Hand-Fuß-Termin kurz nannten. Auch den monatlichen Mädchenbrunch, der in größerer Runde meist sonntags in einem Café am Brüsseler Platz stattfand, hatte sie vor allem im letzten Jahr oft verpasst. Aber zurzeit genoss sie es außerordentlich, dass sie ihren Terminkalender nur mit diesen Verabredungen, Shoppen, Wellness, Kino, Essen- oder Ausgehen füllen durfte.

Zu Hause brachte sie schnell ihre Einkäufe in die Wohnung, um gleich wieder ihre Taschen zu packen: Brötchen, Chips, Cracker, Frischkäse, Tomaten, Mozzarella, drei Flaschen Prosecco, ihre Jesuslatschen – damit die Fußnägel auch gut trocknen konnten – und die Fußwanne mit Blubber- und Massagefunktion, die ihr Tobi mal geschenkt hatte. Nora erinnerte sich, dass sie ziemlich verdutzt war, als sie die Wanne Weihnachten bei ihren Eltern ausgepackt hatte. »Oh, danke«, hatte sie gesagt, Tobi aber mit ungläubigen Augen angeschaut. Tobi merkte sofort, dass sein Geschenk nicht die gewünschte

Reaktion hervorgerufen hatte. Vielleicht hatte Nora die Stirn zu sehr gerunzelt, was eventuell ihre Zornesfalte auf den Plan gerufen haben könnte. »Du hast doch immer so kalte Füße…«, hatte er sein Geschenk entschuldigt. Zumindest die Mädels liebten die Fußwanne und verlangten sie zu jedem »Gabriella«-Termin. So erfüllte das Ding zumindest in regelmäßigen Abständen seinen Zweck. Schnell zog sie sich noch bequeme Sachen an – ihre blaue ADIDAS-Hose mit roten Streifen, ein blaues Longarm-Shirt, eine rote Strickjacke, ihre geliebten grauen Lammfellstiefel –, streifte sich ihren blauen Trenchcoat über und verließ vollgepackt die Wohnung.

Nur zehn Minuten später parkte sie auf einer breiten, von gigantischen alten Bäumen umarmten Allee in Marienburg, dem wohl idyllischsten und einem der nobelsten Stadtviertel in Köln, nur wenige Gehminuten vom Rhein entfernt. Frauke und ihr Mann Sven lebten hier mit ihrer Tochter Kira seit über drei Jahren in einer wirklich wunderschönen Fünfzimmerwohnung mit großem Garten. »Total kindgerecht halt«, hatte Frauke damals – die Hände schützend über ihren kugelrunden Bauch haltend – den Umzug von der Südstadt ins Erdgeschoss des Zweifamilienhauses kommentiert.

Ausnahmsweise war Nora zu früh – es war zehn vor zwölf. Sie klingelte.

»Nola, Nola. Maaaami, ist das Nola?«, vernahm sie das von Fußgetrappel begleitete Stimmchen der dreijährigen Kira, noch ehe sich die Tür öffnete.

»Ja, Schatz. Und es heißt No-ra – mit rrrrrrrr.«

Die Haustüre flog auf, und Kira, die hellblonden Haare zu Zöpfchen geflochten, schmiss sich Nora um die Beine. »Nooooola.«

»Hey, Süße.«

»Hab heute in Kindergarten Burg gebaut – sooooo groß.« Kira streckte beide Ärmchen Richtung Himmel, und ihre blauen Augen, die sie – wie ihre Haarfarbe – definitiv von ihrer Mutter hatte, leuchteten.

»Echt?!«, stieg Nora ein. »Das muss ja mal eine voll krasse Burg gewesen sein!«

»Ja, voll krasch.« Kira strahlte von einem Ohr bis zum anderen.

»Süße, lass mich doch erst mal rein. Guck mal, ich hab ganz viel Kram dabei – und das ganze Zeug ist echt schwer!«

»Komm«, sagte Kira und gab den Weg frei. »Mami, Nola hat schweres Zeug dabei«, rief sie, als sie Richtung Küche stürmte. Frauke kam ihr bereits entgegen. »Na, du bist ja früh«, sagte sie nur und umarmte Nora.

»Boah, ich muss das hier schnell abstellen, das ist superschwer.«

»Schweres Zeug«, wiederholte Kira mit einem Gesichtsausdruck, demzufolge sie mindestens die halbe Last zu tragen schien. Frauke lächelte und schickte Nora dennoch einen missbilligenden Blick zu. Sie mochte es gar nicht, wenn Nora allzu flapsig mit Kira sprach.

»Ja«, fuhr Nora prompt fort. »Da sind Brötchen für uns alle drin, Cracker, Getränke für Erwachsene und Chips – auch für Erwachsene. Und dann hab ich ja noch die Fußwanne dabei.« Nora deutete mit dem Kopf auf ihre rechte Schulter, an der die zweite Tasche mit Wanne hing.

»Und was kriege ich?«, fragte Kira.

»Na, das wollen wir doch gleich mal herausfinden, wenn du mir in der Küche auspacken hilfst.«

»Au ja«, kreischte Kira vergnügt und klatschte in die Hände. Sie half so lange beim Auspacken, bis sie das

Überraschungsei gefunden hatte, das Nora für sie gekauft hatte.

»Und?«, wandte sich Frauke an Nora, während sie die Fußwanne in der Spüle auswusch. »Geht's dir gut?«

»Ach, ich schlage mich so durch, du kennst mich ja«, entgegnete sie und lächelte breit.

»Dafür siehst du aber ziemlich gut aus.« Frauke musterte sie mit ihrem berühmt-berüchtigten Röntgenblick.

»Danke!«, antwortete Nora knapp und so bestimmt, dass Frauke nicht weiter nachfragte. Mit ihren Freunden hielt sie es wie mit ihren Eltern. Über Flirts und Affären sprach Nora nicht, bzw. erst dann, wenn daraus etwas Ernstes wurde. Solange genoss sie im Stillen. Gut, Luna wusste Bescheid, aber anscheinend hatte sie tatsächlich noch nichts rumposaunt, obwohl Diskretion nicht ihre größte Stärke war. Frauke hätte sie anderenfalls direkt darauf angesprochen, Katz-und-Maus-Spiele waren nichts für sie.

Es klingelte. Frauke ging zur Tür, und Nora machte sich daran, den Prosecco kalt zu stellen, die Brötchen auf der weißen Porzellanplatte anzurichten, die Chips und Cracker in Schälchen zu verteilen und die Tomaten und den Mozzarella zu schneiden. Es war Gabriella. »Hola, bonitas!«, hörte Nora sie durch den Flur rufen, bevor sie mit ihren Arbeitsutensilien im Wohnzimmer verschwand. Ein paar Minuten später kam sie mit Frauke zurück in die Küche. »Bonitas, ich brauche einen Kaffee. Oder habt ihr Prosecco?!« Gabriella lächelte herausfordernd. Die linke Augenbraue hatte sie hochgezogen, und ihre fast schwarzen Augen funkelten. »Haben wir – beides«, sagte Frauke und hob beschwichtigend die Hände. Gabriella war normalerweise immer gut gelaunt. »Das Leben ist viel zu kurz für schlechte Laune«, pflegte sie immer zu sagen. Aber zwei Dinge durften bei der Arbeit nicht fehlen: Kaffee und Prosecco. Ansonsten sank ihre Laune Richtung Gefrierpunkt. »Weißt du, ich habe da diese Kundin«, hatte sie Nora einmal mit ihrem stark brasilianischen Akzent erzählt, als die Mädchen keinen Prosecco für ihren Termin besorgt hatten. »Die war in so einer Kur wegen Giften. Ich glaube, auf Sri Lanka. Jetzt trinkt sie nur noch heißes Wasser. Als sie mir nach einer halben Stunde keinen Kaffee angeboten hat – mit dem rechten Fuß war ich schon fertig –, hab ich selbst nach einem gefragt. Schon unmöglich genug. ›Nein, Gabriella, das ist ungesund. Prosecco gibt's auch nicht mehr. Aber in der Thermosflasche in der Küche ist heißes Wasser mit Ingwer, da kannst du dich gerne bedienen.‹ Geh ich nicht mehr hin zu dieser Frau.« Seitdem stand der Prosecco literweise kalt, wenn Gabriella anrückte. Jetzt warf sie ihre langen schwarzen Locken zurück und griff mit zufriedenem Gesichtsausdruck nach dem Becher Kaffee, den Frauke ihr zusammen mit einem Glas Blubberwasser auf die Küchenbar gestellt hatte.

Es klingelte erneut. Im Flur wurde es laut, kaum dass Frauke die Tür geöffnet hatte. Kiki und Senta waren wohl gleichzeitig angekommen.

»Kira, wo bist du?!«, rief Anabell, Sentas ebenfalls dreijährige Tochter. Kira kam aus ihrem Kinderzimmer gerannt und schrie ein lautes »Wüüüäääoooh«, in das Anabell sofort einstimmte. Die beiden schienen da so eine Art Geheimsprache zu haben. Und »Wüüüäääoooh« musste so viel heißen, wie: »Hey, geil dich zu sehen!«, weil sie es nur zur Begrüßung ausstießen.

»Pssst. Leute. Die Babys schlafen.« Das war Kiki. Sie hatte ihre Zwillinge Tom und Bill mitgebracht.

»Ja, Nora ist schon da. Sie ist in der Küche«, hörte Nora Frauke sagen.

»Hi Nora«, rief Senta durch den Flur.

»Hallo Leute«, rief Nora aus der Küche zurück.

Es dauerte eine Weile, bis alle ihre Jacken ausgezogen hatten, bis die Kinder ausgepackt waren, Essen und Babywippen im Wohnzimmer bzw. auf dem Esstisch standen.

»Was ist das denn?«, fragte Nora. Ihr Blick war auf eine prall gefüllte Reisetasche gefallen, die Senta gerade ins Wohnzimmer zog.

»Das sind Kinderklamotten, die meine Schwester ausgemistet hat. Sie meinte, das könnte Kiki gut für die Zwillinge gebrauchen.«

Kiki strahlte, als hätte sie Geburtstag. »Super«, sagte sie kurz und machte sich sofort daran, die Beute unter die Lupe zu nehmen.

Nora war gerade dabei, die Sektkelche zu füllen, als es nochmals klingelte.

»Erwarten wir noch jemanden?«, fragte Senta.

»Eigentlich nicht«, antwortete Frauke und ging zur Tür. »Jetzt komm schon rein!«, hörten sie sie kurz später sagen.

»Aber ich will auf keinen Fall stören«, sagte eine Frauenstimme.

Es war Florentine, eine ehemalige Studienfreundin von Frauke, die ab und an zu ihnen stieß. »Hi«, sagte sie schüchtern, als sie mit Frauke ins Wohnzimmer kam. »Ich hoffe, ich störe nicht. Ich bin nur ganz spontan vorbeigekommen, weil ich Frauke etwas erzählen wollte.«

»Quatsch«, sagte Nora und reichte ihr, wie den anderen, ein Glas Prosecco.

»Für mich nicht, Nora. Danke«, lehnte Florentine ab.

»Geht's dir nicht gut?«, fragte Frauke.

»Nein, ganz im Gegenteil...«

In Millisekunden wurde es mucksmäuschenstill. Frauke, Senta und Kiki starrten Florentine an, als wüssten sie genau, was jetzt folgen würde.

»Ich hab jetzt nämlich auch so eins im Bauch«, sagte sie und deutete auf die Maxi-Cosis auf dem Boden, in denen Tom und Bill schliefen. »Aber nur eins...« Der Rest ging in aufbrausendem und wildem Geschnatter unter. Bei Nora kamen nur noch einzelne Wörter an: »... Woche?«, »... weißt du's?«, »... morgens schlecht?«, »... oder Mädchen?«. Florentine kam kaum dazu, auch nur eine Frage zu beantworten. Gabriellas und Noras Blicke trafen sich, Gabriella verdrehte die Augen, und Nora konnte sich nur schwer ein Lachen verkneifen. »Willst du anfangen?«

»Leute, ist es o.k., wenn ich heute anfange?«, fragte Nora in die Runde. Als sie keine Antwort erhielt, folgte sie Gabriella zum Sofa, wo diese fein säuberlich ihre Utensilien und ihren Sitzhocker aufgebaut hatte. Die Fußwanne stand schon blubbernd und schäumend bereit.

»Hände auch?!«, fragte Gabriella.

»Ja, bitte!« Nora zog ihre Fellstiefel aus, in die sie heute Morgen barfuß geschlüpft war, und steckte die Füße ins warme Wasser. Gabriella reichte sie ihre rechte Hand.

»Und Norrrrra«, röhrte Gabriella mit ihrem Akzent, oder so, als hätte Frauke mit ihr eben noch einmal intensiv die Aussprache ihres Namens geübt. »Was machen die Boys?«

»Boys« waren Gabriellas Lieblingsthema. Zu jedem Termin hielt sie eine neue Geschichte aus ihrem Liebesleben parat – meist mit einem neuen Nebendarsteller in der Rolle des Lovers. Gabriella hatte ganz bestimmte Vorstellungen von dem Mann an ihrer Seite. Ganz klassische. »Ich habe diesen Wahnsinnstyp kennengelernt. Nicht so hübsch, aber sehr erfolgreich, intelligent und witzig. Letzten Freitag wollte er mit mir tanzen gehen. Vorher waren wir in einer Bar, auf einen Drink. Und da wollte er doch tatsächlich, dass wir die Rechnung teilen. Da bin ich gegangen. Da kenne ich nichts. Phhhhh. Also, wer mit mir tanzen will, der muss schon wenigstens meinen Drink bezahlen«, hatte sie den Mädels noch vor ein paar Wochen erzählt. Eigentlich war Gabriella, sie musste so Mitte 40 sein, aber darum machte sie ein riesiges Geheimnis, nach ihrer gescheiterten Ehe auf der Suche nach DEM Richtigen. »Aber«, wurde sie nicht müde zu erklären, »solange der nicht kommt, habe ich lieber Spaß mit den Falschen.« Nora liebte Gabriella für ihre Einstellung. Sie mochte Frauen, die auch taten, wonach ihnen war, und nicht nur darüber sinnierten oder redeten. Und Gabriella war heiß. Nicht groß, aber schlank wie eine Sehne, immer in engen Jeans und hohen Stiefeln, engen Oberteilen und die vollen Lippen stets in Gloss getränkt.

»Och«, antwortete Nora zögerlich, die wirklich mehr der diskrete Typ war, dafür aber Gabriellas Geschichten liebte. Die waren einzigartig.

»Nora, bonita, wie oft habe ich dir schon gesagt, dass du mehr Spaß haben musst.«

Nora dachte kurz an Mariano. Sie hätte jetzt nicht sagen können, dass es ihr an Spaß fehlte. »Und du?«, fragte sie zurück, wohl wissend, dass Gabriella sich nicht weiter mit ihr aufhalten würde, wenn sie Gelegenheit bekäme, ihre neueste Geschichte zu erzählen …

»Ich habe einen neuen Freund.«

»Nein!«

»Pssst«, machte Gabriella und schaute sich lachend nach den anderen um. »Das ist nicht für alle Ohren bestimmt.«

Doch die Mädels waren völlig mit sich beschäftigt. Kiki drückte Florentine, die mit Frauke und Senta am Esstisch saß, gerade Tom in den Arm. So als müsste Florentine unbedingt sofort anfangen zu üben, wie man Babys hält. Die Zwillinge waren wohl gerade aufgewacht, denn Kiki holte auch Bill aus dem Kindersitz. Senta erklärte Anabell, dass man zwar durchaus mit Kochtöpfen spielen durfte, aber dass man damit unter keinen Umständen und niemals Kira auf den Kopf schlagen durfte. Frauke tröstete ihre Tochter und sagte zu Bill, der jetzt auf dem Schoß seiner Mutter neben ihr saß: »Ja, das tut nämlich weh, wenn man so einen Kochtopf auf den Kopf gehauen bekommt. Ne, Bill?!« Als ob der Knirps auch nur im Ansatz verstehen könnte, wovon sie gerade sprach, oder gar seine Meinung dazu verkünden könnte.

»O. k., ganz leise. Seit wann und wo hast du ihn kennengelernt?«

»Seit zwei Wochen und der kann Sachen …«

»Gabriella!«

»Nein, ehrlich, ist der beste Sex, den ich seit langem hatte. Und billig war er auch!«

»Waaaaaas?«

»Norrrrrra! Psssst!«, zischte sie.

»Wie, billig? Hast du dir etwa einen …«

Gabriella grinste. »Aus dem Internet.«

»Gabriella?! Das ist doch nicht dein Ernst!«

Gabriella pustete über Noras Mittelfinger, den sie gerade mit der Nagelpfeile bearbeitete, und sagte: »Doch! 79 Euro.«

Nora war fassungslos. Und verwirrt. »79 Euro? Wie geht das denn? Wo kommt der denn her? Und wie alt ist er?!«

»Made in China. Zwei Wochen«, flötete sie.

»Nein, nicht wann du ihn kennengelernt hast. Wie alt er ist…« Gabriella bevorzugte jüngere Männer. Eine Vorliebe, die Nora mehr als gut verstand.

»Sag ich doch, zwei Wochen. Und das Tolle ist: Er raucht nicht, er trinkt nicht, ich muss ihm nichts kochen, nicht für ihn waschen, und er ist fast stumm.« Gabriella kicherte jetzt heftig.

Nora beschlich das sichere Gefühl, dass sie von ziemlich unterschiedlichen Dingen sprachen, und schaute Gabriella verwirrt an.

»Ich habe einen neuen Vibrator«, verriet Gabriella nun endlich. Nora kicherte, war sich aber nicht sicher, ob sie mehr hören wollte. Allerdings hatte sie hier kein Vetorecht, Gabriella fuhr sofort fort: »Der ist einfach großartig. Der ist wasserfest, hat fünf Stufen, und die Spitze dreht sich nach rechts UND links. Und dann hat er noch dieses kleine Ding da unten. Das vibriert die ganze Zeit. Ich sage dir, besser als alle Boys zusammen. Ich komme gar nicht mehr aus meinem Schlafzimmer raus. Gestern hätte mich Pepe beinahe dabei erwischt. Andere Hand.«

Gabriella hatte soeben Noras rechte Hand in das bereitstehende Schüsselchen mit warmem Wasser gelegt und wartete auf ihre linke. Pepe war Gabriellas 17-jähriger Sohn. Und vor Noras innerem Auge setzten sich langsam, aber deutlich die einzelnen Teile des zuvor Gehörten zu einem eindeutigen Bild zusammen. Sie wusste nicht, ob sie lachen oder schreien sollte. Wo waren die anderen? Nun war es Nora, die rüber zum Esstisch schaute. Aber keine der Freundinnen bemerkte ihren flehenden Blick. Sie aßen und quatschten. Die Mädchen spielten wieder friedlich, Tom schlief, und Bill saugte fleißig an Kikis blankgezogener rechter Brust.

»Himmel«, stöhnte Nora.

»Da sagst du was!«, sagte Gabriella und widmete sich mit einem seligen Lächeln ihrer Arbeit.

Der restliche Nachmittag verlief ohne große Zwischenfälle und weitere intime Details von wem auch immer. Florentine hatte sich schon lange wieder verabschiedet, als Senta als Letzte unter Gabriellas Fittiche kam, und Nora beschloss, sich auf den Heimweg zu machen. Sie hatte genug für heute.

»Sag mal, hast du schon etwas für deinen Geburtstag geplant?«, fragte Senta Nora, die mit Mantel, Tasche und in Jesuslatschen – die Fußnägel brauchten laut Fachfrau gut zwei Stunden frische Luft, um zu trocknen – schon im Türrahmen stand.

»Neee, noch nicht. Das ist ja auch noch ein bisschen hin.«

»Na ja, nicht mal mehr zwei Wochen«, sagte Kiki. Nora hatte am 25. April Geburtstag – Kiki hatte Recht.

»Ich habe mir echt noch gar keine Gedanken darüber gemacht. Vielleicht mache ich auch gar nichts. Ist ja auch kein besonderer Geburtstag.«

»Na ja, 40 ist schon eine große Sache«, röhrte Gabriella.

»Ich werde 37.«

»Wirklich?!«

»Wirklich!«

»Ach, komm schon, Nora. Irgendwas können wir doch machen. Ist ein Sonntag oder?! Dann könnten wir samstags doch reinfeiern.« Frauke war Feuer und Flamme.

»Das muss ich aber ganz genau wissen, damit ich auf jeden Fall frühzeitig einen Babysitter organisieren kann«, kam es von Kiki.

»Ja, genau!«, stimmten Senta und Frauke gleichzeitig mit ein.

»Aber ist da nicht eh die Taufe von Bill und Tom?«

»Nora, die ist eine Woche später. Am 2. Mai!« Kiki sah vorwurfsvoll drein.

»Ach ja! Gut, ich denk drüber nach, und dann sag ich euch Bescheid.« Nora warf Kusshände in alle Richtungen und war durch die Tür.

Es war Freitag, und Nora saß, noch immer in ihrer weißen, mit zartblauen Blümchen bestickten Schlafhose und einem weißen T-Shirt, an ihrem Sekretär. Es war halb zehn, vor ihr dampfte ein Becher Kaffee. Sie checkte gerade E-Mails – ihre morgendliche Routine, seit sie quasi arbeitslos war. Im Ordner *Unbekannt* fand sie Ankündigungen wie »Viagra! Endlich wieder echte Manneskraft jetzt auch für Dich«, »Congratulation Nora, you've won 1 Million Pounds«, »Dein Traumpartner wartet schon auf Dich«, eine Reisewerbung mit dem Motto »Nichts wie weg« und eine Mail mit der Betreffzeile »Maja ist da! Endlich!«

Aber wer war Maja? Der Absender lautete *Die-Wichert-Neuhausens@web.de*. Wichert-Neuhausen? Neuhausen? Neuhausen! Ah, das könnte Gabi sein. Gabi Neuhausen. Mit der war Nora zur Schule gegangen. Eine kleine, etwas untersetzte Streberin mit mausbraunem Pagenkopf und Nickelbrille, die Nora völlig selbstlos in Mathe durchs Abi geschleust hatte. Bis auf die Ankündigung ihrer Hochzeit vor vier Jahren hatte Nora von Gabi allerdings seit dem Abitur – und das war 1993 gewesen – nichts mehr gehört und gesehen. Nora war zu keinem ihrer Klassen- oder Stufentreffen erschienen. Ihr Freundeskreis hatte sich während der Oberstufe vollkommen außerhalb der Schule formiert, so dass Noras Schulfreundschaften mehr zu Zweckgemeinschaften mutiert waren. Tatsächlich hatte Nora mit keiner einzigen Person aus dieser fernen

Zeit heute noch Kontakt. Das schien ein völlig anderes Leben, kaum noch abrufbar. Wenn es überhaupt mal existiert hatte. Wen hatte Gabi denn überhaupt geheiratet? Egal, denn langsam dämmerte es Nora, wer bzw. was Maja sein könnte. Morgens war sie immer ziemlich langsam. Sie klickte auf »Maja ist da! Endlich!«. Sofort öffnete sich eine Homepage, die ein Kinderzimmer zeigte bzw. eine weiße Wickelkommode in einem rosaroten Kinderzimmer. Über der Kommode, auf der ein weißer, dicker Teddybär mit pinkem Halsband saß, hingen auf einer pinken Tapete mehrere goldene Bilderrahmen, in denen Slogans standen wie: »Unser erster Urlaub zu dritt«, »Es ist so weit«, »Gabi und Sascha« – das musste dann also der Göttergatte sein –, »E-Mail an Maja« oder »Eintrag ins Geburtsbuch«. Nora klickte auf »Unser erster Urlaub zu dritt«. Es erschien eine Foto-Slideshow, die mit einer Luftaufnahme der Insel Sylt begann. Dann folgten Gabi und Sascha am Strand, Gabi und Sascha beim Kaffeetrinken, Gabi im Strandkorb, Sascha rennend durch die Dünen, Sascha beim Kochen, Gabi beim Lesen und Gabi und Sascha küssend vor der schäumenden Brandung. Nora war verwirrt. Wo war Maja? Die Fotoshow klärte sie sogleich auf. Am Ende erschien eine pinke Schrift auf schwarzem Hintergrund und verkündete: Juni 2009, 15. Woche. »Oh Gott«, dachte Nora. Sie klickte zurück und ging auf den Bilderrahmen »Gabi und Sascha«. Diese Slideshow dokumentierte die Beziehung der beiden vom ersten Verliebtsein 1998 über die Hochzeit bis heute. Weit und breit kein Baby. Vielleicht, so kam es Nora in den Sinn, würde sie ein Foto von Maja unter »Es ist so weit!« finden. Nora hustete. Sie hatte gerade einen großen Schluck Kaffee genommen, sich allerdings beim Anblick der nun gestarteten Fotoreihe prompt verschluckt. Diese zeigte Gabi –

halbnackt posierend vorm Fenster, mit den Händen über ihrem kleinen, schwangeren Bauch. Dann Gabi halbnackt auf dem Sofa, deutlich runder, Gabi unter der Dusche, die eine Hand über den Brüsten, die andere im Schritt, der Bauch noch größer. Oder Gabi mit nichts an als ihrem Höschen und BH im Bett. Wie ein gestrandeter Wal auf dem Rücken liegend und lachend. Dann folgten Bilder aus einem »professionellen Fotoshooting«: Gabi – mit Make-up, roten Lippen, die mausbraunen, jetzt schulterlangen Haare glatt gestylt – barfuß in verwaschenen Jeans. Der Reißverschluss war offen, weil der Bauch so dick war. Mit den Händen über ihren gigantischen Brüsten lächelte sie lasziv und herausfordernd in die Kamera. Dann ein paar Porträts – sehr sexy. Dann Gabi nackt von allen Seiten, sogar von hinten, mit einem verführerischen Blick über die rechte Schulter. Aber nichts übertraf das Highlight: Gabi in schwarzen Höschen, breitbeinig stehend, eine Pilotenjacke aus Leder übergezogen, die zwar ihre nackten Brüste, nicht aber den Bauch bedeckte. Zu allem Überfluss hatte sie tatsächlich eine verspiegelte Pilotenbrille auf der Nase. Nora's Hustenanfall wurde immer schlimmer, so dass sie nichts dagegen tun konnte, als ihr der Kaffee durch die zusammengepressten Lippen und die Nase auf Bildschirm und Tastatur spritzte. »Warum machen die Leute denn so etwas?«, fuhr es Nora durch den Kopf, und sie merkte, wie ihr die Fremdschäm-Röte in die Wangen schoss. Mechanisch, wie fremdgesteuert, ging sie in die Küche, putzte sich die Nase, wusch ihr Gesicht über der Spüle und holte einen Lappen. Als die Sauerei beseitigt war, klickte sie zurück auf die Startseite. Wo zum Teufel war denn jetzt der Nachwuchs? Schließlich stand in der scheiß Betreffzeile: »Maja ist da! Endlich!« Aber von der Kleinen schien es nicht ein einziges Bild zu geben.

Dafür viel zu viele und viel zu peinliche von ihren Eltern – vor allem von Gabi. Nora fühlte sich irgendwie belästigt. Warum schickte die ihr so einen Dreck? Was war aus der guten alten Privatsphäre geworden? Und wenn die schon Bock hatten, auf ihre zu verzichten, dann hätten sie wenigstens Rücksicht auf die von Nora nehmen können. Schließlich hatten sie seit einer Ewigkeit gar nichts mehr miteinander zu tun. Waren sie überhaupt je befreundet gewesen? Nein! Nora ließ ihre Augen über den Wickeltisch wandern. Da! Total versteckt auf dem Halsband des Teddybärs stand auf einer winzigen, goldenen Plakette: »Maja«. Warum um alles in der Welt hatte das Kind keinen eigenen Bilderrahmen bekommen? Es war doch schließlich seine blöde Homepage! Der Klick auf »Maja« zeigte ziemlich genau ein einziges Bild des Neugeborenen. Darunter stand: Maja, 5. April 2010, 14:20 Uhr, 44 cm, 4600 Gramm. Das war's. Keine Slideshow von bzw. für Maja. »Das arme Kind«, dachte Nora. Ein Pop-up-Fenster öffnete sich. Ein lustiger kleiner Hase erschien hoppelnd und sagte mit schriller Stimme: »Willst Du Maja eine E-Mail schreiben?«

»So weit kommt es noch!«, entfuhr es Nora. Obwohl die arme Maja bestimmt Freunde gut gebrauchen könnte – bei all dem Rosa und Pink, das schon traumaverdächtig genug war, und ihren sich offenbar sehr gerne in Szene setzenden Eltern. Aber das mussten andere erledigen. Auf keinen Fall Nora. Sie schloss die Seite und kennzeichnete die Mail der Wichert-Neuhausens als Spam.

Nora hatte gerade gebadet. Sie lag so ziemlich jeden Tag in der Badewanne. Duschen fand sie doof und anstrengend. Es war kurz nach 14 Uhr, als das Telefon schellte. »Hallo?!«

»Liebes, fandest du meine Nachricht zu doof, oder warum habe ich noch nichts von dir gehört?« Es war Kim.

»Quatsch, Blödmann! Das ist es nicht. Du begreifst einfach nicht, dass ich dich nicht mehr liebe. Und ich fände es wirklich an der Zeit, dass du aufhörst, mich zu belästigen. Sonst sehe ich mich gezwungen, zu anderen Mitteln zu greifen. Es gibt jetzt nämlich dieses ganz neue, effektive Gesetz bezüglich Stalking.«

Kim lachte. »Du hast sie nicht alle!«

»Uhhh, eine ganz neue Erkenntnis. Und da wunderst du dich noch?! Im Ernst, bei mir ist alles gut. Irgendwie habe ich in den letzten Tagen einfach die Zeit verloren. Sorry!«

»Klar, du bist ja auch so beschäftigt im Moment«, antwortete er und lachte – diesmal über seine Spitze. »Sehr wahrscheinlich weißt du gerade gar nicht, wo dir der Kopf steht – bei all der Arbeit. Du Arme!«

»Ich wollte einfach einmal wissen, wie sich ein Künstler so fühlt. Deshalb lasse ich gerade mal alles laufen und warte auf die nächste Inspiration.« Die Wahrheit war, dass sie fast jeden Abend stundenlang mit Mariano telefoniert hatte. Bis auf Mittwoch. Da waren sie essen gegangen. Ins »Etrusca«, Nora's Lieblingsrestaurant auf der Zülpicher Straße. Nach einem Absacker bei ihr im Viertel hatte er sie noch nach Hause gefahren. Es war kein langer Weg, aber sie hatten bestimmt noch eine Stunde im Auto gesessen und geknutscht. Mit zu ihr hoch durfte er nicht. Noch nicht. Nora hatte zwei eiserne Regeln für die Gestaltung ihres Liebeslebens. Erstens: Kein Sex beim ersten oder zweiten Date – vielleicht beim dritten. Zweitens: Nur Männer, in die Nora verliebt war, nahm sie mit zu sich nach Hause.

»Du hast doch bestimmt irgendetwas am Laufen und zierst dich wieder, es mir zu erzählen …«

Woher wusste er das? Unmöglich! Luna hatte geschworen, es niemanden zu erzählen, solange Nora sie regelmäßig mit allen Neuigkeiten versorgen würde.

»Kim, du wärst doch der Erste, dem ich so etwas erzählen würde. Das weißt du doch!«

»Ja, ja, wer's glaubt… Sag mal, hast du Lust, heute Abend mit mir auf ein bis 20 Kölsch zu gehen?«

»Supergerne, aber morgen ist Samstag und ich bin schon letzte Woche voll verknittert bei meinen Eltern aufgelaufen. Morgen würde ich ganz gerne propper erscheinen.« Auch wenn Nora das tatsächlich vorhatte, der eigentliche Grund für ihre Absage war ein Date mit Mariano.

»Aber morgen Abend steht?!«

Stille.

»Nora?! Du hast es vergessen!«

»Was?«

»Morgen Abend, Essen bei uns?!«

Nora hatte es tatsächlich vergessen.

»Also, wenn ich dich nicht lieben würde…«

»Ja, ja, dann würdest du mich hassen.«

Kim atmete tief durch. »Ist ja auch egal. Wir fangen um 19:30 Uhr an. Für dich bedeutet das, um 19 Uhr bei uns, vielleicht schaffst du es ja dann, spätestens um acht da zu sein. Absagen und Entschuldigungen werden nicht mehr akzeptiert. Marie und ich freuen uns auf dich, die Kinder auch. Ach ja, Frauke und Sven und Daggi und Schorsch kommen auch – samt Anhang. Aber du bist ja hart im Nehmen. Bis morgen! Und wehe, du…«

Nora kicherte. Es war zu niedlich, wenn Kim seine strenge Seite aufzog, wohl wissend, dass er keinen Deut besser war als sie. »Ich werde da sein!«

Nora ging ins Schlafzimmer und zog sich an. Sie überlegte, was sie zu Mittag essen sollte: Currywurst? Pizza Service? Etwas vom Inder? Oder vielleicht mal das Haus verlassen und zu McDonald's fahren? Nora öffnete die Tür zu ihrem Balkon. Es roch nach Frühling. Ihr Balkon erschien jedoch noch im Winterlook – alle Pflanzen waren tot. Selbst die Buchsbäume, die eigentlich ewiges Leben für sich gepachtet hatten. Aber Nora hatte wohl nicht daran gedacht, dass auch die im Winter wenigstens ab und an etwas zu trinken brauchten. »Dann könnte ich auch zum Pflanzengroßhandel …«, sagte sie gerade laut zu sich, als ihr Telefon erneut klingelte.

»Ich bin's. Kiki.«

»Hey Kiki, alles klar?!«

»Geht so! Du, ich fall am besten gleich mit der Tür ins Haus. Du hast doch am Montag gesagt, dass ich mich melden soll, wenn ich Hilfe brauche. Weil du doch im Moment so viel Zeit hast.«

Nora erinnerte sich. Kiki hatte beim Gabriella-Termin von ihrem Leid geklagt. Ihr Mann Franz, ein Schriftsteller, lag mit Hexenschuss und völlig außer Gefecht gesetzt zu Hause auf der Couch, so dass sie sich momentan ganz alleine um die Zwillinge kümmern musste. »Was liegt an?«, fragte Nora.

»Also, heute am späten Nachmittag ist Babyschwimmen. Eigentlich wollte Daggi ja mitkommen. Aber sie ist mit dem Kleinen beim Arzt und hat abgesagt. Ich weiß gar nicht, was ich jetzt machen soll. Mit beiden alleine kann ich auf keinen Fall gehen. Aber es ist die erste Stunde, und verpassen will ich die auch nicht«, erklärte Kiki verzweifelt.

»Wann geht das denn los?«

»Um Viertel vor fünf.«

»Kein Problem. Ich bin dabei.«

»Du bist ein Schatz, Nora. Sei doch um Viertel nach vier bei mir. Das reicht dicke, wir müssen nur rüber ins Seniorenheim.«

»Ins Seniorenheim? Ich denke, wir gehen zum Babyschwimmen?!«

Kiki lachte. »Gehen wir ja auch, aber die machen das im Schwimmbad vom Seniorenheim. Also, dann bis gleich. Und tausend Dank!« Kiki hatte aufgelegt.

Babyschwimmen.

Es vergingen keine fünf Minuten, da schellte Noras Handy. Daggi. Nora nahm ab. »Daggi!«

»Nora, sag mal, Kiki hat mir gerade erzählt, dass DU mit zum Babyschwimmen gehst…«

Nora setzte sich auf ihr Bett. Daggi war Kikis beste Freundin und zählte daher auch irgendwie zu Noras Freundinnen. Außerdem war sie die Frau von Schorsch. Nora kannte Schorsch, der eigentlich Georg hieß, seit ewigen Zeiten. Damals, vor 18 Jahren, war sie mit Haut und Haaren in einen komplett gesettelten Freundeskreis eingetaucht. Während der Schulzeit hatte Nora in einem Café in der Stadt gearbeitet und dort Frauke kennengelernt, die auch dort jobbte. Die beiden hatten sich auf Anhieb verstanden, und Frauke hatte Nora immer öfter an den Wochenenden mitgenommen. Schorsch hatte sie ziemlich schnell kennengelernt. Sie waren früher mal sehr eng befreundet gewesen. Bis Schorsch mit Daggi zusammengekommen war. Obwohl Nora und Schorsch nie, wirklich nie etwas miteinander hatten, traute Daggi dem Braten nicht. Bis heute. Daggi war 35, vier Jahre jünger als Schorsch, eine eher kleine, voll-voll-schlanke Brünette im Naturlook. Ein bisschen launisch und das auch gerne ganz ungehemmt. Aber Nora mochte sie trotzdem. Nicht immer, aber immer öfter.

»Ja, das ist richtig. Ich gehe mit zum Babyschwimmen. Du kannst ja nicht.«

»Ja, Axel ist krank, irgendetwas mit dem Magen. Und ich sitze gerade mit ihm beim Kinderarzt...« Axel war Schorschs und Daggis vierjähriger Sohn. Ein ganz spezieller Fall, wie Nora fand.

»Und du gehst jetzt mit, kein Scherz???«, polterte Daggi.

Nora vernahm neben dem verwunderten auch einen irgendwie missbilligenden Unterton. »Ja! Ich kann nämlich schon prima schwimmen. Ich habe das bronzene, silberne und goldene Schwimmabzeichen.«

»Ja, aber du hast doch keine Ahnung von... Oh, Nora, ich muss. Wir sind dran. Wenn ich hier zeitig rauskomme und es Axel besser gehen sollte, komme ich vielleicht später dazu. Bis dann!«

Weg war sie. Daggi war echt unglaublich. Was sollte denn so schwer sein beim Babyschwimmen. Dafür brauchte man ja wohl keine Qualifikation! Nora schüttelte den Kopf und ging ins Schlafzimmer, um ihre Schwimmtasche zu packen.

Um kurz vor halb fünf, gut zehn Minuten zu spät, traf Nora bei Kiki ein. Franz und Kiki wohnten mit den Zwillingen in einem weiß geklinkerten Einfamilienhaus aus den 70ern in Köln-Weiß. Nora, mit Schwimmtasche bepackt, klingelte und setzte einen schuldbewussten Blick auf. Kiki öffnete mit hochrotem Kopf. Ihre rotblonden, kinnlangen Haare hatte sie mit Hilfe unzähliger kleiner Haarklammern zu einem Zopf gebunden. Sie trug einen Jogginganzug, einen Trenchcoat darüber und sagte nur knapp: »Komm, lass mal gleich los. Am besten, wir fahren doch mit dem Auto. Hier!« Sie drückte ihr den Maxi-Cosi mit Bill in die Hand. Nora erkannte ihn an den roten Haaren. Die Zwillinge, fast sechs Monate alt, waren zweieiig. Bill hatte rotes Haar und eisblaue Augen, Tom war dunkelhaarig wie sein Vater. Seine Augen waren bernsteinfarben. Er war der Lebendigere von beiden, während Bill immer einige Zeit brauchte, bis er auftaute.

»Und hier«, sagte Kiki und drückte Nora noch eine Sporttasche in die Hand. Sie selbst schulterte sich zwei Sporttaschen über und griff nach dem Maxi-Cosi mit Tom. »Los!«, gab sie das Startzeichen und stürmte an ihr vorbei zum Auto, das in der Einfahrt parkte. Ein Familien-Van. Im Nu flogen die Taschen in den Kofferraum, waren die Kinder auf der Rückbank ordnungsgemäß angeschnallt. Nora hüpfte auf den Beifahrersitz, und schon schoss Kiki aus der Einfahrt auf die Hauptstraße Richtung Rodenkirchen, dem Nachbarort, wo das Seniorenheim lag. Nach höchstens drei Minuten und unzähligen »Mann, du Penner! Fahr doch« von Kiki erreichten sie ihr Ziel.

»Schnell!«, mahnte Kiki ihre Freundin, kaum dass sie den Motor abgestellt hatte. Schon war sie am Kofferraum, holte die Taschen und machte sich daran, Toms Babysitz aus den Gurten zu lösen. Nora konnte kaum Schritt halten, als Kiki durch die Gänge des Seniorenheims raste, als wäre der Teufel hinter ihr her. An den Wänden hingen große, gerahmte Fotos von Pflanzen oder lachenden Rentnern, die die Zeit ihres Lebens zu haben schienen. »Guten Tag, schönen guten Tag«, rief sie hektisch nach rechts und links zu den Alten, die sich dort aufhielten. Allerdings sahen die gar nicht glücklich aus. Es roch auch irgendwie unangenehm. Nach Keller. Oder nach Bahnunterführungen und Urin.

Endlich. Nur wenige Schritte entfernt lag am Ende des Ganges das Schwimmbad. Nora schwitzte. Der Maxi-Cosi in der linken Hand und die zwei Taschen an der rechten Schulter waren schwer. Sie war es nicht gewohnt, in einem solchen Eiltempo zu laufen. »Sport. Ich muss unbedingt wieder mit Sport anfangen«, dachte sie und rang nach Luft. Dann kicherte sie. Kiki und sie sahen aus wie ein lesbisches Pärchen, das mit den entweder adoptierten, oder, einer Samenspende sei Dank, fast leiblichen Kindern übers Wochenende verreisen wollte – wenn sie denn ihren Flieger noch erreichten.

»Was?«, fragte Kiki, immer noch gehetzt, und schubste die Tür zur Umkleidekabine auf. Es roch nach Chlor. »Puuuhhh. So, Nora, du machst Tom fertig und ich Bill.«

Nora tat, wie ihr befohlen. Sie kramte in der Tasche nach dem Badehöschen für ihren Schützling.

»Vergiss die Schwimmwindel bitte nicht«, bemerkte Kiki.

»Oh. O.k.« Schwimmwindeln. Klar! Wichtige Sache, damit die Kleinen nicht ins Becken pinkelten. Hoffentlich trugen die Rentner auch solche Windeln, wenn sie hier ihre Bahnen schwammen. Der Geruch vom Flur, in Verbindung mit dem jetzt starken, fast stechenden Chlorgeruch, gehüllt in einen Mantel aus Desinfektionsmittel, ließ Nora allerdings das Schlimmste befürchten. Als die Zwillinge fertig waren, verschwand erst Kiki in die Umkleide, dann Nora. »Dann hat eine von uns immer ein Auge auf die Jungs«, unterstrich Kiki die Wichtigkeit dieser Vorgehensweise, als bestünde die Gefahr, dass Bill und Tom jederzeit die Flucht antreten könnten. Als Nora fertig war und aus der Umkleide trat, fing Kiki an zu lachen. Diesmal war es Nora, die mit einem »Was?« antwortete.

»Wir sind hier beim Babyschwimmen und nicht am Strand von Ibiza.« Kiki stand da, in ihrem dunkelblauen Sportbadeanzug und mit einer gelben Badekappe auf dem Kopf, und musterte Nora amüsiert. Nora hatte sich für ihren grünen Bikini entschieden, der sowohl am Slip wie am Oberteil mit lila geflochtenen Bändern abgesetzt war. Um den Kopf hatte sie ein buntes Seidentuch gebunden. Sie trug einen silbernen Marienkranz um den Hals, ihre silbernen Ringe, silberne Kreolen, und natürlich hatte sie zumindest die Wimpern getuscht. Kiki kicherte immer noch.

»Sorry!«, sagte Nora grinsend. »Aber ich besitze keinen Badeanzug.«

»Na, so kommen die Jungs wenigstens gleich auf den richtigen Geschmack«, feixte Kiki. »Wen willst du?«

»Beide!«, sagte Nora jetzt und zwinkerte Kiki zu. »Aber frühestens mit 18.«

»Du bist unmöglich! Also, ich denke, du nimmst am besten Tom. Bill fremdelt ja immer ein bisschen.«

Mit den Babys bepackt betraten sie das Schwimmbad. Hier war es mindestens 40 Grad warm, und die hohe Luftfeuchtigkeit machte das Atmen schwer. Sie schienen die einzigen Teilnehmer zu sein. Das Schwimmbad war menschenleer, bis auf eine Person, die am Beckenrand auf sie wartete. »Hi, ich bin Katrin, ich leite diesen Kurs«, stellte sich die burschikose, mittelgroße Frau mit kurzen, grün gefärbten Haaren vor. »Du musst Kiki sein. Und wer ist das?«

»Das ist Bill, und das ist Tom.« Kiki deutete zu dem Jungen auf Noras Arm.

»Und du bist?«, wandte sich Katrin an Nora.

»Ich bin der Ersatzpapi. Nora, grüß dich.«

Katrin musterte Nora von oben bis unten. Sie selbst trug einen Ganzkörperbadeanzug. Eins dieser aerodynamischen Teile. Als wären wir hier bei Olympia ..., dachte Nora und betrachtete das etwa sieben Meter lange und drei Meter breite Schwimmbecken.

»Na gut. Also, die anderen haben für heute leider abgesagt. Das heißt, ich gehöre in den nächsten 45 Minuten ganz euch! Das wird super!« Katrin klatschte in die Hände und nickte heftig, als wolle sie sich selbst noch mal richtig anfeuern »Dann mal rein mit euch!«

Das Wasser hatte Pipi-Temperatur, bestimmt 28 Grad. Nora rümpfte die Nase. Ganz bestimmt trugen die Rentner keine Schwimmwindeln. Sie selbst nahm sich jedenfalls vor, darauf zu achten, dass sich kein Tropfen Wasser in ihren oder Toms Mund verirrte. Wer wusste schon, was man sich hier holen konnte. Das konnte auf gar keinen Fall gesund sein. Unter Katrins Anweisungen und scharfen Blicken zogen Kiki und Nora die Zwillinge durchs Wasser. Erst in der Vertikalen an den Ärmchen, dann auf dem Rücken und schließlich auf dem Bauch. Währenddessen faselte Katrin ständig etwas von »Wie im Mutterleib«, oder davon, wie sich die Babys nun gerade fühlten oder wie wenig Angst Babys im Allgemeinen im Wasser hätten. »So, und jetzt könnt ihr die Jungs einfach mal kurz unter Wasser tauchen.« Nora schaute entsetzt zu Katrin. »Keine Sorge. Das Gefühl kennen sie ja aus dem Mutterleib.«

Ja, nur dass sie da noch nicht selbständig geatmet haben, dachte Nora.

»Und los!«, kommandierte Katrin. »Vertraut mir. Babys lieben das!«

Nora schaute zu Kiki, die nickte ihr legitimierend zu. Gleichzeitig zogen sie die Kinder unter Wasser, um sie gleich wieder auftauchen zu lassen. Tom sah ein wenig erschrocken aus, aber als Nora ihn anlachte, begann er augenblicklich zu strahlen und vor Vergnügen zu quietschen. »Krass«, freute sie sich. Bill hatte das Ganze nicht so gut weggesteckt. Kaum tauchte er aus dem Wasser auf, fing er an zu heulen und bekam einen heftigen Hustenanfall. Tja, die Sache mit der Atmung halt, dachte Nora. Das weiß ich ja sogar. Von wegen, Babys lieben das … So wie Bill abging und aussah, hatte er sehr wahrscheinlich soeben seine erste Nahtoderfahrung erlebt. Kiki sah erschrocken aus. Katrin schüttelte den Kopf. »Na, da hat wohl einer auf den Reflex, den Atem anzuhalten, verzichtet«, war alles, was sie dazu beisteuerte.

»Jetzt nimmst du ihn ganz nah an dich und bewegst dich im Takt mit den Wellen. Das beruhigt ihn sofort.« Die Wellen und ihre prophezeite Wirkung schienen Bill aber scheißegal zu sein. Er schrie und schrie und schrie.

»Du«, rief Katrin Nora zu, »vielleicht gehst du mal mit dem anderen zu ihm rüber. Dann sieht er, dass sein Bruder das ganz super findet. Los!«

Nora bewegte sich mit Tom auf dem Arm auf Kiki zu. Als Bill Tom sah, heulte er nur noch lauter auf, als wolle er seinem Bruder erzählen, was ihm gerade Schreckliches angetan wurde. Tom klammerte sich an Nora und begann zu wimmern.

»Ich glaube, dass ist keine gute Idee«, sagte Nora.

Katrin schaute sie streng an.

»Finde ich auch«, kam Kiki ihr zu Hilfe. »Nora, mach du doch mit Tom einfach mit dem weiter, was wir schon gelernt haben.«

Im nächsten Moment flog die Tür zum Schwimmbad auf. »Hallo! Ich konnte nicht anders. Das muss ich doch mit eigenen Augen sehen und festhalten.«

Daggi! Sie war vollständig bekleidet und hatte sich nur blaue Plastiktüten über ihre Straßenschuhe gezogen. In der rechten Hand hielt sie eine Digitalkamera, mit der sie durch die Luft fuchtelte. Nora drehte sich zu Kiki. Ihr Blick sagte: »Was soll das denn jetzt? Da hätte sie ja gleich mit dir zum

Babyschwimmen kommen können.« Kiki reagierte mit einem beschwichtigenden Blick.

»Axel geht es schon viel besser, und da dachte ich, das Spektakel kann ich mir nicht entgehen lassen.« Sie lachte. Bill hatte sich beruhigt, als Daggi kurz darauf begann, Fotos von der Schwimmpremiere zu machen. Aber irgendwie schien sie sich dabei hauptsächlich für Noras Premiere beim Babyschwimmen zu interessieren. »Nora, mach doch noch mal irgendetwas mit Tom«, rief sie immer wieder. Nora sah schon jetzt die Fotos und Kommentare auf Facebook vor sich, die Daggi sehr wahrscheinlich in nicht weniger als einer Stunde hochladen würde. Sie hasste Facebook – und in diesem Moment auch Daggi.

»So«, unterbrach Katrin nach einer Weile. »Das war's für heute. Wir sehen uns dann nächste Woche? Dann mit dem Vater?« Kiki nickte. »Hat Spaß gemacht mit euch«, sagte Katrin und wies mit dem linken Arm Richtung Tür, um sie aufzufordern, das Becken zu verlassen.

Daggi schien enttäuscht. »Oh, anscheinend habe ich das Meiste verpasst.« Nora schickte ihr einen fragenden Blick. »Ich muss dann auch wieder. Ich schick euch die Fotos per Mail, ja?! Tschüss!«

»Unglaublich«, kommentierte Nora. Sie waren bereits auf dem Weg in die Umkleide.

»Ja, ich weiß. Aber sie ist eine meiner ältesten Freundinnen, und sie hat auch ganz wunderbare Seiten, ehrlich«, antwortete Kiki.

»Mmmmh«, machte Nora, die wusste, dass Kiki Recht hatte. »Ich wünschte nur, die kämen öfter zu Besuch!« Beide lachten.

»Du, wir müssen die Jungs und uns jetzt echt gut waschen.

Ich bin mir nicht sicher, aber ich glaube, wir haben gerade fast eine Stunde in Pipi gebadet«, wechselte Nora das Thema.

»Quatsch. Dann würden sie hier doch kein Babyschwimmen anbieten.«

Nora zog lediglich vielsagend die Augenbrauen hoch.

Es dauerte eine halbe Stunde, bis sie alle geduscht waren.

»Machst du heute Abend etwas?«, fragte Kiki und schaute Nora kurz an. Sie saßen wieder im Auto und bogen gerade in die Einfahrt vor Kikis und Franz' Haus.

»Vielleicht, weiß noch nicht«, log Nora. Mariano holte sie um halb neun ab, sie wollten zum Sushi-Mann in der Benesisstraße, dann einen Drink nehmen und vielleicht noch ein wenig clubben.

»Mit Luna?«, fragte Kiki.

»Ja, vielleicht. Aber ich weiß noch nicht. Ich bin ein bisschen müde und stinke immer noch total nach Chlor. So kann ich mich ja gar nicht unter Leute wagen«, antwortete sie kichernd. Augenblicklich wurde Nora die Tragweite ihres läppischen Spruchs bewusst. Mit diesem Eau de Chlor am ganzen Körper konnte sie Mariano unmöglich gegenübertreten. Was für ein Abturner! Sie musste dringend in die Badewanne. Am besten mit einer dreifachen Portion Rosenöl. Absagen wollte sie auf keinen Fall.

»Dann komm doch noch mit rein und iss mit uns«, schlug Kiki vor. »Franz freut sich bestimmt.«

»Du«, antwortete Nora, die vielmehr vermutete, dass Kiki gerne noch etwas Unterstützung beim Füttern und Zubettbringen bringen der Kinder gehabt hätte, während Franz wie Karl der Käfer auf dem Sofa lag. »Sei mir nicht böse, aber Babyschwimmen ist echt anstrengend. Ich will jetzt einfach nur nach Hause.«

Das letzte Mal, als Franz sich so gefreut hatte, sie zu sehen, hatte der Abend damit geendet, dass er plötzlich weg musste und Kiki und Nora bis tief in die Nacht mit den schreienden Zwillingen auf dem Arm durchs Haus gelaufen waren, ohne dabei ein privates Wort zu wechseln. Ihre Konversation war funktional: »Fläschchen?« – »Wasser kocht!«, »Nukki?« – »Im Wohnzimmer!«, »Schnuffeltuch!« – »Auf dem Wickeltisch!«, »Wickeln?« – »Hab ich schon!«. An eine entspannte Unterhaltung war gar nicht zu denken gewesen. Die Jungs hatten ihnen nicht mehr als 15 Minuten Ruhe gelassen, in denen die Freundinnen mit leerem Blick und völlig erschöpft auf der Couch gesessen hatten. »Die Nächte durchmachen« hatte früher mal eine ganz andere Bedeutung gehabt. Vom Spaßfaktor ganz zu schweigen.

»Na, klar. Kein Problem«, sagte Kiki jetzt ein bisschen enttäuscht.

Wenige Minuten später stieg Nora in ihren Mini. »Noch mal danke, Nora. Du warst super! Und denk über deinen Geburtstag nach, ja?!« Nora knallte die Fahrertür zu, und startete den Motor. Es war zwanzig nach sechs, Nora blieben nur noch zwei Stunden.

Das Rosenöl hatte gehalten, was es versprach – Nora duftete ausschließlich nach der zarten Blume. Die dritte Haarwäsche hatte dafür gesorgt, dass auch die letzte Spur Chlor aus dem Haar verschwunden war. Nora stand vor dem Spiegel und war zufrieden. Sehr zufrieden. Sie trug einen schwarzen Leder-Mini, ein dunkelgraues, weites T-Shirt mit einem perfekten Ausschnitt – nicht zu bieder und keinesfalls zu tief –, eine glänzende schwarze Strumpfhose und ihre Lieblings-High-Heels von Golden Goose. Diese »Waffen«, mit 13 cm Absatz und einem winzigen Plateau, hatte Nora gleich in drei Ausführungen: in schwarzem Schlangenleder, in Braun mit Budapestmuster und in gedecktem Weiß für den Sommer. Passend zum Outfit trug sie jetzt die schwarzen. Ihre langen Locken hatte sie mit dem Glätteisen gebändigt und trug das Haar offen.

»Mit glatten Haaren siehst du aus wie eine richtige Frau«, sagte ihre Mutter immer erfreut, wenn sie Nora so sah.

»Und wie sehe ich aus, wenn ich Locken habe? Wie eine Transe?«

»Red doch keinen Unsinn! Nein, wie ein Mädchen, mit dem man befreundet sein will. Halt eine, mit der man Pferde stehlen kann…«, erklärte ihre Mutter.

Irgendwo in ihrem Unterbewusstsein hatte Nora das abgespeichert, und auch wenn sie es niemals zugeben würde, aber ihre Mutter hatte ein bisschen Recht.

Deshalb hatte sie heute am Glätteisen alles gegeben, um ihrem argentinischen Gaucho die richtigen Signale zu senden. Mit einem ansonsten eher natürlichen Make-up hatte sie genau die richtige Mischung gefunden, um nicht aufgedonnert zu wirken. Nora griff zu ihrem dunkelgrauen Seidenblazer. Sie liebte es, unterschiedliche Stoffe zu kombinieren. Als Nora noch dabei war, ihre graue Ledertasche zu packen, klingelte es bereits an der Tür. »Hi, ich bin noch nicht fertig. Kommst du eben hoch? Zweiter Stock«, rief sie durch die Gegensprechanlage und drückte die Tür auf. Wenig später stand Mariano zögerlich in der Haustür. »Komm rein«, rief sie und eilte ins Badezimmer. Sie hatte ihr Lipgloss vergessen. Und wo war ihr Personalausweis? Welche Tasche hatte sie zuletzt mit? Nora eilte zurück auf den Flur.

»¡Hola, meine Schöne!«, sagte Mariano. Er stand an der

Garderobe und beobachtete sie lächelnd. Warum sieht der eigentlich immer sooo gut aus?, dachte Nora und sagte: »Naaaa?!« Sie ging zu ihm, um ihn zu begrüßen. Mariano umarmte sie mit dem rechten Arm, legte seine linke Hand um ihren Nacken, zog sie an sich und küsste sie – auf den Mund. Wow!, dachte Nora. Was für ein Griff! Sie löste sich sanft von ihm. »Ich bin gleich fertig, ich brauche nur noch meinen Ausweis. Ohne den verlasse ich nie das Haus. Wo hab ich das Teil nur?« Sie durchsuchte ihre Taschen: Kein Ausweis in der schwarzen Tasche, keiner in der blauen, auch nicht in der braunen, der beigen, oder der grünen ... »Shit«, fluchte sie und eilte ins Wohnzimmer. Mariano lachte. Da, auf dem Sekretär, vorsorglich bereit gelegt, wartete ihre Identifikationskarte auf sie. Da sollte noch mal einer sagen, Nora hätte kein System. Sie kam zurück in den Flur: »Schlüssel, Geld, Ausweis, das, das, das und das – ja, hab alles.« Sie sah ihn an. »Von mir aus können wir!«

»Sehr schön!«

Das Sushi war köstlich. Der kleine Laden, der tatsächlich keinen Namen trug und deshalb von allen nur »Sushi-Mann« – der Besitzer war ein Kerl – genannt wurde, war ein echter Geheimtipp. Von außen sah er eher aus wie ein Kiosk und bot in seinem spartanischen Inneren höchstens 20 Personen Platz. Aber hier gab's das beste Sushi der Stadt. Sie plauderten ganz ungezwungen. Nora erzählte von Gabriellas Vibrator und von ihrer Kontaktaufnahme mit Rentnerpipi. Sie lachten viel, und Mariano griff immer wieder nach ihrer Hand. Nora mochte das. Und Nora mochte ihn. Sehr. Er war einfach verdammt sexy. Nach dem Essen gingen sie auf einen Drink ins »Spirit«, eine kleine Cocktail-Bar. Wie immer war der Laden gerappelt voll, und die beiden quetschten sich an die Theke. Nora bestellte einen White Russian, Mariano einen Caipirinha. Sie prosteten sich zu. Er nippte an seinem Drink, ohne den Blick von ihr abzuwenden, stellte sein Glas auf die Theke und griff nach Noras Taille. »Nora.«

»Ja?!«

»Du bist die tollste Frau, die ich seit langem getroffen hab. ¡Absolutamente! Alles, alles macht so einen Spaß mit dir. Ich bin sehr, sehr fasziniert von dir. Ich muss immer an dich denken. Und du bist so, so schön und soooo sexy.«

Nora lächelte verlegen, hielt seinem Blick aber stand. Im nächsten Moment knutschten sie eng umschlungen, mitten an der Bar.

»Gott, Leute! Bitte! Habt ihr kein Zuhause?! Ich würde gerne etwas bestellen.« Ein großer Typ mit schwarzen Haaren und mit Lederjacke stand in zweiter Reihe und schaute sie genervt an.

»Sí, claro. Wir haben zu Hause«, antwortete Mariano. »Komm«, wandte er sich an Nora, nahm ihre Hand und zog sie hinter sich her. Nora konnte nicht anders, als ihm folgen.

»Geht es dir gut?«, fragte er sie etwa drei Stunden später. »Mehr als das!«, antwortete sie zufrieden und in seinen Armen liegend. Yes!, dachte sie. Gabriella hat ja so Recht. Man musste einfach mehr Spaß haben. Ob Mariano jetzt der Richtige oder Falsche für sie war, wusste Nora noch nicht. Aber selbst wenn er letzteres wäre, kam sie nur zu einem Ergebnis: Selbst Sex mit dem Falschen kann sich so verdammt richtig anfühlen!

Am Samstagmorgen war sie nur ganz, ganz schwer aus seinem Bett gekommen. Er hatte so eng an ihr geschlafen, als hätte sein Bett nicht die Maße zwei mal zwei Meter ... Losgelassen hatte er sie auch nicht ... Nora fand das ganz niedlich, nur so richtig gut hatte sie deshalb nicht geschlafen. Ihr Nacken tat weh, und sie fühlte sich irgendwie verspannt. Dennoch hätte Nora am liebsten den ganzen Tag mit ihm im Bett verbracht – vielleicht nicht ganz so eingeklemmt zwischen seinen Armen und Beinen. Nora brauchte prinzipiell Platz – auch beim Schlafen. Um kurz nach neun schlüpfte sie langsam unter den weißen Laken hervor und schlich sich schnell aus der Wohnung. Schließlich musste sie noch nach Hause, duschen und sich umziehen, bevor sie zu ihren Eltern fuhr. Mariano hatte sie schlafen lassen. Weil er so gut dabei aussah! Eine Nachricht hatte sie nicht hinterlassen. Das tat sie nie – also nicht gleich. Außerdem wusste er, dass sie früh los musste. Vom Gereonswall ging sie Richtung Friesenstraße, hier würde sie schnell ein Taxi finden und konnte sich gleich einen Kaffee auf die Hand mitnehmen. Frühstücken würde sie zu Hause und sich dann in aller Ruhe fertig machen.

Das Essen bei ihren Eltern verlief ohne Stress, diesmal stand sie nicht im Mittelpunkt des Interesses. Erwartungsgemäß drehte sich heute alles um Sophie und ihre Schwangerschaft. Jules, Sophies Erstgeborener, saß später eng an Nora gekuschelt auf dem Sofa. Sophie hatte Nora ein pädagogisch wertvolles Kinderbuch mit dem Titel »Ich bekomme ein Geschwisterchen« in die Hand gedrückt, und Nora las ihm daraus vor. Das Buch erklärte ganz genau, was da mit Mamis Bauch los war, der jetzt einen Untermieter hatte, welcher sich allerdings erst in neun Monaten persönlich vorstellen würde. Im Buch waren lustige Türchen, die man aufklappen konnte, z. B. am schwangeren Bauch der Mami, um einen Blick auf das heranwachsende Baby zu gewähren. Marc und Mina, die Kinder ihres Bruders, hatten sich auf die andere Seite von Nora gesetzt und lauschten ebenfalls aufmerksam ihren Ausführungen.

»Will nicht Baby«, sagte Jules plötzlich. »Don't like«, fügte er mit irischem Akzent hinzu. Charles sprach mit ihm in seiner Muttersprache und Sophie in ihrer, so dass der zweijährige Wurm schon die wichtigsten Wörter bilingual zum Ausdruck bringen konnte.

»Ich fand Mina erst auch ganz doof, aber heute finde ich sie echt in Ordnung«, wandte sich Marc ganz erwachsen an seinen Cousin.

»Ich fand dich auch doof«, entgegnete Mina trotzig, als könne sie sich daran noch genau erinnern.

»Baby – give away! Will nicht«, beharrte Jules.

Mina schaute nachdenklich in die Luft und streckte dann ihren rechten Arm mit erhobenem Zeigefinger in die Luft, als ihr die ultimative Lösung eingefallen war. »Du, Nora?«, begann sie. »Du hast doch keinen Mann, oder?«

»Nein.«

»Und ein Baby hast du auch nicht.«

»Nein.«

»Nicht mal ein Haustier, oder?«

»Nein, kein Baby, kein Haustier.«

»Na, dann ist das ja sonnenklar!« Hier sprach sie deutlich die Sprache ihrer Mutter. »Das Baby zieht zu dir. Dann bleibt bei Jules alles, wie es ist, und du bist nicht mehr so alleine.«

Die Logik einer Sechsjährigen! Marc stieß ihr anerkennend mit dem Ellbogen in die Seite, Mina strahlte stolz über ihren Geistesblitz, und Jules, der sich wohl kaum über das Ausmaß dieser Idee bewusst war, hatte zumindest verstanden, dass das ungewollte Baby soeben irgendwie aus seinem Weg geräumt worden war.

»Nee, nee! So läuft das nicht«, sagte Nora lachend.

»Mama, Sophies Baby zieht bei Nora ein«, rief Marc seiner Mutter zu, die mit dem Rest der Familie am Esstisch saß und bis dato in ein Gespräch vertieft war.

»Was?!«, fragten Karin und Sophie wie aus einem Mund.

»Phhh«, machte Noras Mutter und bekam einen fast hysterischen Lachanfall. »Da verliebt sich ja gerade Wahnsinn in Irrsinn!«

Nora ignorierte dies und erklärte ihren Neffen und ihrer Nichte, dass das Baby auf keinen Fall zu ihr ziehen könnte, weil die Sophie sonst ganz, ganz traurig wäre. »Das ist so, als wenn euch jemand euer Lieblingsspielzeug wegnehmen würde.«

»Schöner Vergleich«, kommentierte Johann.

Noras Mutter lachte lauter. »Sag ich ja. Wahnsinn und Irrsinn.«

Nora runzelte die Stirn.

»Nora!«, sagte ihr Vater sanft und zwinkerte ihr aufmunternd zu. »Nicht die Zornesfalte. Die spaltet dir immer den ganzen Schädel.«

Nora strich sich über die Stirn. Gegen dieses Ding musste sie unbedingt etwas unternehmen. Unterspritzen oder so …

»Warum hast du eigentlich keinen Mann?«, unterbrach Marc ihre Gedanken. Er hatte die Arme vor der Brust verschränkt und schaute sie besorgt an.

»Tja…«, sagte ihre Mutter. »Das weiß allein der liebe Herrgott.«

Nora ignorierte sie stoisch und machte »Mmmh…« Sie lächelte. Wenn die wüssten… Der liebe Herrgott hatte sie längst erhört.

»Du bist doch eine Frau?«

»Ja.«

»Und Frauen haben Männer! Und dann kriegen sie Babys…«

»Mmmh!« Nora beschloss, dass Marc, Mina und Charles für Aufklärung noch zu jung waren. Sie würden früher oder später selbst darauf kommen, dass Sex in erster Linie Spaß machte und nicht nur Mittel zum Zweck war…

Als Nora am späten Nachmittag wieder nach Hause kam, war sie so gar nicht in Ausgehstimmung. Nora war gerne bei Kim und Marie, in diesem herrlichen Loft in der Südstadt, das irgendetwas zwischen Atelier, Wohnung und Ikea-Kinderparadies war. Nicht zuletzt, weil es hier immer eine warme Mahlzeit für Nora gab, die kochtechnisch eine Nachzüglerin, vor allem aber bequem war. Aber heute? An diesem Samstagabend, nach der letzten Nacht und einem Tag bei ihren Eltern? Sex und Familie machten müde. Nora hätte sich viel lieber in die Badewanne gelegt, um sich anschließend vom Fernseher ins Nirwana schaukeln zu lassen. Kim hatte ihr allerdings – in weiser Voraussicht – jede Möglichkeit zur Absage zerschlagen. Er kannte sie einfach zu gut. Ihr blieb also nichts anderes übrig, als zu versuchen, sich ein bisschen Leben ins Gesicht zu zaubern. Vorher musste sie unbedingt Frauke zurückrufen. Die hatte ihr eine Nachricht auf dem AB hinterlassen, dass sie und Sven sie um Viertel nach sieben abholen könnten, um gemeinsam zu Kim und Marie zu fahren. Nora nahm das Angebot nur zu gerne an.

Pünktlich um 19:15 Uhr klingelte es. Sie drückte die Gegensprechanlage. »Nora, kommst du bitte gleich runter? Wir stehen in zweiter Reihe. Das ist ja immer wieder Horror hier mit den Parkplätzen.«

»Ich komm runter!« Nora warf einen kurzen Blick in den Spiegel. Dank Wimperntusche, Puder und Co. sah sie einigermaßen wie sie selbst aus. Sie griff ihre Tasche und eine Flasche Prosecco und eilte nach unten.

»Mann, wie hältst du es hier nur aus? Ich würde durchdrehen, wenn ich hier jeden Tag einen Parkplatz suchen müsste«, begrüßte sie Sven in seiner trockenen Art, als Nora auf die Rückbank krabbelte, um neben dem Kindersitz mit Kira Platz zu nehmen. Nora liebte ihr Viertel Sülz, direkt hinter der Kölner Uni. Hier war immer etwas los, und alles lag vor der Haustür: Supermärkte, Klamottenläden, Parfümerien, Restaurants, Bars.

»Ich find's super hier«, antwortete sie nur, bevor sie Frauke von hinten einen Kuss auf die Wange drückte. »Hey, du hast neue Haare. Sieht super aus!«

»Ganz gut, ne?!«, antwortete Frauke und wuschelte sich mit den Fingern durch die neue blonde Pony-Frisur. Während Sven bis auf ein paar Pfunde mehr irgendwie noch genauso aussah wie vor 18 Jahren, als Nora die beiden kennengelernt hatte, wurde Frauke nicht müde, immer mal wieder einen neuen Stil auszuprobieren. Frauke und Sven waren schon ein Paar gewesen, als Nora zu ihrem Freundeskreis stieß. Und während die meisten nicht davon abzuhalten waren, ihr Paarungsverhalten innerhalb des Freundeskreises in immer wieder neuen Konstellationen auszuleben, waren Frauke und Sven tatsächlich die einzige konstante Verbindung geblieben.

Nora schnallte sich an und wandte sich schließlich an Kira, die bockig in ihrem Kindersitz hockte und mit den Füßchen gegen den Vordersitz trat. »Na, Schatz, alles klar bei dir?!«

»Mmmmh«, schmollte diese.

»Was ist denn los, Süße?«, fragte Nora.

»Die Mama ist doof.«

»Kira«, mahnte Sven augenblicklich in scharfem Ton von vorne. »Hier ist überhaupt niemand doof, verstanden?!«

Frauke schüttelte den Kopf, um ihr Missfallen auszudrücken.

»Wohl«, maulte Kira und funkelte mit ihren blauen Augen. »Die Mama hat mich verboten, mein Liebeskleid anzuziehen.«

Nora schaute fragend zu Frauke.

»Süße, es heißt: ›Mama hat mir verboten‹ und ›Lieblingskleid‹. Und das ist leider schmutzig. Das konntest du gar nicht anziehen«, versuchte Frauke zu erklären.

»Mir egal«, heulte Kira.

»Süße, das, was du anhast, ist doch auch sehr, sehr schön!«

»Supercool«, versuchte Nora Frauke zu unterstützen.

»Neeeeeiiiiiiiiiiin! Auch dooooooooooofffffffff«, schrie Kira jetzt aus voller Brust.

Eigentlich war Kira ein echter Sonnenschein. Ausraster wie diese waren selten, aber wenn, dann richtig heftig. Na, das kann ja heiter werden, dachte Nora und rieb sich ihren Schädel, der plötzlich dumpf dröhnte.

Es war nur eine kurze, aber tränenreiche und sehr lautstarke Fahrt von Köln-Sülz bis in die Südstadt, wo Kim und

Marie lebten. Durch ein großes Eisentor kam man auf einen Hinterhof, der zu ihrem Loft gehört. Marie hatte diesen mit viel Geschmack in eine unglaublich großzügige Chill-out-Area verwandelt. Eine Terrasse aus Holzplanken bot Platz für eine weiße Sofaecke, zwei weiße Sessel, einen weißen Couchtisch aus alten Europaletten, vier Sonnenliegen und einen riesigen Esstisch, der eigentlich mal eine alte Kirchentüre gewesen war. Ein weißes Segel überdachte die Hälfte der Terrasse, auf der unzählige weiße Blumenkübel mit Oliven- und Orangenbäumen standen. In einem Beet wuchsen allerlei Kräuter und einige Tomatenstauden. Es war ein richtiges kleines Paradies. Nur der Sandkasten und die Schaukel auf dem vorgelagerten künstlichen Rasenstück trübten die Izi-Bizi-Atmosphäre ein winziges bisschen. An der Haustür prangte eine riesige Klingel – ein Bild der Familie, das Kim mit seinen Kindern, dem fünfjährigen Anton und der zweieinhalbjährigen Claire, gemacht hatte. Kira heulte immer noch, als das BING-BANG-BONG ihre Ankunft verkündete. »Es reicht jetzt, Kira«, zischte Sven, als Kim die Tür öffnete.

»Leute, wie schön! Oh Gott, was ist denn mit dir, Kira?«, fragte Kim besorgt.

»Lass mich!«, entgegnete Kira und schoss an ihm vorbei in das Loft.

Nora zuckte erschöpft mit den Schultern, während Frauke sagte: »Ignorieren. Einfach ignorieren!«

»Kommt doch erst mal rein!«, bat Kim.

Das 180 Quadratmeter große Loft war – bis auf das Elternschlafzimmer, die zwei Kinderzimmer sowie Bad und Gäste-WC – ein einziger, riesiger Raum inklusive »Kinderparadies«. Hier gab's eine Minihüpfburg, auf der sich auch Nora – mal unter mehr, mal unter weniger Alkoholeinfluss – gerne vergnügte, zwei Schaukeln, die von der Decke baumelten, ein Trampolin, umringt von Matten und Kissen, und ein Planschbecken voll mit Bällen. An den Wänden standen Regale mit allerlei Spielsachen. Gegenüber lag Kims »Malbucht«, wie Nora seinen Kreativbereich nannte, mit mehreren Staffeleien, einem hohen Holztisch, Körben mit Papierrollen, Farbpaletten, leeren Leinwänden, unzähligen Stiften, Kohlestücken und Kanistern mit irgendwelchen Lösungen und Pinseln. In der Mitte des Raums stand ein Ecksofa mit Fernseher, von der man einen freien Blick auf den offenen Kamin hatte. Rechts und links vom Kamin stapelten sich unzählige Holzscheite. Schräg gegenüber stand der Esstisch, ein paar Meter dahinter lag die offene Küche im Industrial-Design. Wie draußen bestimmten auch hier Holz und Weiß das Bild. Überall standen und hingen Kunstwerke von Kim, außer an der Wand zwischen Malbucht und offener Küche. Hier hingen ausschließlich Schwarz-Weiß-Bilder der Familie und ihrer Verwandten in Form eines Stammbaums. Es roch nach Maries berühmtem Thai-Curry. Schorsch und Daggi saßen bereits mit Weinkelchen auf dem Ecksofa. Ihr Sohn Axel bearbeitete mit Anton gekonnt die Hüpfburg, während die zweijährige Claire damit beschäftigt war, zwischen den tobenden Jungs wenigstens für ein paar Sekunden ihre Balance zu halten und nicht auf ihren Windelpopo zu plumpsen. Kira hatte sich heulend ins Ballbecken zurückgezogen. Nora ging zu Marie, umarmte sie und stellte die Flasche Prosecco in den Kühlschrank. »Mmmmh, das riecht köstlich. Marie. Das ist jetzt genau das, was ich brauche!«

»Abgestürzt gestern Nacht?!« Marie zwinkerte Nora zu und wandte sich dann an alle. »Leute, das Essen ist fertig. Setzt euch schon mal. Nora, hilfst du mir?«

»Klar!«

Wenig später saßen sieben Erwachsene zwischen vier Kinder-Hochstühlen am gedeckten Tisch. Nur Kira, die sich zwischenzeitlich kurz beruhigt hatte, stand in der Ecke und heulte schon wieder.

»Kira«, sagte Frauke streng. »Jetzt setz dich hin, wir wollen Essen.«

»Wiiiiiiiiiiiiill aber deeeeeeeeeeen Stuhl!«

»Das ist Antons Stuhl, du setzt dich augenblicklich auf den hier neben mir, verstanden?!«

»Wiiiiiill aber neben Nola!«, schrie Kira.

»Kira, es heißt No-ra, mit r.«

Nora atmete tief durch: »Komm, Kira, du kannst neben mir sitzen, o.k.?! Aber pronto, ich habe nämlich echt Hunger, du Prinzessin!«

Als das Essen endlich auf dem Tisch stand, nahm Kira diese neue Gelegenheit, um gleich wieder aufzuheulen.

Wie viel Wasser kann eigentlich noch über die Tränenkanäle aus diesem kleinen Körper kommen?, fragte sich Nora, als Kira schrie: »Ich mag das nicht!«, und sich die Hände vors Gesicht schlug. Die anderen Kinder schauten erschrocken auf.

»So, es reicht!« Sven wurde jetzt richtig laut, was Claire veranlasste, ebenfalls zu weinen. »Wenn du nicht augenblicklich aufhörst, fahren wir sofort nach Hause! Hast du mich verstanden, Fräulein?!«

Wenn das nicht genau das ist, was die kleine Zicke erreichen will, dachte Nora schmunzelnd.

»Ich weiß auch nicht, was heute mit ihr los ist«, schmiss Frauke entschuldigend in die Runde. Daggi schaute verständnisvoll und irgendwie erleichtert, weil es nicht Axel war, der den Abend zu sprengen drohte.

Nora entschloss sich, die Initiative zu ergreifen. »O.k.,

Leute, aufgepasst. Für alle Kinder, die schnell aufessen, gibt's gleich ›König der Löwen‹.«

»Jaaaaaa!!«, schrien alle.

»Nora«, zischte Schorsch.

»Was?!«, zischte sie zurück.

»Das ist wirklich nicht förderlich.«

»Finde ich schon. Ich hätte nämlich große Lust, in Ruhe zu essen und mich mit euch zu unterhalten! Und außerdem – es wirkt. Sieh doch!«

Alle Tränen waren augenblicklich versiegt, die Kinder hingen über ihren Tellern und aßen fleißig – auch Kira. Wenig später saß die Bande vor dem Fernseher und imitierte mit heftigen »Waaaaaooooor«-Geräuschen und Gefauche Scar und Simba oder die Hyänen – das ließ sich schwer differenzieren.

»Ein bisschen abgekämpft siehst du aus, Nora. Alles klar bei dir?«, richtete Schorsch sich nun gewohnt freundschaftlich an sie.

»Mir geht's gut. Danke!« Nora lächelte ihm kurz zu und bemerkte gleich den prüfenden Seitenblick von Daggi.

»Erzähl mal«, setzte Schorsch erneut an. »Was läuft gerade bei dir, Nora?«

»Nicht viel«, antwortete sie. »Ich möchte einfach noch ein bisschen meine freie Zeit genießen!«

»Na, das finden deine Eltern ja bestimmt super«, bemerkte Kim lachend.

»Ach du, ich glaube, die haben jetzt erst mal ein anderes Opfer, das sie mit ihrer Aufmerksamkeit quälen können. Sophie ist wieder schwanger. Ich dürfte also recht sicher sein in den nächsten sieben Monaten. Zum Glück!«

»Nora, das ist ja wunderbar«, sagte Marie und erhob ihren Weinkelch. »Auf Sophie«, rief sie in die Runde.

»Viva la Mama. Und darauf, dass Nora auch noch irgendwann auf den Geschmack kommt«, ergänzte Schorsch.

Um Himmels willen!, dachte Nora, als sie ihr Glas erhob. »Auf das Leben und – die Freiheit!«, sagte sie deshalb schnell und weil sie kurz an letzte Nacht denken musste.

»Oh Gott, das habe ich euch ja noch gar nicht erzählt«, rief Daggi aufgeregt, während sich alle noch zuprosteten. »Ratet mal, wer noch schwanger ist.«

»Außer mir?«, fragte Nora trocken. In den letzten fünf Jahren hatten wirklich alle ihre Freunde Kinder bekommen. Das erste oder das zweite.

»Da kommt ihr nie drauf. Ich schwöre«, sagte Daggi, und die Vorfreude auf die in den nächsten Sekunden anstehende Verkündung dieser unglaublichen Neuigkeit sprang ihr förmlich aus dem Gesicht. »Steffi!«, rief sie und nickte vielsagend mit dem Kopf. »Ja, ihr hört richtig! Sie ist in der zwölften Woche!«

»Waaaaaas?«, entfuhr es Marie, die sonst nie ganz vorne in der Klatsch-und-Tratsch-Front zu finden war.

»Ist die denn überhaupt noch mit diesem Otto zusammen?«, fragte Kim.

»Der hieß Hermann«, stellte Schorsch richtig.

»Nein!«, antwortete Daggi und nahm einen großen Schluck Wein, um den Spannungsbogen noch weiter aufzubauen. »Kaum hatte sie ihm erzählt, sie sei guter Hoffnung, hat er sie verlassen. Eine Abtreibung kam für sie aber nie in Frage. Sie bekommt das Kind jetzt alleine.«

»Scheiße, die Arme«, entfuhr es Nora voller Mitgefühl.

»Na ja, irgendwie ist das ja auch keine große Überraschung, oder?« Daggi schaute mit hochgezogenen Augenbrauen in die Runde. »Ich meine, Steffi hat das schon ziemlich zugesetzt, dass sie als Einzige ohne Kind unterwegs ist.«

»Wie kommst du denn darauf?«, fragte Nora, die diese Beobachtung nicht gemacht hatte – vielleicht weil sie Steffi nicht wirklich gut kannte. Sie hatte sich nie sonderlich mit ihr auseinandergesetzt. Sie fand Steffi ein wenig langweilig.

»Na, ich bitte dich«, entgegnete Daggi nun fast vorwurfsvoll. »Das war ja wohl kaum zu übersehen. Erst hat sie sich vor vier Jahren das Fett an den Oberschenkeln absaugen lassen, dann diese Nasenkorrektur, weil sie angeblich gegen die Tür gerannt ist.«

Schorsch stocherte verlegen in seinem Essen. Marie stupste Kim mit dem Ellbogen in die Seite. Er lächelte amüsiert. Nora allerdings wurde ein bisschen ungeduldig. »Also, ich finde das völlig in Ordnung. Wenn sie sich jetzt besser fühlt, ist das doch super. Und es sieht ja auch toll aus. Ich denke nicht, dass sie das gemacht hat, um sich über die nicht stattfindende Familienplanung hinwegzutrösten!«

»Ach, und warum hat sie sich dann immer mehr zurückgezogen und überhaupt keinen Kontakt mehr mit uns gehabt?«

»Da hat Daggi Recht«, stimmte Schorsch seiner Frau zu. »Früher war sie fast jeden Tag bei uns. Aber seit Axel auf der Welt ist, haben wir sie immer weniger gesehen.«

Nora entglitt ein: »Nachvollziehbar.« Axel war nun wirklich kein Sonnenschein oder ein Liebe-auf-den-ersten-Blick-Kind. Eher eine Art Terrormaschine. Nora mochte Kinder. Es gab wirklich kein Kind in ihrem Umfeld, das sie nicht wenigstens nett fand. Bis auf Axel. Den fand Nora einfach nur scheiße.

Daggi warf ihr einen scharfen Blick zu, bevor sie fortfuhr: »Also, ich persönlich denke, Steffi konnte das ganze Familienglück um sich herum nicht ertragen.«

»Das ist doch lächerlich! Ehrlich! Absurd.« Nora wurde langsam wütend. »Ich hab ja auch kein Problem damit!«

»Du bist ja auch ne coole Sau, wie du heute wieder bewiesen hast«, kicherte Frauke und deutete mit dem Kopf auf ihre nun friedlich vor dem Fernseher sitzende Tochter.

»Keine Ahnung. Aber ich finde es völlig normal, mal abzutauchen, weg von allem. Warum sollte das bedeuten, dass man mit dem ›Glück‹ um sich herum nicht klarkommt? Ich mach das doch auch regelmäßig.«

»Ja«, sagte Schorsch. »Aber du machst dann keinen Kurs im Pilzesammeln und streifst dann wochenlang durch den Wald.«

»Oder lernst, wie man Bastkörbe flechtet…«, feixte Marie.

Kim lachte laut auf: »Nee, mein Favorit war der Kutschlehrgang.«

»Das war kein Lehrgang«, verbesserte Daggi. »Steffi hat das bronzene und silberne Fahrabzeichen auf der Kutsche gemacht und fährt jetzt mit wer-weiß-wie vielen Gäulen vor dem Ding für irgendwelche Schleifen auf Turniere!«

»Oder durch den Wald. Und wenn sie müde und hungrig wird, hält sie an, sammelt Pilze und kocht sich über dem offenen Feuer ein Süppchen. Ob die auch Fährten lesen kann?!« Kim liefen jetzt vor Lachen die Tränen über die Wangen.

»Na und?!«, sagte Nora. »Ich stricke! Ist doch völlig egal, Hauptsache, sie hat Spaß bei dem, was sie macht, und fühlt sich gut!«

»Und dann dieser Otto«, lachte Schorsch.

»Hermann«, mischte sich jetzt Sven zum ersten Mal ins Gespräch ein, welches Daggi gleich wieder an sich riss: »Also, bitte! Steffi stand immer auf Kerle mit Erfolg und Kohle. Männer, die ihr etwas bieten konnten. Und dann kommt sie plötzlich mit diesem Typ von der Post um die Ecke. Was fuhr der noch mal? So nen alten Käfer.«

»Das ist ja wohl scheißegal.« Nora war fassungslos. So viel oberflächliche Kacke hatte sie lange nicht mehr gehört.

»Nora! Die Kinder«, maßregelte Frauke sie.

»Ich glaube nicht, dass ›Scheiße‹ schlimmer ist, als der inhaltliche Müll, der hier gerade die Runde macht.«

Daggi erhob den Zeigefinger Richtung Nora. »Ich sag dir eins, Nora. Steffi wollte ein Kind. Egal mit wem. Und dann kam Hermann. Und jetzt zieht sie das Ding eben alleine durch! Unterhalt will sie keinen. Na ja, sie hat ja auch ihre Eltern im Rücken ...«

Nora schaute Daggi ernst an: »Das kann unmöglich dein Ernst sein. Leute?!«

Keiner sagte etwas.

»Hey?! Selbst, wenn es so wäre?! Was spricht eigentlich dagegen? Zigtausend Single-Frauen adoptieren oder gehen zur Samenbank. Wenn Steffi meint, sie möchte jetzt Mutter werden, dann ist das doch ihre Sache. Auch wie und vom wem. Ich hoffe, der Zeugungsakt war wenigstens gut. Ehrlich, ich verstehe die ganze Aufregung nicht! Oder gibt's jetzt ein Gesetz, das besagt, dass man verheiratet sein oder in einer Partnerschaft leben muss, wenn man sich ein Kind wünscht? Sie hat's ihm ja schließlich nicht untergeschoben und zockt ihn jetzt ab ...«

»Na ja ...«, sagte Schorsch.

»Ey, ihr habt doch eben gesagt, sie zieht das alleine durch!« Nora war deutlich lauter geworden.

»Lass gut sein, Nora«, unterbrach Daggi sie. »Du kannst da eh nicht mitreden. Du hast dich ja gegen all das entschieden.«

»Bitte?!« Noras Stimme bebte.

»Du willst doch keine Beziehung!«

»Daggi«, ermahnte Schorsch seine Frau.

»Sag mal, spinnst du?! Ich will vielleicht keine Kinder. Ja! Und ich will auf keinen Fall als Cinderella verkleidet gen Altar schreiten, um irgendwelche Eide zu leisten, die sowieso keiner einhalten kann, die mich aber für alle Zeit knechten. Aber ich habe mich doch nicht gegen Beziehungen entschieden. Ich war zehn Jahre mit Tobi zusammen. Und natürlich will ich Liebe ...«

Noras hitzige Ausführungen wurden von einem markerschütternden Schrei unterbrochen. »Auuuuuuuuu! Maaaaaaaaaama! Wuuuuhuuuu.« Claire kam zum Tisch gerannt und hielt mit schmerzverzerrtem, tränenüberströmtem Gesicht ihr linkes Ärmchen.

»Was ist denn passiert?«, fragte Marie besorgt und nahm die Kleine auf den Arm.

Anton, der Claire gefolgt war, antwortete für seine Schwester. »Der Axel hat die Claire in den Arm gebissen – voll rein, einfach so!«

Claire streckte ihrer Mama den Arm entgegen, auf dem ein tiefer Gebissabdruck zu sehen war, der bereits unterschiedliche Nuancen von Rot und Lila angenommen hatte.

»Axel«, schrie Schorsch. »Du entschuldigst dich sofort bei Claire.«

Axel, der sich selbstbewusst, die Arme hinter dem Kopf verschränkt, auf dem Ecksofa räkelte, antwortete seinem Vater kurz und unmissverständlich: »Nöhö! Ich bin der böse Scar!«

Nach diesem Zwischenfall war nicht nur die Diskussion über Steffis durchtriebene »Mission Mutterschaft«, sondern der ganze Abend ziemlich schnell beendet. Schorsch und Daggi hatten in Windeseile ihren, soeben der dunklen Seite der Macht verfallenen, Nachwuchs eingepackt und wie Fahnenflüchtige das Loft verlassen. Zu fünft hatten sie fast schweigend einen »Absacker« getrunken. Aber niemand von ihnen hatte wirklich sein Glas geleert. Schließlich hatten Frauke und Sven Nora wieder nach Hause gefahren. Kira schlief sofort erschöpft und friedlich in ihrem Kindersitz ein. Keiner sagte ein Wort. Lediglich ein regelmäßiges »Tz, tz, tz« von Sven erfüllte den Wagen. Gleichzeitig fuhr er sich angespannt mit der rechten Hand durch seine kurzen braunen Haare. Seine Art, seine Verstörtheit über den Abend kundzutun. Ein Freund von vielen Worten war er nie gewesen. Aber hitzige Diskussionen brachten ihn immer völlig aus seiner sonst so stoischen Ruhe. Kurz vor Noras Haustüre wandte sich Frauke an Nora: »Nora, du weißt doch, Daggi meint das nicht so. Sie ist halt...«

»Unverschämt! Das war echt krass und anmaßend. Alles! Aber egal, jedes Wort darüber wäre eines zuviel. Danke fürs Nachhausefahren. Ich ruf dich die Tage an, ja?!«

»O.k., Süße. Schlaf gut! Und ärgere dich nicht.«

Nora krabbelte aus dem Auto und winkte den Dreien nach. In ihrer Wohnung angekommen stellte sie erschöpft ihre Tasche auf die Kommode im Flur, hängte ihren Mantel an die Garderobe und zog ihre hohen Schuhe aus. Der Anrufbeantworter blinkte. Nora wollte nichts mehr hören. »Morgen wieder«, murmelte sie und ging in ihre Wohnküche. Unterschiedlicher konnten die Erlebnisse eines Tages gar nicht sein: Mariano, ihre Familie und dann dieser Abend mit ihren Freunden. Kiffen wäre jetzt geil. Echt geil, dachte sie. Ich müsste mir mal wieder etwas besorgen. Sie holte sich eine Flasche Chardonnay, Jahrgang 2007, aus dem Kühlschrank, griff ein Glas und setzte sich an ihren Esstisch. Sie goss den Wein ein und nahm einen großen Schluck. »Ahhhh!« Langsam entspannte sie sich. »Nur Irre!«, sagte sie zu sich selbst und nahm erneut einen großen Schluck.

Als Nora am späten Sonntagmorgen wach wurde, brauchte sie eine Weile, um sich zu sortieren. Sie hatte mit Absicht keinen Wecker gestellt – nicht nach gestern Abend. Und schon gar nicht nach der halben Flasche Wein, die sie sich noch vorm Zubettgehen gegeben hatte. Ihr Schlaf war tief, sehr tief gewesen – und als sie um halb zehn langsam erwachte, brauchte sie eine Weile, bis ihr der Schritt in die Wirklichkeit gelang. »Oh Gott«, stöhnte sie, als die Erinnerung an ihren Traum sie einholte. Sie hatte einen Ausflug in eine mittelalterliche Welt unternommen, in der sie, zusammen mit anderen Geächteten, in einem Wald lebte. Genauer gesagt in einer Art provisorischem Dorf, das sie stark an das von Robin Hood erinnerte. All diejenigen, die den Gesellschaftsnormen nicht entsprachen – Diebe, Huren, Verbrecher und allen voran Steffi mit ihrem Bastard – hatten sich hier zusammengefunden. Was Nora verbrochen hatte, konnte sie jetzt, nach dem Aufwachen, nicht mehr genau abrufen. Aber ihr schwante, dass es etwas mit ihrem lockeren, lasterhaften Lebensstil zu tun hatte. Regelmäßig wurde das Dorf vom Stadtsheriff kontrolliert. Dieser war kein Geringerer als Daggi, was Nora nach dem gestrigen Abend nicht wirklich verwunderte. Hoch zu Ross kam sie, eskortiert von mindestens 20 Rittern, regelmäßig ins Dorf der Geächteten. Aus ihrem Wams zog sie immer wieder neue Pergamentrollen voller Regeln und Vorschriften, die sie dem Mob verkündete. Demnach war allen der Zutritt nach Colonia strengstens untersagt, um die Moral in der Stadt nicht zu gefährden…

»Fuck!« Nora quälte sich aus ihrem Kingsize-Bett und warf einen Blick in den großen antiken Spiegel, der über einer Kommode hing. »Jetzt drehst du völlig durch«, waren die ersten Worte, die sie an ihr verschlafenes Spiegelbild richtete. Kaffee, sie brauchte dringend einen frischen, starken Kaffee!

Den blinkenden Anrufbeantworter ignorierte sie weiterhin. Ihrem Sonntagsritual folgend holte sie die Zeitung rein und vertiefte sich mit der benötigten Ration Koffein in die Lektüre. Vier Tassen Kaffee brauchte Nora mindestens, um einem neuen Tag ins Auge blicken zu können. Ihr Horoskop hatte ihr gerade verraten, dass sie liebestechnisch einen Super-Lauf hatte, ihre Nerven mehr Ruhe bräuchten, vielleicht durch Meditation, und ihr Körper dringend nach einer ausgewogeneren Ernährung verlangte, als es an der Tür klingelte. Nora zuckte überrascht zusammen. Sie erwartete keinen Besuch.

»Hallo?!«, sagte sie fragend durch die Gegensprechanlage.

»Nora, ich bin's, Luna. Lass mich rein, du Hippe!«

Nora drückte den Türöffner und schaute an sich herunter. Sie öffnete die Wohnungstür einen Spalt und sprintete ins Schlafzimmer, um ihren Schlafanzug wenigstens gegen einen Jogginganzug zu tauschen.

»Nora? Wo bist du?«, rief Luna, als sie die Wohnung betrat.

»Im Schlafzimmer, bin gleich bei dir. Was machst du denn überhaupt hier?«, antwortete Nora leicht gestresst. Sie war keine große Freundin von solchen Überraschungen.

»Linus und ich haben uns in der Nähe eine Wohnung angeschaut. Ich hab dir doch auf den AB gesprochen, dass ich danach vorbeikomme. Du musst das Ding halt ab und zu auch abhören!«

»Sorry«, sagte sie, als sie zu Luna in die Küche kam. Diese stand an der Balkontür und schüttelte den Kopf. »Respekt, Nora, das ist wirklich einer der ausgefallensten Balkone, die ich kenne. Und all die Pflanzen. Hier schreit ja alles nach Frühling.«

»Diese ganze Bepflanzerei, kaum dass die ersten Sonnenstrahlen rauskommen, ist doch völlig überbewertet. Das lohnt sich doch noch gar nicht, da kommen doch noch diese Eisheiligen, oder?!«, rechtfertigte Nora den Pflanzenfriedhof vor der Tür.

»Klar!«, sagte Luna ironisch, die bestimmt auch nicht wusste, wann und ob die Eisheiligen kommen würden und wer die überhaupt waren.

»Wie war die Wohnung?«, fragte Nora. Luna und Linus waren seit drei Monaten auf der Suche nach einem größeren, gemeinsamen Heim. »Altbau, Stuck, Parkett, drei Zimmer mindestens und einen Balkon, zentral und bezahlbar«, lautete Lunas Wunschliste. In Köln war das vergleichbar mit der Suche nach dem Heiligen Gral.

»Ach, das war ein einziger Reinfall. Was die Leute immer ankündigen, und dann stehst du in so nem Drecksloch. Ich bin derartig genervt, das glaubst du gar nicht. Das gestaltet sich einfach superschwierig.« Luna machte eine Pause und legte frischen Lipgloss auf. »Und warum ist es so schwierig, dich zu erreichen? Dein Handy ist auch aus. Hat dich das Liebesparadies verschluckt, oder was?! Ist er etwa hier?!«

Jetzt schüttelte Nora den Kopf. Sie wäre nicht überrascht gewesen, wenn Luna an ihr vorbeigestürmt wäre, um ihre Wohnung zu durchsuchen.

»Nein. Er ist weder hier, noch hat mich etwas verschluckt. Ich habe einfach nur lange geschlafen. Ich war gestern bei

Kim und Marie – zusammen mit Frauke und Sven und Daggi und Schorsch!«

»Und, was gibt's Neues? Das Ministerium für Staatssicherheit hatte doch bestimmt einiges zu berichten, oder?« Luna kicherte. Sie sprach von Daggi.

Nora lachte jetzt auch, als sie sagte: »Oh, bitte. Lass uns nicht davon anfangen. Ich bin noch mitten in der Verarbeitung. Einfach unglaublich...« Nora machte ihr Handy an. Sie sah eine SMS von Luna, die ihren Besuch ankündigte. Zwei von Daggi, die in der ersten versicherte, dass alles, was sie gestern gesagt hatte, nicht persönlich oder gegen Nora gerichtet war. Nora solle bitte nicht sauer sein. In der zweiten Nachricht bat sie Nora, sie zurückzurufen. Daggi hatte bestimmt dieselbe Nachricht auf dem AB hinterlassen. »Nicht heute«, sagte Nora mehr zu sich selbst.

»Wie, nicht heute?! War er das? Willst du ihn nicht mehr sehen? Was läuft denn da jetzt überhaupt? Kann ich mal ein Update haben?« Luna überschlug sich.

»Hoooo, Schwarzer. Ganz ruhig«, versuchte Nora ihre Freundin amüsiert zu beruhigen. »Das war nur eine Nachricht von Daggi, und auf die habe ich gerade wirklich keinen Bock. Ganz anders sieht das bei Mariano aus. Den möchte ich schon gerne wiedersehen. Sonst noch Fragen?«

»Na, entschuldige mal, die letzte Info, die ich habe, ist, dass ihr am Freitag verabredet wart...«

»Mmmh.«

»Ja, und? Was habt ihr gemacht? Habt ihr's gemacht?«

»Luna! Reiß dich zusammen!« Nora versuchte cool zu bleiben, aber sie konnte nicht verhindern, dass ihr – bei so viel Direktheit – die Röte ins Gesicht schoss.

»Ahhhh!«, schrie Luna. »Ihr habt es gemacht! Wie war's?!«

Nora zögerte. Sexgespräche dieser Art gingen ihr nicht so leicht über die Lippen. »Es ist auf jeden Fall wiederholungswürdig!«

»Oh, die Madame«, stichelte Luna. »Heißt das jetzt ›Geht so‹, ›Mittelmäßig‹ oder ›Hammer‹?!«

»Eher letzteres.« Noras Handy zeigte Erbarmen, indem es das Verhör mit einem lauten Klingeln unterbrach. »Oh, das ist ER!«, flüsterte Nora, als stünde Mariano im Zimmer nebenan.

»Dann geh schon ran!«

»Hallo?!«

»¡Hola Nora, mi chica!«

Soweit Nora verstand hatte er sie gerade »mein Mädchen« genannt. Sie wusste nicht, ob sie das mochte.

»Was machst du?«

»Meine Freundin Luna ist gerade hier. Wir quatschen.«

»Über mich?!«

»Vielleicht ...«

»¡Ah ya! Vielleicht möchtest du mich heute sehen?«

»Vielleicht!«

Luna war neben Nora getreten und drückte jetzt ungeduldig ihren Kopf von der anderen Seite an den Hörer.

»Also, ich würde so, so gerne heute mit dir zusammen sein. Wir könnten ein spätes Frühstück machen. Bei mir. Und dann vielleicht ...«

»Was?« Nora schmunzelte. Das mochte sie.

»Nora, ¡quieta!« Er lachte. Sie verabredeten sich für halb eins. Bei ihm.

Nachdem Luna die wichtigsten Infos aus der Akte *Mariano* erhalten hatte, zeigte sie sich kooperativ und räumte das Feld. Um eins fuhr Nora zu ihm. Ja, sie aßen auch und schauten eine DVD. Aber Nora konnte sich nicht merken, welche, denn letztlich machten sie nichts anderes, als das fortzusetzen, womit sie in der Nacht zum Samstag aufgehört hatten. Bis tief in die Nacht…

37. Als Nora am nächsten Morgen neben Mariano wach wurde, schwirrte ihr diese Zahl im Kopf herum. Nächsten Sonntag hatte sie Geburtstag. Für Nora grenzte diese Zahl an Blasphemie, fühlte sie sich doch genauso alt wie der Mann neben ihr – höchstens aber wie 26. Auf keinen Fall älter. Nora machte sich jedes Jahr selbst ein Geschenk zum Geburtstag. Der Sekretär, ihr Platinring, den sie jahrelang angeschmachtet hatte, ein Besuch bei Freunden in L. A., Klamotten. Aber dieses Jahr hatte sie nicht mal den Anflug eines Wunsches, den sie sich erfüllen wollte. Bei dieser Zahl gab es nun auch wirklich nichts zu feiern. Zerstreut fuhr sie sich mit der Hand über die Stirn. »Mann, diese scheiß Falte«, dachte sie. Das war's: Sie würde sich das dämliche Ding tatsächlich unterspritzen oder mit einer Portion Botox lahmlegen lassen. Das machte doch heute jeder. Cindy Crawford behauptete sogar, dass sie ihr tolles Aussehen mit über 40 nur Fruchtsäurepeelings und Botox-Injektionen verdanke, die sie ihrem Gesicht seit Mitte 25 verschrieb. Und Cindy war wirklich der Hammer und sah null wie eine dieser Botox-Fratzen aus. Gut, Nora war seit langem nicht mehr 25, aber zu spät war es bestimmt noch nicht. Denn bis auf die Zornesfalte war ihr Gesicht ziemlich gut in Schuss. Und wenn sie sich schon in den Armen eines Jünglings zu ihrem ersten plastischen Eingriff entschieden hatte, dann sollte sie das vielleicht auch feiern. Mit den Mädels. Ja! Sie würde, wie Frauke vorgeschlagen hatte, von Samstag auf Sonntag in ihren Geburtstag reinfeiern!

Montagfrüh, nachdem sie heimgekommen war, den passenden Schönheitsdoktor in den gelben Seiten gefunden und sich im Bad von Marianos Geruch auf ihrer Haut verabschiedet hatte, begann sie mit der Planung. Sie saß an ihrem Küchentisch, ein Blatt Papier vor sich. Darauf stand: Luna, Frauke, Marie, Kiki, Senta, Nina und, der Form halber, Daggi. Hinter Kiki und Nina hatte Nora das Kürzel ST, für Stillen, gesetzt. Das bedeutete auf jeden Fall eine Ladung alkoholfreies Paulaner – das hatte sich in den letzten Jahren während diverser Schwangerschaften als DIE Alkohol-Alternative erwiesen. Alle anderen konnten Gas geben. Unter »Getränke« hatte Nora 3 Flaschen Wodka, 10 Flaschen Prosecco, 5 Flaschen Rotwein, 5 Flaschen Weißwein, einen Kasten Stilles Wasser, einen Kasten Sprudelwasser, 1 Flasche Averna, 3 Flaschen Apfelsaft, 2 Flaschen Cranberry, 5 Dosen Red Bull für Luna, 1 Kasten Cola und Eis (viel) notiert. Und unter dem Stichwort »Essen«: eine asiatische Hühnersuppe, Curryhuhn in Mango mit Gemüse, in Honig gebratene Bananen mit Vanilleeis. Darunter standen fein säuberlich alle Zutaten, die sie dafür noch benötigte. Tja, wenn Nora wollte, dann konnte sie auch! Organisationstalent und Können am Kochtopf zählten zu ihren bestgehüteten Geheimnissen. Jetzt musste sie nur noch den Mädels Bescheid geben. Sie schickte eine Rundmail an alle mit dem Betreff: »Nun gut – ich hab Geburtstag. Lasst uns feiern!« Nora lud für Samstag, den 24. April, ab 19:30 Uhr zu sich ein. Sie bat um Rückmeldung bis Donnerstag, das sollte reichen, um rechtzeitig alle Besorgungen am Freitag machen zu können. Für Donnerstag vereinbarte sie einen Termin mit Professor La Tranja, dem Schönheitschirurg, der ihre Stirn lähmen würde. Dann konnte sie sich vor der Party noch ausreichend erholen, falls sie von irgendwelchen Nebenwirkungen heimgesucht werden würde. Sie würde Frauke einfach bitten, mit ihr einkaufen zu gehen, während Kira im Kindergarten war. Ja, so würde es definitiv viel schneller gehen. Samstagmorgen würde sie dann in aller Ruhe anfangen zu kochen.

Ihre Einladungsmail war höchstens zehn Minuten raus, da klingelte Noras Telefon. Sie erkannte gleich Daggis Nummer. Richtig, die wartete ja noch auf ihren Anruf. Na, was soll's, dachte Nora und nahm ab.

»Nora?! Endlich!«, begann Daggi das Gespräch. »Ich dachte schon, du wärst richtig sauer, weil du mich nicht zurückgerufen hast.«

Gott, es ist gerade mal Montag, dachte Nora. Das Essen bei Kim war zwei Tage her und Daggis Nachrichten 36 und 24 Stunden alt. »Quatsch«, sagte sie stattdessen. »Alles halb so wild. Ich hab's einfach verpeilt. Du kennst mich ja. Allerdings fand ich dieses ganze Gespräch über Steffi schon ziemlich absurd. Und zum Ende ist es dann halt etwas unsachlich geworden. Aber ich bin nicht sauer. Schließlich kenne ich dich ja auch, und nicht erst seit gestern.«

Bäng! Das saß! Daggi atmete am anderen Ende der Leitung tief durch, sagte aber nichts. Einerseits, weil sie getroffen war, andererseits, weil sie es in dieser Situation, entgegen ihrer sonstigen Gewohnheit, vorzog, nicht weiter in diesem Thema herumzustochern. Aber Nora hatte das nicht gesagt, um Daggi zu verletzen. Es war schlicht und ergreifend ihre Meinung über das, was sich an diesem Abend bei Kim und Marie abgespielt hatte. Und Nora war direkt. Sie redete nicht gerne um den heißen Brei. Sie nannte die Dinge beim Namen. Immer. Wer sie kannte, wusste das.

Nach einer kurzen Pause sagte Daggi: »Da bin ich aber froh. Ich habe mir echt Vorwürfe gemacht.«

»Alles gut. Ehrlich!«

»Schön, dann komme ich natürlich auch supergerne zu deinem Geburtstag. Ich freue mich!«

»Ich auch Daggi. Wir sehen uns Samstag.«

Erleichtert legte Nora auf. Das wäre geklärt. »Mama und Papa für Samstag absagen!!!!!«, schrieb sie geistesgegenwärtig auf ihren Zettel. Soweit stand also alles.

Als Nora am Donnerstag um kurz nach vier wieder auf die Mittelstraße trat, war ihr ein bisschen schummrig, und sie sah aus, als wäre sie mit der Stirn in ein Nagelbett gefallen. Zehnmal hatte La Tranja die Spritze – vom Nasenrücken ausgehend bis zum Haaransatz – angesetzt, bevor er schnurrte: »Frau Leinenmacher, wenn Sie mich fragen, würde ich gerne noch zwei Spritzen rechts und links an der Schläfe setzen. Das hebt die Augenbrauen ein wenig und somit auch ihre Schlupflieder. Dann müssen Sie diese in nächster Zeit erst mal keinem operativen Eingriff unterziehen.« Nora war entsetzt. Ihre Zornesfalte war nicht zu übersehen, so viel war klar. Aber Schlupflieder? Der Dottore deutete ihren Gesichtsausdruck richtig und hielt ihr sofort einen Spiegel vor die Nase. »Sehen Sie? Hier und hier.« Er zeigte mit einem Stift auf die unperfekten Augenlider. »Berechne ich Ihnen auch nicht extra. Und wirkt wirklich wahre Wunder. Das verspreche ich.«

Phhh, dachte Nora. Auf zwei Piekse mehr oder weniger kommt es jetzt auch nicht an. »Wenn's schön macht…«, willigte sie ein.

Um 450 Euro leichter und mit dem Hinweis, dass Botox nicht sofort wirke und die Schwellungen um die Einstichstellen bis zu drei Tage sichtbar bleiben könnten, stand Nora jetzt mit dem vorher prophezeiten Schwindel auf der Straße. »Und am besten nicht Auto fahren. Das Gesicht ist eine sensible Zone, vielleicht sehen Sie auch ein bisschen verschwommen«, hatte Doktor La Tranja ihr beim Verlassen der Praxis noch hinterhergerufen. Na, diese Infos hätte ich ein bisschen früher gebraucht, ärgerte sie sich. Sie konnte ja wohl schlecht ihr Auto mitten in der Innenstadt stehen lassen. Und sollte sie etwa mit verquollener Quasimodo-Stirn in ihren Geburtstag feiern?! Eis! Sie brauchte Eis – sofort! Für die Getränke und ihr Gesicht. Auf dem Heimweg – sie fuhr durchschnittlich höchstens 30, wie all die anderen Rentner, die Nora immer von der Straße wünschte und am liebsten alle sechs Monate zum Eignungstest schicken würde, hielt sie schnell am Supermarkt und nahm schon mal zwei große Tüten Eiswürfel mit. Als sie endlich zu Hause war, fühlte sie sich hundsmiserabel. Sie hatte ein flaues Gefühl im Magen, ihr war richtig schlecht, so als müsste sie sich jeden Moment übergeben. Der anhaltende Schwindel machte die Sache nicht besser, ihr Gesicht war heiß, ihre Augen extrem lichtempfindlich, und ihr Kopf hämmerte und pochte. So fühlte sich wohl eine Migräne an. Sie stellte ihre Handtasche und die Plastiktüte mit dem Eis ab und setzte sich – noch im Trenchcoat – zu ihnen auf den Boden im Flur. Ihr Anrufbeantworter blinkte. »Du kannst mich mal«, sagte sie erschöpft und schloss die Augen. Das rote Flackern schmerzte in den Augen, von wo der Schmerz gleich in den Kopf weitergeleitet wurde. Auf allen Vieren kroch sie Richtung Schlafzimmer. Am Bad hielt sie kurz inne, nicht sicher, ob sie in die Wanne kotzen sollte, weil sie es eventuell nicht mehr bis zum Klo schaffen würde. Als sich dies als unnötig erwies, kroch sie weiter und hievte sich auf ihr Bett. Der Penner meint ja wohl nicht, dass ich das in sechs Monaten noch mal mache. Der kann mich mal, dachte Nora, als sie sich daran erinnerte, dass der Professor ihr geraten hatte, in einem halben Jahr nachstechen zu lassen. Das täte man so beim ersten Mal, um eine noch längere Wirkung zu erzielen … Bei ihr würde er nichts mehr stechen! Basta! Kurz darauf schlief sie ein.

Sie erwachte erst wieder am Freitagmorgen. 6:22 Uhr zeigte ihr Wecker, der sie niemals vor halb neun mit einem sanften Wellenrauschen weckte. Nicht selten blieb Nora dann noch ein Stündchen dösend im Bett, bevor sie sich in den neuen Tag schmiss. Aber noch war alles dunkel – und still. Nora rieb sich die Augen. Sie fühlte sich, als wäre ein LKW mit 180 Sachen über sie gerollt. Die stechenden Kopfschmerzen waren einem dumpfen Druck gewichen. Dafür schmerzte ihr ganzer Körper. Mühsam setzte sie sich im Bett auf. Sie knipste ihre Nachtischlampe an. Erst jetzt bemerkte sie, dass sie in kompletter Montur auf ihrer Tagesdecke geschlafen haben musste. Sie trug immer noch ihre graue Röhrenjeans, darüber ihre blaugrauen Cowboystiefel – ein Relikt aus den 80ern, das Nora seitdem, jedem Trend zum Trotz, immer getragen hatte –, ihren grauen, langen Pullover mit V-Ausschnitt und einen grauen Hippie-Schal, den sie letzten Sommer auf ihrer Lieblingsinsel Ibiza gekauft hatte. Nora war mindestens dreimal im Jahr auf Izi-Bizi. Eines Tages wollte sie dort unbedingt eine kleine Finca haben. Auf dem Land, aber nicht weit vom Meer entfernt. Ein Zufluchtsort, wo sie dann … »Ja, was dann?«, meldete sich ihr innerer Richter. »Was willst du denn da machen? Bikinis häkeln, die du dann später mit all den anderen gescheiterten Existenzen am Strand verkaufst? Und wovon willst du das bezahlen? Irgendwann – eher früher als später – ist dein Erspartes futsch! Ist ja eh lächerlich, was du da so zur Seite gelegt hast.« Nora stöhnte auf. »Leck mich!«, sagte sie zu sich selbst und schaute erneut auf die Uhr. Gleich sieben. Sie hatte tatsächlich fast 13 Stunden durchgeschlafen. »Nervengift halt«, dachte sie und quälte sich aus dem Bett. Sie wollte ins Bad, um nachzusehen, in welchem Zustand ihre Stirn war, als sie im Flur einen kleinen See vorfand. »Scheiße!« Die Eiswürfel in der Einkaufstüte hatte sie völlig vergessen. In einer der Verpackungen musste ein kleines Loch gewesen sein. Aus der Küche holte sie sich einen Eimer und den Wischmop und begann das Malheur zu beseitigen. Währenddessen hörte sie ihren Anrufbeantworter ab: Nina, Senta und Kiki, die alle für Samstag zusagten. Kiki mit der Einschränkung, dass sie später käme, weil der Babysitter nicht früher konnte. Marie, die absagte, weil die Kinder krank waren. Mariano, der mittlerweile ihre Festnetznummer hatte und nur mal ihre Stimme hören wollte. Ihr Vater, der ihr mitteilte, dass sie das Familienessen ja sowieso auf Sonntag gelegt hätten, wie Nora sich sicher erinnere. »Schließlich ist es dein Geburtstag, meine Große«, sagte er, als wäre es Noras 14. Geburtstag.

Hoffentlich hat das Parkett nichts abgekriegt, dachte Nora gerade, als sie Fraukes Stimme auf dem AB vernahm. »Nora, scheiße, ich kann wohl nicht kommen. Ich finde keinen Babysitter, und Sven ist morgen nicht da. Der ist geschäftlich das ganze Wochenende unterwegs. Und meine Mutter ist in der Oper. Und Svens Eltern sagen, sie hätten auch keine Zeit. Kurz: Ich weiß nicht wohin mit Kira. Ruf mich an.«

Geburtstag ohne Frauke – das ging gar nicht. Nora würde sie gleich anrufen, es war ja noch mitten in der Nacht. Nach drei Kaffee, die ihr auch nicht halfen, zu sich zu kommen, ging Nora unter die Dusche. Sie fühlte sich wie unter einer Glasglocke. Sie duschte lange, bestimmt 40 Minuten. Wenn

Nora überhaupt duschte, statt wie gewohnt zu baden, dann dauerte das immer ewig. Ihren Ex-Freund Tobi hatte das jedes Mal in den Wahnsinn getrieben. »Nora, wie kann das so lange dauern? Man geht unter die Dusche, wäscht sich und nach zehn Minuten ist man wieder draußen. Fertig«, hatte er sie einmal angefahren, nachdem er in der damals gemeinsamen Wohnung das Bad gestürmt hatte. Nora stand gerade mal 20 Minuten unter der Dusche. Höchstens. »Mir ist noch kalt.«

»Wie kann einem unter der Dusche kalt sein?! Du spinnst doch. Das ganze Bad ist schon beschlagen«, hatte er geschimpft und die Tür hinter sich zugeknallt. Nora konnte das ja auch nicht erklären, aber sie fror anfangs immer unter der Dusche, und es dauerte halt lange, bis sie das wohlig warme Gefühl im Inneren verspürte, das sie beim Baden viel schneller bekam. Heute hatte sie sich für eine Schocktherapie entschieden: kalt, heiß im Wechsel und am Ende zur Belohnung ganz lange ganz heiß. Zwar fühlte sie sich nach der Dusche immer noch erschöpft – ihr Puls raste, ihr Kreislauf schwankte –, aber definitiv war sie wieder bei sich angekommen. Sie trocknete sich ab, stieg in ihren flauschigen, schwarzen Bademantel in XXL und hob ihre Klamotten vom gestrigen Tag vom Boden auf. Als sie sich bückte, schmerzten ihr Kopf und ihre Stirn ein wenig. »Meine Stirn!«, fuhr es Nora durch den Kopf, die noch gar nicht die Beulenplage dort überprüft hatte. Im Bad konnte sie vor lauter Wasserdampf nichts erkennen. Im Schlafzimmer schmiss sie ihre Klamotten aufs Bett und eilte vor den Spiegel über der Kommode. Vorsichtig tastend fuhr sie mit dem Zeigefinger der rechten Hand über die Stirn und betrachtete sie mit Adleraugen. Die Einstiche konnte man immer noch sehen, aber die Schwellungen waren um einiges zurückgegangen. Im Gegensatz zu ihren Augen, die richtig verquollen waren. »Na klasse, JETZT habe ich Schlupflider«, sagte sie zu sich selbst. »Wo habe ich denn dieses Gel? Dieses Echi-Dings-Da…« Sie durchstöberte die oberste Schublade, ihr Kosmetiklager, auf der Suche nach diesem weißen Tiegel mit dem grünen Deckel. Eine Kosmetikerin hatte ihr die Gelmaske mal empfohlen – gegen Schwellungen und allergische Reaktionen im Gesicht. Da! *EchinaCare*. Sie schmierte sich das Gel ins ganze Gesicht, ihre Stirn bekam eine extra dicke Schicht verpasst. Schließlich strich sie auch etwas auf die Augenlider. Schaden konnte es ja nicht. Zwanzig Minuten später wusch sie die Paste wieder ab und freute sich, dass das Zeug tatsächlich wirkte. Noras Gesicht war nun in einem Zustand, der ihr erlaubte, unter Leute zu gehen und ihren Geburtstag stattfinden zu lassen. Um kurz vor acht rief sie Frauke an, die Kira nie vor halb neun in den Kindergarten brachte.

»Nora?! Warum bist du denn schon wach – um diese Uhrzeit? Ist etwas passiert?«, meldete sich ihre Freundin, die ihre Nummer gleich erkannt hatte.

»Nee, alles gut. Ich hatte gestern so einen tierischen Migräneanfall und bin schon gegen fünf ins Bett gegangen. Ich hab bis kurz vor halb sieben durchgeschlafen.«

»Krass! Geht's dir besser? Seit wann hast du denn Migräne?«

»Wohl seit gestern. Sag mal, warum ich anrufe: Also, dass du morgen nicht kommst, das geht gar nicht, hörst du! Bring Kira einfach mit. Sie kann mit uns essen, und irgendwann legen wir sie einfach in mein Bett. Ihr könnt auch hier schlafen.«

»Macht dir das auch nichts aus?«

»Quatsch! Ich will dich unbedingt dabeihaben.«

»Aber Kira ist dann den ganzen Abend dabei.«

»So habe ich das verstanden. Ist schon o. k.! Viel wichtiger ist: Ich brauche heute unbedingt deine Hilfe. Ich bin eh so matschig von der Migräne, und ich muss so viel einkaufen. Könnten wir das zusammen machen – mit deinem riesigen Auto?!« Frauke fuhr ebenfalls so eine Familienkutsche, in die locker ein Singlehaushalt reinpassen würde, wenn es sein müsste.

»Eigentlich schon, aber ich muss auch noch für den Kindergarten einkaufen.«

»Na, das ist doch super, dann machen wir das alles zusammen.«

»Aber das ist viel! Bist du sicher?«

»Ja, ja!«, antwortete Nora. Was um Himmels willen sollte Kira schon alles für den Kindergarten brauchen?

»Gut«, sagte Frauke. »Dann komm doch gleich zu mir. Dann fahren wir die Kleine in den Kindergarten, und dann erledigen wir alles!«

»Super, Frauke. Bin gleich da!«

»Zuerst müssen wir in den Drogeriemarkt, Taschentücher und Klopapier kaufen.« Frauke und Nora hatten Kira gerade in der Villa Kunterbunt, ihrem Kindergarten, abgesetzt, als Frauke das Ruder übernahm. Nora stand an der Beifahrertür und hörte aufmerksam zu – im braunen Jogginganzug, ihren schwarzen Fellstiefeln, eine große schwarze Sonnenbrille auf der Nase. Die Spuren ihres Beauty-Eingriffes hatte sie gekonnt mit Make-up weggezaubert. Frauke trug eine dunkelblaue Jeans, eine weiße Bluse, einen blauen Blazer und halbhohe, blaue Schuhe. Sie sah aus wie eine erwachsene Frau, während Nora irgendwo in der Pubertät hängengeblieben schien.

»Können wir das nicht im Supermarkt kaufen?«, fragte sie, während es ihr unmöglich und voll daneben schien, dass die Kinder ihre eigenen Taschentücher und ihr eigenes Klopapier mitbringen mussten. Das war zu ihrer Zeit ganz anders gewesen. Aber gut.

»Ne, das muss unbedingt diese Marke aus dem Drogeriemarkt sein. Außerdem brauchen wir da noch mehr.«

»O. k.«, sagte Nora und fand es noch unmöglicher, dass Kira anscheinend schon Sonderwünsche bei ihren Hygieneartikeln hatte. Ganz zu schweigen davon, dass Frauke dem tatsächlich Folge leistete.

Im Drogeriemarkt holte Frauke einen riesigen und bis auf die letzte Zeile vollgeschriebenen Zettel aus ihrer Handtasche. Nora hatte auch einen Zettel, aber der war nicht mal halb so voll, und sie gab morgen eine kleine Party…

»Gut, wir brauchen zehn mal Toilettenpapier à acht Rollen, zehn Pakete Taschentücher, die mit den Tieren drauf. Aber die großen Packungen. Da sind, glaube ich, jeweils 30 Päckchen drin. Holst du das, dann hole ich den Honig, den Agavensaft, den Tee und den Ahornsirup.«

»Frauke, wozu braucht Kira so viel Klopapier?«

Frauke lachte. »Das ist doch nicht nur für Kira, das ist für den ganzen Kindergarten.«

»Waaaas?«

»Ich habe dir doch gesagt, dass ich für den Kindergarten einkaufen muss…« Frauke sah sie vorwurfsvoll an.

»Ja, für Kira!«

»Mann, Nora, du weißt doch, dass dieser Kindergarten auf einer Elterninitiative basiert. Wir haben alle Aufgaben für ein Jahr übernommen. Und ich mache halt die Einkäufe – alle zwei Wochen!«

Woher zum Teufel sollte Nora das wissen? Und warum bezahlte man jeden Monat Geld, wenn der Kindergarten einen dann noch für sich arbeiten ließ? Was war eigentlich eine Elterninitiative?

»Also, holst du jetzt die Sachen? Am besten, du nimmst dir einen eigenen Wagen!«

»Mmmmh.«

Als sie die Sachen verstaut hatten, ging es in den Biosupermarkt. »Die kochen im Kindergarten nur bio, das ist echt super«, erklärte Frauke, als sie an Noras Lieblingssupermarkt, in dem man wirklich alles bekam, vorbeifuhren und den Biomarkt auf der gegenüberliegenden Seite ansteuerten.

»Am besten, wir nehmen uns zwei Wagen und teilen uns auf«, schlug Frauke vor, als sie durch die sich öffnende, gläserne Eingangstür des Marktes schritten. »Also, du gehst zum Obst und Gemüse. Wir brauchen: vier Kilo Bananen, vier Kilo Äpfel, aber nur die roten, drei Kilo gemischtes Obst …«

»Welches Obst?«

»Gemischtes, Nora, gemischtes! Dann drei Kilo Möhren, ein Kilo Champignons, aber die braunen, ein Kilo Strauchtomaten …«

»Stopp! Mehr kann ich mir nicht merken.«

Nora überprüfte gerade den Inhalt ihres Einkaufswagens, als Frauke wieder zu ihr stieß. In ihrem Wagen türmten sich acht Pakete Bio-Fischstäbchen – Nora wusste gar nicht, dass es die auch in Bio gab –, sechs Pakete tiefgekühlter Biospinat, zehn Gläser passierte Tomaten, sechs Gläser Apfelmark, vier Gläser Ananas in Stückchen und zwei große Pakete Basmati-Naturreis.

»Du hast die Möhren vergessen«, sagte sie, nachdem sie Noras Wagen überprüft hatte.

»Wollte ich ja gerade holen.«

»Ich mach hier weiter, kannst du bitte rübergehen und Müsli holen? Wir brauchen zweimal Biene-Maja-Müsli, zwei Ernie-und-Bert-Müsli und zwei Knuspermüsli.«

Nora tat wie ihr geheißen. Sie fühlte sich wie die Küchenhilfe einer Großkantine. »Frauke«, rief sie durch den Markt, als sie vor dem Müsliregal stand. »Das Ernie-und-Bert-Müsli ist Knusper und das Biene-Maja auch, und dann gibt's hier noch drei andere Knusper-Müslis. Was brauchen wir denn jetzt?«

»Na, Ernie-und-Bert, Biene-Maja und das normale Knusper, das mit den Nüssen«, rief Frauke zurück.

Na, das sollte mal einer verstehen…

»Nora, wenn du schon da drüben bist, dann hol doch bitte 15 Liter H-Milch, aber die lactosefreie. Und dann brauchen wir noch vier Joghurts in den 320-Gramm-Bechern, auch lactosefrei. Wenn's den nicht gibt, dann halt normalen, auf keinen Fall den Sojajoghurt. Ach, und Sojaflocken für Bolognese, vier Tüten grobe und zwei Tüten feine.«

Warum war Soja im Joghurt unerwünscht, wenn Sojaflocken in Ordnung waren? Nora wurde wieder schwindelig. Es dauerte, bis sie alles hatte und stolz mit ihrem ziemlich vollen Einkaufswagen zu Frauke zurückkam. In Fraukes Wagen türmten sich mittlerweile Salate, Blumenkohl, Knoblauch, Gurken, Auberginen, Zucchini, Paprika in allen Farben, Kartoffeln, Suppengrün, Basilikum- und Petersilientöpfe, Nudeln, Schmelzkäse, Aufschnitt, Käse und Kräuterquark. Wie viele Kinder gingen eigentlich in diesen Kindergarten? 1000?

»Jetzt haben wir fast alles. Wenn du Fleisch holst, dann hole ich das Brot, und wir können uns da vorne treffen.« Frauke zeigte auf einen Stand vor der Kasse. An der Fleischtheke sollte Nora zwei Kilo Rinderhack, sechs Hühnchenfilets und zwei Kilo Hühnchengulasch, nicht mariniert, holen. Sie fragte nicht, warum man nicht einfach mehr Hühnerfilets kaufte und die dann entweder zu Gulasch verarbeitete oder am Stück ließ. Sie wollte nur raus hier, schnell. Mittlerweile war es Viertel nach elf, und Nora hatte noch nicht eine einzige Ware von ihrer Einkaufsliste gekauft.

Ein paar Minuten später traf sie sich mit Frauke an dem verabredeten Stand. »Rotbäckchen« stand in roter Schrift auf dem Banner über dem Stand. Auf dem Tresen waren unterschiedliche Flaschen neben kleinen Bechern aufgereiht.

»Wollen Sie mal probieren?«, fragte eine in einen weißen Kittel gehüllte, pausbäckige, schwarzhaarige Frau freundlich.

»Warum nicht?!«, flötete Frauke. »Den hier kenne ich aus meiner Kindheit.« Sie deutete auf eine der Flaschen.

»Ja, der ist mit Eisen. Gut fürs Blut. Der hier ist für den Kreislauf, da ist... Weiß ich jetzt nicht genau. Und der hier ist ein Vitamincocktail, der bringt Sie voll auf Touren.« Nora nahm den zuletzt genannten, Frauke den für den Kreislauf, mit was auch immer drin. Sie prosteten sich zu. Früher hatten sie, total aufgebrezelt, so die ganze Nacht an der Theke ihrer Stammbar gestanden und allerlei Kurze gestürzt. Heute sahen sie fertig und gestresst aus und kippten »Rotbäckchen« im Biosupermarkt – tagsüber. Nora wusste nicht, ob sie lachen oder weinen sollte.

»Ahhh, das tut gut«, sagte Frauke und stellte ihren leeren Becher auf die Theke. »Für den Kindergarten haben wir jetzt alles. Jetzt sollten wir deinen Kram holen. Der Kindergarten kriegt hier 15 Prozent Rabatt. Wir haben mit denen so einen Deal. Cool, ne?!« Nora konnte sich nichts Cooleres vorstellen. »Also, alles, was du hier abgreifen kannst, sollten wir mitnehmen.«

So machten sie es. Als sie alles in den Wagen verladen hatten, war der Van pickepackevoll. »Ich würde sagen, wir fahren das erst in den Kindergarten, laden aus ...«

»Wir müssen das alles ausladen?«

»Ja, klar. Und in der Küche einräumen. Elterninitiative!«

Die Mitarbeiter in der Villa Kunterbunt mussten ein wirklich geiles Leben führen, dachte Nora.

Erst um Viertel vor eins hatten sie alle Einkäufe unter strenger Beobachtung der Köchin, die mit verschränkten Armen im Türrahmen stand und nicht ein Mal mit angepackt hatte, eingeräumt. Nora war müde, und ihr Kopf meldete sich mit einem stärker werdenden Pochen. So hatte sie sich das nicht vorgestellt. Im Gegenteil.

»Willst du Kira gleich mitnehmen, oder kommst du sie später holen?« Eine junge Frau mit lila Hose, lila Shirt, lila-weiß geringeltem Schal, braunen Locken und Brille war in die Küche gekommen.

»Wie spät ist es denn jetzt?«

»Kurz vor eins.«

»Normalerweise hole ich Kira ja immer erst um drei ab ...« Frauke schaute Nora fragend an.

»Du ...«

»Nee, ich hol sie später ab. Wir müssen ja auch noch dein restliches Zeug einkaufen. Sonja, vielleicht wird es aber auch halb vier. Ist das o.k.?«

Die lila Sonja nickte und verschwand wieder. Nora war dankbar. Jetzt mit Kira im Anhang noch ihre fehlenden Einkäufe zu machen, hätte ihr mit Sicherheit den Rest gegeben.

Noras Einkäufe gingen schnell. Viel, viel schneller als der Rosinenbomber-Einkauf für die Villa Kunterbunt. Nora wusste, was sie brauchte, und kaum in ihrem Supermarkt, huschte sie durch die heimischen Gänge und sammelte alles ein. »Ich würde mehr als sechs Flaschen von dem Paulaner nehmen«, merkte Frauke an, als Nora das alkoholfreie Bier einpackte.

»Warum, glaubst du, Kiki und Florentine trinken so viel?«

»Keine Ahnung, aber ich finde es irgendwie knapp bemessen. Nimm doch zwölf.« Sie lächelte.

»Quatsch, sechs reichen bestimmt!«

Um kurz vor drei hatten sie alle Tüten in Nora's Küche abgeladen. Völlig fertig saßen sie am Küchentisch. »Puuhh, mir ist schlecht. Ich muss unbedingt etwas trinken. Hast du Cola, Nora? Cola Light?«

»Du weißt doch, dass ich diesen Light-Blödsinn nicht mitmache. Aber Cola habe ich da. Mit Eis?«

»Mmmmh.« Frauke sah blass aus.

»Alles klar?«, fragte Nora besorgt.

»Ja, geht schon. Ich habe nur kaum gegessen heute.«

»Soll ich schnell etwas machen?«

»Bloß nicht, sonst muss ich kotzen. Außerdem muss ich los. Kira abholen. Wir sehen uns dann morgen. Und ist es wirklich in Ordnung, wenn ich sie zu deinem Geburtstag mitbringe?!«

»Ja doch. Total in Ordnung. Kira ist doch meine Freundin. Hätte sie sowieso eingeladen. Ich freue mich auf euch. Und Frauke, danke, dass du das heute mit mir durchgezogen hast!«

Frauke lachte. »Ich danke dir! War bestimmt grenzwertig für dich.«

Nora grinste und zuckte mit den Achseln. »Vielleicht kümmerst du dich nächstes Jahr einfach um den Garten der Villa?!«

Eins war klar: Nora würde in Zukunft aufhorchen, wenn Frauke NUR für den Kindergarten einkaufen musste. Sie würde diesem Ereignis keinesfalls ein zweites Mal freiwillig beiwohnen.

Der 24. April verging wie im Flug. Nora ging es gut, die Nachwehen vom Donnerstag waren beinahe verschwunden, ihre Stirn sah o.k. aus, und für den Fall der Fälle hatte sie sich noch mal dieses Echi-Dings-Da ins Gesicht geschmiert. Draußen schien die Sonne, und es war ein herrlich milder Tag. Der Wettergott meinte es gut mit ihnen in diesem Jahr. Es waren mindestens 17 Grad. Sie würde es nicht mehr schaffen, ihren Balkon zu bepflanzen, aber heute Abend würde das sicherlich niemandem auffallen. Da war es ja dunkel. Dafür hatte sie heute Morgen Blumen auf dem Markt gekauft. Noras Kühlschrank war randvoll mit Getränken und Lebensmitteln. Das alkoholfreie Bier stand draußen – schön in der Mittagssonne – aber bis zum Abend würde sie das schon wieder kalt kriegen. Nora hatte eine ganz andere Mission: Sie kochte! Erst hatte sie Gemüse und Fleisch geputzt und fein säuberlich geschnitten in Tupperdosen verteilt. Ja, Nora besaß Tupperware. Irgendwann vor ein paar Jahren hatte Senta sie zu einer dieser Partys eingeladen. Mit neun Weibern hatten sie andächtig in Sentas Wohnzimmer gesessen und sich die neusten Tupper-Highlights, die Namen wie »Eidgenossen« trugen, von einer dicken Frau mit kessem Kurzhaarschnitt präsentieren lassen. Frauke war da gewesen und Nina, ansonsten nur Kolleginnen von Senta. Für Nora war dieser Nachmittag besser gewesen als alle aktuellen Kinofilme zusammen. Gerade hatte die dicke Frau die neue Sensation, die Königin unter den Salatschleudern, vorgestellt: das Salat-Karussell. »Ah«, »Oh«, »Wie schön«, ertönte es aus allen Ecken. Nora wusste zwar nicht, wieso eine Salatschleuder aus Plastik, wahlweise in gelb, grün oder blau, überhaupt das Prädikat »schön« erhalten konnte – »praktisch« ja, aber »schön« … –, dennoch amüsierte sie sich königlich. Nur schwer konnte sie einen Lachanfall unterdrücken. Und Senta, die ebenfalls kicherte, stieß ihr immer wieder heftig in die Seite. »Mann«, sagte eine blonde Kollegin in weißer Bluse und mit Perlenohrringen dann. »Ich weiß nicht, ob ich mir die gönnen soll?! Ich habe ja schon eine Salatschleuder. Aber die ist so schöööön.« Nora konnte nicht mehr an sich halten und brach in schallendes Gelächter aus. Solche Überlegungen kannte sie höchstens aus dem Schuhladen, wenn sie vor dem x-ten Paar schwarzer High Heels oder dem hundertsten Paar Stiefel stand. Aber Salatschleudern? Vor allem, wenn man schon eine hatte? Ob die auch einen begehbaren Küchenutensilienschrank hatte, in den sie eintrat und sich im Angesicht solch vielfältiger Schönheit gerührt ans Herz griff? Wie dem auch sei, Nora war an diesem Tag so hingerissen von dem, was sich da abspielte, dass sie, ohne es wirklich mitzukriegen, den Bestellschein für das Tupper-Starter-Set, eine Gemüsefrischhaltebox, eine Kartoffelbox und einen Sahneschäumer unterschrieben hatte. Heute war sie froh darüber, auch wenn sie das niemals zugegeben würde.

Gerade machte sie die Suppe: Chinesische Hühnersuppe, ein Spezialrezept ihres Vaters. Die gab's bei Leinenmachers früher immer an Silvester. Das Suppenhuhn kochte mit zusammengebundenen Beinchen und dem Bauch nach oben im riesigen Kochtopf. Kein schöner Anblick. Auch wenn Nora kein Fleisch aß, hatte sie für die Mädels zumindest etwas mit Huhn gemacht. Die Suppe würde sie auslassen, vom Hauptgericht gäbe es für sie lediglich Gemüse und Reis. Zwischendurch machte sie den Abwasch. Nora hasste es, wenn der ganze Kram herumstand. Deshalb kochte sie auch so ungern: Das machte einfach so viel Dreck! Das Telefon schellte ein paar Mal.

»Liebes, stehst du noch unter Schock, oder warum habe ich seit letztem Samstag nichts von dir gehört?«

»Kim, ich kann jetzt wirklich nicht. Ich bin voll am Kochen.«

»Ja, ich habe schon gehört, dass du einen Mädchenabend machst. Marie ist auch ganz traurig. Aber die Kinder sind krank. Und ich bin wirklich beleidigt. Ich habe dich so lange nicht gesehen.«

»Kim, wir holen das nach. Ehrlich. Gleich nächste Woche, diesmal echt. Aber jetzt muss ich. Ich bin voll im Stress.«

Mariano hatte auch angerufen, er war ebenfalls beleidigt. Sie hatten sich die ganze Woche nicht gesehen, und Noras Planung für ihren Geburtstag hatte ihm auch nicht gefallen. Aber Nora fand, sich ein oder zwei Mal die Woche zu sehen und Spaß zu haben, reiche völlig aus. Schließlich war das eine Affäre, und sie hatte nicht vor, mit ihm und seinen argentinischen Gauchos in den Sonnenuntergang zu reiten. Luna hatte angerufen und gefragt, ob sie Paloma mitbringen könnte, ihre französische Bulldogge. Nora liebte das weiße Tier mit schwarzen Flecken um die Augen, am Bauch und schwarzer Schwanzspitze. Und wenn Frauke schon Kira mitbrachte … Das Bett hatte sie bereits für Frauke und Kira frisch bezogen. Die Wohnung war geputzt, der Tisch gedeckt, und um 17 Uhr war Nora mit allem fertig. Sie ging, begleitet von ihrer MP3-Station, in die Badewanne und entspannte. Im Schlafzimmer wartete eine nagelneues Outfit auf sie: ein nachtblaues Wickelkleid aus Seide mit einem mörderischen Ausschnitt, ein Seidenschal in blaugrauem Tigermuster, dunkelgraue Wildleder-Peeptoes und ein graues Spitzenwäsche-Set ihres Lieblingslables Princess Tam Tam. Zu einem neuen Outfit gehörte einfach neue Wäsche, fand Nora. Überhaupt war ihr gute Wäsche wichtig, fast so wichtig wie gute Schuhe. Klamotten konnte man gut mischen, ein paar geile Designerteile mit trendy Basics von Billig-Labels – das war o.k.! Schuhe verrieten schon viel über Menschen, aber laut Nora war nichts so aufschlussreich wie Unterwäsche. Guter Stil fing gleich auf der Haut an, mit der Wahl der Unterwäsche. Mariano hatte nur hochwertige Wäsche, wie sie bei ihrer ersten Übernachtung feststellen durfte. Das sprach für ihn. Alles andere wäre ein wirklicher Abturner gewesen. Nora hatte überhaupt kein Verständnis für billige und schlechte Wäsche. Es sei denn, man war eine Frau und hatte gerade seine Tage – dann war das in Ordnung. Das war aber auch die einzige Entschuldigung, die sie bei sich und anderen in Sache Wäsche gelten ließ. Ein paar neue Ohrringe und eine silberne Kette rundeten ihr Outfit für heute Abend ab. War sie früher immer mit Frauke, Kiki, Nina oder Senta shoppen gegangen, musste sie sich letzten Dienstag alleine in die Stadt begeben. Kinderturnen, Spielplatz, Kinderarzt und Krabbelgruppe hatten sie auf ihren Einkaufstouren ziemlich einsam gemacht. Zum Glück hatte sie wenigstens noch das ein oder andere Geburtstagsgeschenk für sich in der Stadt entdeckt. Und mehr! Aber die anderen Anschaffungen hingen bereits im Schrank, so als hätten sie sich dort heimlich eingeschlichen. Das machte Nora immer so, wenn sie eigentlich völlig über dem Limit einkaufen war. Und Dank Arbeitslosigkeit und Botox war sie so oder so weit über ihrem Limit diesen Monat. Egal. Als sie in Unterwäsche und den grauen Peeptoes vor dem Spiegel im Bad stand und fast fertig geschminkt war, klingelte es. Erschrocken schaute sie auf die Uhr: 19:23. Das konnte nur Frauke sein, die immer zu früh kam. Sie zog ihren Bademantel über, eilte zur Tür, drückte den Türöffner und trippelte wieder zurück ins Bad.

»Nola?! Nola? Noooooooolllllllaaaaaaa!«Kira kam durch die nur angelehnte Wohnungstür gestürmt und Frauke schnaufend hinter ihr her. »Kira, es heißt…« Zu mehr kam sie nicht. Sie war völlig außer Atem. »Gott, ich werde alt«, stöhnte sie.

»Ich bin im Bad«, rief Nora. »Aber ich bin gleich fertig.«

Das stimmte. Nur wenige Augenblicke später kam sie aus dem Bad und umarmte Frauke, die zwei große Taschen auf dem Flur abgestellt hatte.

»Wie lange wollt ihr bleiben? Zwei Wochen?«, fragte Nora und lachte. Frauke schaute sie strafend, aber amüsiert an.

»Du bist ja noch gar nicht fertig«, kommentierte sie Noras Auftritt.

»Doch, ich muss nur noch mein Kleid überziehen, dann bin ich soweit.«

»Deine Haare sind noch nass.«

»Du weißt doch, ich hasse föhnen.«

»Ich hasse föhnen auch«, sagte Kira mit ernstem Gesicht, das erahnen ließ, welche Tortur sich hinter der Anwendung des Heißluftgerätes verbarg.

»Kommt doch eben mit ins Schlafzimmer, da kannst du auch gleich euer Gepäck verstauen.« Nora ging voran, Frauke und Kira folgten. Nora schlüpfte in ihr Kleid, legte den Schmuck an und band den Schal um ihren Hals, während Frauke ihre Sachen organisierte.

»Nola, bist du hübsch!« Kira saß auf dem Bett und schaute Nora andächtig an.

»Du aber auch, Süße.«

Kira trug ein buntes Folklorekleidchen und rote Ballerinas. »Mein Liebeskleid«, hauchte die Dreijährige. »Schau mal!« Sie hielt Nora die Händchen entgegen. »Rote Nägel. Hat die Mama gemacht.«

»Super, Schatz.«

Frauke trug dasselbe Rot auf den Nägeln. Wenn das Gabriella sehen würde ... Sie trug ein schwarzes Blusenkleid, das etwas spannte, und ebenfalls Ballerinas, aber schwarze.

»Sag mal, ist es o.k., wenn Florentine später noch dazustößt? Ich habe ganz vergessen, dass ich mit ihr verabredet war.«

»Wie konnte dir das denn passieren? Was ist nur los mit dir?«, scherzte Nora. Die wenigen Momente, in denen Frauke zeigte, dass auch sie nicht immer alles unter Kontrolle hatte, waren für Nora ein Geschenk des Himmels – und sie stürzte sich immer sofort auf sie.

»Ich weiß auch nicht ...«, entgegnete Frauke zerknirscht. »Aber in letzter Zeit ...«

Nora fiel ihr ins Wort: »Klar kann sie kommen. Ruf sie an, sie soll gleich zum Essen dazukommen.«

»Super!«

Um kurz vor acht waren alle da, selbst Kiki, deren Babysitter früher gekommen war. Luna traf als Letzte ein. Perfekt geschminkt, in Leggins und einem hippen Longshirt, coolen Boots, einer Lederjacke und einem Hut – alles in Schwarz – sah sie aus, als wäre sie gerade vom Laufsteg gefallen. Paloma trug zur Feier des Tages ihr schwarzes Halsband, auf dem in Strasssteinen der Schriftzug »Sahnestück« prangte. Nora liebte Luna für diese Kleinigkeiten. Überhaupt hatten sich heute alle schick gemacht. Beim Anblick ihrer Freundinnen wurde ihr ganz warm ums Herz. Nora öffnete die erste Flasche Prosecco, um den Abend einzuläuten.

»Für mich nur ein Wasser, bitte!«, wehrte Florentine ab. »Ach ja, schwanger«, dachte Nora.

»Leute, ich halt's nicht länger aus! Ich bin schwanger«, polterte Senta los. Nora und Luna schauten sich kurz an.

»Nein!«, schrie Florentine. »Du jetzt auch!«

Luna zündete sich eine Zigarette an. Daggi hüstelte gekünstelt. Luna nahm einen tiefen Zug.

»O. k., wenn wir schon dabei sind«, setzte Frauke an.

»Mach keinen Scheiß!«, kreischte Senta, und alle stimmten in dieses Geräusch ein – bis auf Luna und Nora, die sich jetzt, obwohl sie nur dann rauchte, wenn sie schon betrunken war, eine von Lunas Zigaretten ansteckte. Nach dem ersten Zug wandte sie sich an Frauke.

»Davon hast du mir ja gar nichts erzählt.«

»Na ja, ich wollte noch ein bisschen warten. Aber ich habe dir einen Tipp gegeben. Im Supermarkt? Als ich sagte, dass die sechs Flaschen alkoholfreies Bier nicht reichen würden?«

Das nannte Frauke einen Tipp?!

»Ich bin für den 5. November ausgerechnet. Wann seid ihr dran?«, fragte Florentine.

»9. November«, lautete Sentas Antwort.

»10. November«, sagte Frauke lachend.

»Oh Gott«, kreischte Daggi und klatschte in die Hände, »da kommt ja ein kompletter Freundeskreis auf die Welt.«

Nora sah Daggi an. Wie kam die nur immer auf solche Sätze?

»Alles Skorpione«, sagte Luna, deren Hobby es war, Horoskope zu erstellen, bedeutungsschwanger und runzelte die Stirn. »Tja, selbst schuld«, fügte sie hinzu und zog an ihrer Zigarette.

Die drei werdenden Mütter sahen erschrocken aus. »Ist das kein gutes Sternzeichen?«, fragte Florentine.

»Also, ich würde meine Kinderplanung nicht auf den Skorpion ausrichten«, lautete Lunas knappe Antwort.

»Wer trinkt denn jetzt überhaupt Prosecco?«, fragte Nora überfordert. Daggi und Luna hoben die Hände. Die anderen schüttelten – selig lächelnd und wie auf Kommando alle die Hände über ihren Bäuchen haltend – den Kopf. »Na prima«, dachte Nora. Feiern war auch mal anders gewesen. Sie goss drei Gläser ein, stellte das alkoholfreie Bier auf den Tisch und prostete allen zu. »Schön, dass ihr da seid!« Alle nuschelten etwas Ähnliches und stürzten sich dann sofort wieder auf DAS Thema: Kinderkriegen.

»Also, ehrlich gesagt, habe ich voll Panik. Ist ja mein erstes Kind«, begann Florentine. »Ist das schlimm, so eine Geburt?« Alle, die bereits Leben in die Welt gesetzt hatten, stiegen sofort ein. Luna griff nach der Flasche Prosecco und stellte sie direkt vor sich, neben ihr Glas und den Aschenbecher. Nora begann, die Suppenteller zu füllen. Am Tisch redeten alle wild durcheinander. Nur einzelne Worte kamen bei Nora an: »... 27 Stunden ...«, »... voller Horror ...«, »... scheiß Ärzte ...«, »... keine Presswehen ...«, »... erst mit der Zange, dann mit der Glocke ...«, »... war alles super bei mir ...«, »... habe ich derart nach der PDA geschrien ...«, »... noch nie solche Schmerzen ...«, »... Dammschnitt war am unangenehmsten, auch in der Zeit danach ...«

Please, wir wollen doch essen, dachte Nora und verteilte, angewidert lächelnd, die Teller mit der chinesischen Hühnersuppe an ihre Gäste.

»Und wie viel habt ihr zugenommen?«, fragte Florentine mit todernstem Gesicht.

»10«, »13«, »18«, »24« – wie Auktionsgebote schossen die zugenommenen Schwangerschaftskilos durch Noras Küche.

»Oh je«, sagte Florentine. »Davor habe ich echt auch Panik.«

Daggi sah Florentine, die eine traumhafte 36er-Figur hatte, musternd an. »Ja, aber ein solches Wunderwesen neun Monate unter dem Herzen zu tragen, das hat schon echt etwas Überwältigendes. Das lässt jedes Kilo vergessen.«

Luna leerte gerade ihr Prosecco-Glas auf ex, füllte es gleich wieder auf und setzte erneut an. Nora tat es ihr gleich.

»Ich fand es sogar wunderschön, diesen Bauch vor mir herzutragen«, setzte Nina ein. »Das hatte etwas Magisches. Alle Menschen, die an dir vorbeigehen, strahlen dich an, oder seufzen: ›Ach, wie schön!‹. Jeder will dich anfassen. So viel positive Energie und Aufmerksamkeit.«

»Kenn ich. Passiert mir auch immer, wenn ich mit Paloma im Stadtpark spazieren gehe. Nur, dass da alle den Hund anfassen wollen. Zum Glück«, flüsterte Luna Nora zu. Nora kicherte. Ihr fielen all die Hochschwangeren ein, die sie in den letzten Jahren hautnah miterleben durfte. Oder musste? Irgendwie konnte Nora immer das Wasser in ihren Gesichtern, in ihren Beinen und ihren Füßen erkennen. Es musste ziemlich schmerzhaft sein, das ganze Gewicht auf aus den Schuhen quellenden Füßen vor sich herzuschieben. Sie sah die Hautunreinheiten, die Stützstrümpfe und die viel zu großen Brüste, die aus dem BH zu springen drohten. Das sollte wunderschön sein? Daggi ergriff das Wort: »Ich fand es auch rührend, wenn Menschen andächtig meinen Bauch berührt haben, so als ob das Glück, Segen und Reichtum bringen würde. Aber es hatte auch eine erschreckende Distanzlosigkeit, die nach der Schwangerschaft komplett Richtung null geschrumpft ist. Was musste ich mir für Kommentare über meine Figur gefallen lassen.« Daggi atmete schwer durch und zeigte ein genervtes Gesicht. »Die krasse Fleischbeschau fängt ja nach der Schwangerschaft erst richtig an. Völlig hemmungslos nimmt sich plötzlich Hinz und Kunz heraus, deinen Arsch oder deine Titten zu kommentieren.«

Luna musterte Daggis Körper, der sich eigentlich nicht viel verändert hatte, seitdem Axel auf die Welt gekommen war.

»Früher«, so ereiferte sich Daggi weiter, »hat man wenigstens hinter meinem Rücken über meinen Arsch gelästert. Als Axel auf der Welt war, durfte man mir offenbar alles ins Gesicht sagen. Völlig hemmungslos.«

Florentine hatte die Augen weit aufgerissen. Panik stand ihr auf der Stirn. Nina tätschelte ihr über den Tisch hinweg die Hand und sagte: »Aber das ist alles lächerlich im Vergleich zu dem Gefühl, dein Kind im Arm zu halten. Es ist faszinierend zu sehen, wie echt Kinder sind. Es gibt nichts Vergleichbares! Und man entdeckt sich plötzlich selbst in ihnen. Klar, manches ist auch hineinfantasiert – was sie so alles Geniales von einem geerbt haben.« Nina lachte. Alle bereits im Mutterstatus stehenden Mädels lächelten zustimmend.

»Und wann seid ihr wieder arbeiten gegangen? Ich möchte eigentlich schnell wieder zurück in die Agentur.« Florentine arbeitete in einer Künstleragentur. »Ich möchte nicht zu viel von meinem Leben aufgeben. Ich möchte nicht plötzlich NUR Mutter sein. Ich will auch genügend Zeit für mich haben. Ich möchte beides.«

»Ich hab da letztens einen echt coolen Satz zu diesem Thema gelesen. Da hat eine Anwältin, die selbst drei Kinder hat und sich nach dem ersten selbständig gemacht hat, folgenden Rat erteilt: ›Haben Sie keine Angst, Ihre Kinder tagsüber loszulassen. Es gibt genügend andere nette Menschen, die sich um sie kümmern können!‹ So, oder so ähnlich. Fand ich super.« Florentine schickte Nora ein dankbares Lächeln.

»Phh.« Daggi wieder. »Sorry, aber du weißt doch gar nicht, wovon du da sprichst, Nora. Wie könntest du auch. Ich hatte nie das Gefühl, etwas aufgegeben zu haben. Ich bekomme so viel zurück.«

Mmmmh, dachte Nora. »Wutausbrüche, Geschrei, Beschimpfungen – Terror halt!« Wie gesagt, Axel war speziell. Und Daggi hatte nie auch nur versucht, nach dem Mutterschutz wieder zu arbeiten.

Nora stand auf, räumte die Suppenteller ab und fing an, in zwei Woks die Hauptspeisen zuzubereiten. In einem das Gemüse, im anderen das Huhn in Mango. Vorher stellte sie noch eine neue Flasche Prosecco vor Luna, öffnete sich selbst eine und nahm sie mit an den Herd. Frauke ergriff jetzt das Wort: »Flo«, sagte sie liebevoll, »du machst einfach alles so, wie es für dich passt. Dass das Leben vorbei ist mit Kindern, ist doch nur ein dummes Klischee. Aber das Leben verändert sich. Definitiv. Die Welt ist plötzlich eine andere. Und du erschaffst dir jetzt einfach deine – mit Mann und Kind. So wie es dir gefällt. Du bist doch ein patentes Mädchen.«

Es folgten noch einige Ratschläge, die von Kikis spitzer Bemerkung gekrönt wurden, ob die drei Schwangeren sich etwa abgesprochen hätten. »Nee, zum Poppen haben wir uns nicht verabredet. Obwohl, es könnte etwas mit unserem gemeinsamen Ausflug vor ein paar Wochen zu tun haben. Da waren wir alle im Swingerclub am Hönninger Weg«, antwortete Frauke trocken. Nora liebte Frauke. Sie konnte derart cool sein.

Das Mangohuhn mit gemischtem Gemüse war schnell zubereitet. Als alle ihre Teller vor sich hatten und zu essen begannen, sagte Senta: »Geil, Nora. Du überraschst mich immer wieder. Das schmeckt einfach gigantisch.«

Kira hatte schon nach der Suppe den Tisch verlassen und spielte mit Paloma auf der Coach. Luna war bereits betrunken und rauchte wie ein Dampfschiff, und Nora war ebenfalls schwer angeschlagen. »Und toll siehst du aus!«, sagte Kiki. »Ist das Kleid neu?«

»Ja, habe ich mir zum Geburtstag geschenkt. Das und das und das und das auch.« Nora zeigte auf die Ohrringe, auf die Kette, ließ ihren BH unter dem tiefen Ausschnitt aufblitzen und endete mit einer Kopfbewegung Richtung Schuhe. »Und Botox habe ich mir auch gegönnt. In die Stirn, jetzt, wo ich alt werde.«

Die Mädchenrunde schaute sie erschrocken an. Und sagte nichts.

Nur Luna klatschte in die Hände. »Du geiles Stück«, lallte sie. »Das schreit nach Wodka!« Sie stand auf, ging zum Kühlschrank und holte die Flasche, um kurz darauf mit Nora anzustoßen. Die Mädels schauten Nora immer noch zweifelnd an. Luna kicherte.

»Ja«, durchbrach Kiki als Erste das Schweigen. »Sieht super aus.«

»Mmmh«, machte Nina. »Du strahlst förmlich von innen. Hätte nie gedacht, dass Botox das tatsächlich kann.« Alle nickten zustimmend, aber immer noch verwirrt.

»Nee, das muss an meinem 25-jährigen argentinischen Lover liegen. Den habe ich mir vor zwei Wochen angelacht!«

Luna schrie jetzt vor Lachen und feuerte Nora mit den Armen und einem »Hey, hey, hey« an.

Frauke lachte. »Luna?! Schäm dich. Davon hast du ja noch gar nichts erzählt, Nora!«

»Mach ich doch gerade. Wollte nur abwarten, ob es sich auch lohnt. Aber ist nix Festes, Leute. Nur spielen.«

»Yes!«, schrie Luna und quietschte vor Vergnügen, während Daggi die Nase rümpfte. Kiki zwinkerte Nora zu und flüsterte so etwas wie »Du Stück!« über den Tisch. Senta und Florentine kicherten. Nina, peinlich berührt, hielt ihren Blick gesenkt, als Florentine sich an sie wandte. »Und wie geht's deinem Sohn? Stefan, richtig? Ich habe den Kleinen ja noch nie gesehen. Wie alt ist er …« Weiter kam Florentine nicht. Ratzfatz zauberte Nina ein Fotoalbum aus ihrer Tasche, die sie neben ihrem Stuhl geparkt hatte. »Hier, könnt ihr mal gucken. Habe ich heute extra mitgebracht.« Das Fotoalbum ging reihum und bündelte für die nächsten 30 Minuten alle Aufmerksamkeit.

»Du«, wandte sich Nora an Luna, kurz bevor das Album sie erreichen würde. »Isch hab neue Klammodn. Willste-ma-sen?«, lallte sie und steckte sich noch eine Kippe in den Mund. »Auf jeden. Schnnnnnell.« Luna goß ihnen Wodka nach, nahm die zwei Gläser und folgte Nora, die mit Zigaretten und Aschenbecher bewaffnet war, ins Schlafzimmer. Nora schloss vorsorglich die Küchentür und die zum Schlafzimmer. Hier brachen die beiden Freundinnen vor Lachen beinahe zusammen. Sie wussten gar nicht, was sie komischer fanden: die Schwangerschaftsgespräche, die Reaktionen auf Botox, auf den jungen Lover aus Argentinien, oder die Tatsache, dass Nina tatsächlich ein Fotoalbum von Stefan mitgebracht hatte. Als sie sich wieder beruhigt hatten, zeigte Nora gerade ihre im Schrank versteckten neuen Schätze, als Luna mit ihrer rechten Hand an Noras linke Wange griff und sie streichelte. »Baby, du machs das allllles jenau rischtich! Bleib su, wie de bischt. Der Haaaammer.« Sie drückte Nora einen dicken Kuss auf die Wange und fiel ihr dann um den Hals.

»Weinst du?!«, fragte Nora erschrocken.

»Näääă, aber isch hab dich sooo lieb. Die Paloma auch und der Linus auch. Wir liebn disch!«

Als Nora und Luna wieder aus dem Schlafzimmer kamen, machten sie einen kurzen Abstecher ins Wohnzimmer: Kira und Paloma lagen eng aneinandergekuschelt auf Noras Sofa und schliefen zufrieden und tief.

»Frauke, Kira schläft. Willste die nich ins Bett…«

»Nee, das machen wir gleich, sonst wecke ich sie jetzt nur unnötig auf.«

Stefans Fotoalbum lag auf Noras Platz. Sie ignorierte es und begann, die in Honig gebratenen Bananen mit Vanilleeis zuzubereiten. Das Paulaner war alle. Aber das war nicht Noras Schuld. Man hätte ihr ja auch ruhig eher Bescheid geben können. Die restliche Zeit bis Mitternacht verging wie üblich in dieser Runde: Man erzählte sich Geschichten aus der Vergangenheit. Ein großer Spaß, denn die Versionen dessen, was sie gemeinsam erlebt hatten, waren immer wieder ganz neue und wurden unter amüsiertem Gekreische von allen Seiten korrigiert. Um Mitternacht stießen alle auf Nora an. Es wurde umarmt und geküsst, nur die besten Wünsche überbracht und Geschenke überreicht, die Nora aber erst am nächsten Tag auspacken wollte. Ab 1 Uhr machte sich die große Aufbruchstimmung wegen »Müde, weil schwanger« oder »Kind wacht ja schon in fünf Stunden auf« breit. Früher wären sie jetzt noch in die Stadt gefahren, um richtig durchzustarten. Frauke, Luna und Nora blieben zurück.

»Noch eiiiiinen Averna, Luna?!«

»Eiiiinen, mit Eisch-un-sitron«, stammelte die.

Nora goss ein, schüttete die Hälfte daneben und reichte Luna ein Glas.

»Auf disch, Nola«, sagte Luna. »Auf uns! Auf-uns-alle! Isch freu meusch, misch …« Frauke lachte und stieß mit ihrer Cranberry-Schorle an. Wenig später torkelte Luna mit Paloma auf dem Arm das Treppenhaus runter, Frauke brachte Kira ins Bett, und Nora bereitete ihr Nachtlager auf dem Sofa vor. Als sie im Bad war, um sich abzuschminken, kam Frauke dazu. Nora war still geworden.

»Alles gut bei dir, Süße?«, fragte Frauke und drückte sich Zahnpasta auf die Zahnbürste.

»Mmmmh, glaub scho, suuufiiiiel gedrunken.«

Schweigend machten sie sich bettfertig.

»Wir sprechen morgen. Ich hab morgen ganz viel Zeit! Nacht!« Frauke verschwand ins Schlafzimmer, Nora stand auf dem Flur. Ihr AB blinkte, sie hatte ihr Telefon gar nicht gehört. Ihre Eltern hatten pünktlich um 00:00 Uhr angerufen. Und Mariano: »¡Hola ricura! Ich wollte dir wünschen alles Liebe zu deinem Geburtstag. Von meinem Herz. Ich bin so, so glucklich, dass wir uns kennen. Du bist so eine tolle Frau, so sexy – egal, wie viele años! Ich kann kaum erwarten morgen Abend. Ich küsse dich … überall! ¡Adiós!«

Die Schlafzimmertür wurde geöffnet. Frauke schaute grinsend durch den schmalen Spalt. »Hört sich nett an. Und sexy!«

»Morgen, Frauke, morgen!«

»Schschschscht, die Nora schläft noch, Süße. Wir gehen jetzt erst mal Brötchen holen, ja? Und du darfst aussuchen und bezahlen.«

»Jaaaaa!«

»Schscht. Komm.«

Die Tür fiel ins Schloss. Nora war bereits wach, konnte sich aber noch nicht rühren. Essen? Auf keinen Fall. Was für ein Abend. Wann hatten eigentlich all ihre Freunde beschlossen, Kinder zu kriegen? Und warum waren alle Kommune-1-mäßig gleichzeitig schwanger? Diese Fragen stellte sich Nora eigentlich schon seit gestern Abend. Erst hatte ihr Bruder sie vor etwas über acht Jahren zur Tante gemacht. Bei Johann hatte sie das nicht überrascht, es passte hervorragend in seinen Plan vom Glück: beruflich erfolgreich, heiraten, Haus kaufen, Baum pflanzen, einen Golden Retriever zulegen und Kinder bekommen, am besten zwei, einen Jungen und ein Mädchen. Und genau so war es gekommen. Wie beim Universum bestellt. Aus ihrem Freundeskreis war Kim überraschenderweise der Erste gewesen, der vor fünf Jahren eigenen Nachwuchs in die Welt gesetzt hatte. Er, der Künstler, der eigentlich nichts mehr hasste als das kleinkarierte Bürgertum. Sehr wahrscheinlich hatte er Marie, mit der er nun auch schon sieben Jahre zusammen war, nur noch nicht geheiratet, um der Spießigkeit zu trotzen. In wilder Ehe vor zwei Jahren Kind Nummer zwei folgen zu lassen, schien die logische Folge. Dann Daggi und Schorsch. Als Nächstes zogen vor drei Jahren Frauke und Senta nach. Beide waren gerade 33 gewesen, ziemlich früh, fand Nora. »Kind, ich war 20, als Jo auf die Welt kam«, hatte ihre Mutter damals gesagt, als sie ihr die Neuigkeiten überbrachte und ihre Bedenken äußerte. »Das waren ja auch ganz andere Zeiten, Mami«, sagte Nora.

»Ich wüsste nicht, dass der Körper einer Frau heute nicht genauso schnell altert wie eh und je. Nur weil eure Generation alles tut, um bloß nicht erwachsen zu werden«, folgte die Spitze ihrer Mutter.

Nora hatte zu keinem weiteren Versuch angesetzt, ihren Standpunkt zu erläutern. Sie wollte sich die Parolen gegen die

»Generation Spaß«, die Frage, was wohl Hunderttausende von Eltern falsch gemacht haben, dass so viele infantile Anfang-und-Mitte-Dreißiger herumliefen, ersparen. Besonders auf die Erkenntnis ihrer Mutter: »Wir haben euch einfach zu viel ermöglicht. Ihr hattet ja alles – Geld, Klamotten, Mofas und mit 18 das erste Auto …«, konnte sie dankend verzichten. Das hatte sie schon zu oft gehört. In anderen Situationen pflegte Nora gerne hinzuzufügen: »Du hast mir jahrelang gepredigt, dass ich mich bloß nicht zu früh an einen Mann binden soll, damit ich mich verwirklichen kann. Und jetzt soll das auch nicht richtig sein!«

»Ja, und für diesen Rat könnte ich mich heute noch stundenlang ohrfeigen. Aber damals hatte ich ja keine Ahnung, dass du deshalb dein ganzes Leben vertrödeln würdest und dir bis zum heutigen Tag kein Licht aufgegangen ist.« Noras Mutter war gut! Manchmal zu gut für ihre Tochter.

Jetzt gab es also eine ganze Schwemme an Erst- und Zweitschwangerschaften. Irgendwie kam Nora sich vor, als hätte sie die letzten Jahre auf einem anderen Planeten gelebt und »plop«: Alles war anders, ohne dass sie es mitbekommen hatte. Das war ihre Party gewesen. Und was war das Thema des Abends? Klar, freute sie sich für ihre Freundinnen. Das war, was sie wollten, was sie sich für ihre Zukunft vorstellten. Aber Nora eben nicht. Sie konnte nun wirklich nichts damit anfangen. Genauso wenig wie Luna. Also hatten sie sich betrunken. Wie zwei Kinder, während alle anderen mittlerweile ein vernünftiges Erwachsenenleben führten. Hatte Nora den Zug verpasst?

»… oder willst du ewig alleine bleiben?«, hörte sie ihre Mutter.

Augenblicklich sah Nora sich mutterseelenallein in einem staatlichen Altersheim vor sich hin vegetieren.

»Aber man kriegt doch auch Kinder, damit man später nicht alleine ist«, hatte ihre kleine Schwester einmal zu ihr gesagt, als es um dieses Thema ging.

»Sophie, weißt du, wie viele Leute ich kenne, die auf gar keinen Fall mehr irgendetwas mit ihren Eltern zu tun haben wollen? Die sprechen nicht mal mehr miteinander! Das ist doch keine Garantie«, hatte Nora erbost geantwortet. Solche Argumente waren ihr immer zu platt. Und warum musste sie überhaupt argumentieren? Sie hatte einfach weder den Wunsch noch das Bedürfnis, Mutter zu werden. Hatte sie nie gehabt. Sie musste so sechs gewesen sein, als sie ihren Eltern erstmals mitgeteilt hatte, dass sie gerne bei den Nachbarn babysitte, aber keine eigenen Kinder wolle. »Woher hat das Kind das bloß?«, fragte ihr Vater damals seine Frau. Die hatte nur mit den Schultern gezuckt. Als sie als Teenager immer noch daran festhielt und die Erkenntnis hinzukam, auch nicht heiraten zu wollen, erklärten sich Noras Eltern dies mit der Pubertät. Das sei ganz normal, diese Anti-aus-Prinzip-Phase gegen alles und jeden! Vor allem gegen das Lebensmodell der Eltern. Das ginge vorbei! Als Nora dann mit Tobi zusammenkam, hofften ihre Eltern, dass sie nun doch ihren Geschwistern folgen und eine Familie gründen würde. »Wollt ihr denn gar nicht heiraten?«, fragte ihre Mutter, als Tobi und Nora schon drei Jahre zusammen waren. »Mama«, sagte Nora und nahm ihre Mutter in die Arme. »Wir lieben uns, wir leben zusammen und wir haben eine wirklich tolle Beziehung. Wir sind sehr, sehr glücklich. Und ich wünsche mir, dass das ganz lange so bleibt, so lange wie möglich. Aber ich werde mich nicht hinstellen und sagen: Bis dass der Tod uns scheidet. Das kann ich einfach niemandem versprechen. O.k.?!«

Ein lautes Knacken im Türschloss riss sie aus ihren Gedanken. Das musste Frauke sein, mit Kira und Brötchen. Nora raffte sich mühsam auf und ging den beiden entgegen. »Na?!«, begrüßte sie die Zwei auf dem Flur.

»Nola! Herzlichen Glückwunsch zum Geburtstag!! Haben Brötchen gekauft. Und Blumen!« Kira reichte Nora einen lila Strauß Tulpen.

»Wie lieb von euch, ihr Süßen.«

»Komm Schatz, wir singen der Nora ein Lied.«

Es wurden drei: »Happy Birthday« und »Schön, dass du geboren bist« und »Hoch soll sie leben«.

»Happy Birthday, Süße. Verkatert?«, fragte Frauke.

»Wo ist ein Kater? Du hast doch gar keine Katze!«, sagte Kira.

»Nein, Süße. Das sagt man so, wenn einem der Kopf brummt.«

»Warum?«

»Keine Ahnung!« Kater machte wirklich überhaupt keinen Sinn.

Sie gingen in die Küche, die sie blitzblank und aufgeräumt vorfanden. »Frauke! Hast du das alles alleine aufgeräumt? Du bist ja der Hammer.«

»Wir waren halt schon früh wach, und da haben Kira und ich Heinzelmännchen für dich gespielt. Ist doch dein Geburtstag!«

Der Tisch war bereits für drei gedeckt, und vor einem Teller stand eine Kerze mit einer großen bunten Drei und einer Sieben in einem Halter. Davor stand Noras Lieblingskuchen – Nusskuchen – mit Zuckerguss überzogen. Auf ihm stand »Happy Birthday Nora«. Das konnte Frauke nur von zu Hause mitgebracht haben. Frauke! Nora umarmte sie. »Danke!« Frauke nahm ihr die Blumen ab, füllte eine Vase mit Wasser und stellte sie samt dem Strauß auf den Tisch.

Am linken Tischende hatten die beiden Noras Geschenke aufgebaut. Kira stand schon aufgeregt davor. Es juckte ihr förmlich in den kleinen Fingern, endlich alles auszupacken. Neugierig spielte sie an einer der Schleifen.

»Kira, das sind Noras Geschenke«, mahnte Frauke sanft. »Die packen wir gleich zusammen aus, ja?!«

»Au ja, Nola!« Kira klatschte in die Hände.

Draußen strahlte die Sonne. »Ist es warm?«, fragte Nora.

»Herrlich! Bestimmt 18 Grad«, antwortete Frauke.

Nora öffnete die Balkontür. Eine milde Brise wehte ihr entgegen und umhüllte sie mit frischem Frühlingsduft! Sie frühstückten, ohne viel zu reden. Nora, die eigentlich gedacht hatte, sie bekäme keinen Bissen runter, aß erstaunlich viel. Das hatte sie jetzt gebraucht. Frauke schaute sie immer mal wieder prüfend an. »Geschenke auspacken«, sprengte Kira die Stille.

»Weißt du was? Wir nehmen jetzt alle Geschenke mit auf den Balkon, setzen uns auf das große Sofa in die Sonne und packen alles aus, ja?«

»Jaaaa!« Kira sprang auf, griff vier Geschenke und stürmte davon. Ein großes Paket war liegen geblieben. Nora griff es und folgte mit Frauke auf den Balkon.

Kira hatte bereits das erste Geschenk aufgerissen und kreischte: »Ein Schal! Oi, den kenn ich. Ist der schön!« Sie schmiss Nora den Schal auf den Schoß.

»Der ist von Sven und mir!«, erklärte Frauke. Nora, wickelte ihn sich sofort um den Hals. Wunderbar weich, in einem sanften Braun. Sie begann, das große Paket auszupacken.

»Das ist von uns allen. Wir Mädels haben zusammengelegt.«

Nora riss das Papier runter. Oh Gott! Sie traute ihren Augen kaum. Schuhe! Louboutins! In Schwarz. Ganz klassisch.

»Ihr seid doch wahnsinnig!« Nora umarmte Frauke.

»Ja, aber glaub nicht, wir hätten uns in den Ruin gestürzt. Die haben wir in einem heißen Fight auf eBay geschossen.«

»Geil, geil, geil. Warte mal.« Nora sprang auf und kam wenig später mit ihren neuen grauen Peeptoes in der Hand zurück, setzte sich wieder aufs Sofa und drückte die grauen wie auch die Louboutins innig an ihre Brust. »Jaaaaa, das fühlt sich so gut an.«

»Du spinnst!«

»Papier. Einer hat dir Papier geschenkt.« Kira reichte Nora einen Gutschein.

»Eine Hot-Stone-Massage, göööööttlich!« Die Unterschrift auf dem Gutschein stammte von Senta.

»Da!« Kira, die auspackte, als ginge es darum, einen neuen Weltrekord aufzustellen, reichte Nora nun ein schwarzes Lederarmband. Daran baumelte ein Schild: »Keep rockin' baby! XOXO Luna«.

»Geil!« Nora legte das Teil ebenfalls um und streckte es Frauke entgegen.

»Mmmmh«, machte die zustimmend.

»Was ist das?«, fragte Kira und hielt einen etwa 10 cm großen Rosenquarz in der Hand.

»Das ist ein Rosenquarz«, erklärte Nora.

»Ist der kostbar? Wie ein Schatz?«, flüsterte die Kleine verschwörerisch.

»Fast, der sorgt dafür, dass du immer Sonne im Herzen hast!«

Kira schüttelte den Kopf. »Versteh ich nicht.«

Ich aber, dachte Nora. Der war bestimmt von Kiki, die hatte allerlei Heilsteine zu Hause. Sogar in ihrem abgekochten Wasser, wovon sie täglich mindestens zwei Liter trank.

Kira kletterte auf den Schoß ihrer Mutter, schließlich gab es nichts mehr auszupacken. »Bin müde«, sagte sie.

»Kuschel dich schön an mich«, sagte Frauke sanft und strich ihrer Tochter liebevoll übers Haar. »Alles gut?!«, fragte sie Nora erneut, weil diese wieder still geworden war.

Nora betrachtete Frauke, wie sie neben ihr saß und ihre Tochter sanft hin und her wiegte. Dann schaute sie an sich runter: immer noch im Pyjama, mit einem Schal um den Hals, zwei paar High Heels an die Brust gedrückt, ein schwarzes, breites Lederarmband ums rechte Handgelenk und in der linken Hand den Rosenquarz. Dann schaute sie Frauke direkt in die Augen. »Ich weiß auch nicht. Jetzt bin ich 37 und habe immer noch keine Ahnung, was ich mit meinem Leben anfangen soll. Ich scheine irgendwie festzuhängen. Und ihr? Ihr habt alle Familien und alles im Griff! Du bist wieder schwanger, und ich habe dir noch gar nicht richtig gratuliert. Dabei freue ich mich voll für euch!«

»Ich weiß doch, dass du dich freust. Ich weiß doch, dass du uns liebst. Und wir lieben dich, Nora!«

»Aber alles fühlt sich auf einmal so anders an. Wie hast du gestern gesagt: ›Die Welt ist plötzlich eine andere. Das Leben ändert sich.‹ Eures, ja. Meins – festgefahren.«

»Nora, das Leben ändert sich – immer. Mit Familie oder ohne. Nur du bestimmst, in welche Richtung es geht. Hörst du?!«

»Ach Frauke …«

Nora ließ sich – immer noch die Schuhe und den Rosenquarz umklammernd – an Fraukes Schulter fallen und weinte ein paar Tränchen. Warum, wusste sie auch nicht, aber gerade war ihr einfach nach Weinen.

Das Leben ändert sich. Nur du bestimmst, in welche Richtung.« Nora flog dieser Satz ziemlich lange und wild flatternd im Kopf herum. Als sie sich fertig machte, um zum Mittagessen bei ihren Eltern zu fahren, setzte ihr persönliches Tribunal genau dort an: »Tja, das ist ja die Krux. Du triffst keine Entscheidungen. Du wählst nur. Wann hast du dich jemals wirklich für etwas entschieden und es dann in die Tat umgesetzt? Du hast doch immer nur zwischen mehreren Optionen gewählt. Und jetzt, zum ersten Mal in deinem Leben, hast du keine Auswahl an Möglichkeiten. Du brauchst Ziele, Nora. Ziele!«

Nora überlegte. Journalistin war sie geworden, weil ihr Deutsch-LK-Lehrer in der 12 zu ihr gesagt hatte: »Mit dem frechen Mundwerk solltest du am besten Reporterin werden.« Nora fand das ganz sexy. Also hatte sie Politik, Neuere Geschichte und Kommunikationswissenschaften auf Magister studiert. Durch einen Zufall, dank einer Thekenbekanntschaft, hatte sie dann ihren ersten Job bei einer großen deutschen Boulevardzeitung bekommen. Nora schien Talent zu haben und erarbeitete sich in kurzer Zeit einen guten Ruf. Von da an hatte sich jede Station in ihrem Lebenslauf wie von selbst ergeben. Es war wahr: Sie hatte immer wählen können zwischen Angeboten. Selbst ihr Wechsel vom Journalismus in die Selbständigkeit als Imageberaterin war nicht wirklich ihre eigene Idee gewesen. Es war vielmehr ein Klient gewesen, der sie in diese Richtung schubste, als er sie bat, mit ihr zu arbeiten. Die Veränderungen in ihrem Leben hatten sich immer selbst vorgestellt, Nora musste sie nie suchen. Das war ihr vorher nie so richtig bewusst gewesen, und jetzt, an ihrem Geburtstag in ihrem Badezimmer, erfüllte es sie mit einem Gefühl aus Freude, Stolz, Dankbarkeit und Wehmut. Erst jetzt erkannte sie, welches Glück sie gehabt hatte. Gerade schrie allerdings kein Hahn nach ihr, und Nora musste ihr Leben tatsächlich ganz alleine ausrichten. Und sie hatte keine Idee, auf welches Ziel. Das war ganz neu. Irgendwie schickte ihr dieser Gedanke ein nervöses Gefühl in die Gegend um ihren Solarplexus, das sie den ganzen Tag begleiten sollte. Bei ihren Eltern war sie nicht wirklich anwesend. Dabei hatten sich alle so viel Mühe gemacht. Ihre Mutter hatte ein großes Transparent im Wohnzimmer aufgehängt. In bunten Lettern stand da *HAPPY BIRTHDAY, NORA!* Das ganze Wohnzimmer war mit Luftschlangen, Luftballons und Konfetti geschmückt – wie bei einem Kindergeburtstag. Nora liebte das. Ihre Mutter hatte unzählige mit Helium gefüllte Ballons in Grün und Blau – Noras Lieblingsfarben – gekauft, die jetzt lustig unter der Decke schwebten. *Alles Gute!*, *Wir lieben Dich!*, *37* und *Nora* war in goldener Schrift auf sie geschrieben. An Noras Stuhl hatte ihre Mutter einen roten Ballon in Herzform gebunden. Auf diesem stand: *Nora, 25.04.1973, 08:01 Uhr.* Mia, Marc und Jules hatten »Happy Birthday« auf Englisch für sie gesungen. Die ganze Familie hatte im Anschluss – wie Frauke und Kira am Morgen – »Schön, dass du geboren bist« angestimmt und Nora mit Konfetti und Luftschlangen beworfen. Alle strahlten sie an, als sie mit ihren Geschenken vor ihr standen. Jules hatte ein Bild gemalt, das Sophie mit Baby im Bauch, Charles, ihn und Nora vor einem Haus stehend zeigte. Darüber stand:

Familie. Nora hätte schon wieder heulen können. Marc hatte ihr ein Vogelhaus für den Balkon gebastelt. »Hab ich in der Schule im Werken gemacht«, verkündete er stolz. Mina hatte Topflappen gehäkelt, die – weil gelb – zwar nicht schön waren, aber eben von ihr kamen und deshalb toll waren. Jo und Karin hatten ihr eine Dauerkarte für die Kölner Philharmonie geschenkt. Gut, sie wusste zwar nicht, wann sie das letzte Mal ein Konzert dort gesehen hatte, aber sie liebte klassische Musik. Und es war wirklich eine schöne Idee. Von ihren Eltern bekam Nora in einem riesigen antiken Rahmen eine alte Panoramazeichnung von Köln. »Das ist ein Erbstück, Nora. Die Zeichnung zeigt Köln 1667 und ist seit Achtzehnhundert-noch-was im Besitz meiner Familie«, erklärte ihre Mutter.

»Mutti hat ein paar von diesen Kostbarkeiten auf dem Dachboden gebunkert«, verriet Jo.

»Echt? Das wusste ich ja gar nicht. Wow!« Nora war begeistert. Das waren genau die kleinen, speziellen, aber wertvollen Dinge, die sie liebte.

»Und das hier ist auch von uns. Besser gesagt, deine Mutter hat es ausgesucht«, sagte ihr Vater.

»Nein, das ist von uns beiden!«, fiel diese ihm ins Wort.

»Ja, ja…«

Nora öffnete das Päckchen, welches schon in seiner Verpackung auf ein Buch hindeute. Es waren sogar zwei: »Simplify your life«, der Bestseller unter den Lebensratgebern, den Nora schon seit drei Jahren angelesen in ihrem Bücherregal verstaut hatte und »The Secret«. Auch dies nannte Nora schon ihr eigen. Aber weder Sportwagen, Haus am Meer, noch der große Reichtum hatten sich bisher eingestellt, obwohl Nora sich akribisch an die einzelnen Schritte gehalten hatte, um mit positiver Macht, Dankbarkeit und Urvertrauen ihre Gedanken in der Realität zu manifestieren. Aber es war gut gemeint! Ihre Eltern sorgten sich halt. Nora war heute milde gestimmt. Ansonsten wurde keines der verbotenen Themen angeschnitten. Das war an Geburtstagen immer so. Geburtstage waren Bestimmer-Tage. Von 00:00 Uhr bis 24:00 Uhr. Und jeder hatte alles zu tun, um das Geburtstagskind glücklich zu machen. Eine weitere Tradition im Hause Leinenmacher! Aufgrund des schönen Wetters hatte ihr Vater tatsächlich den Grill angeworfen und bereitete auf der Terrasse Steaks, Hühnerfilets, Würstchen, Gemüsefrikadellen und Tofuwürste zu. Die Kinder tobten im Garten und rannten um den Kirschbaum – so wie Jo, Nora und Sophie es vor vielen Jahren auch getan hatten. Auf der Terrasse war ein kleines Buffet angerichtet: Kartoffelsalat, italienischer Nudelsalat mit Walnüssen, ein großer griechischer Salat, Tomaten mit Mozzarella, zwei Quiches, eine mit, eine ohne Schinken, und eine Gemüsetortilla. Es gab, nach einer Flasche Champagner, Wein und Bier, für die Kinder einen selbstgemachten Eistee, für Sophie Apfelsaftschorle, Cola und Wasser.

Am Nachmittag überraschte ihre Mutter mit einer riesigen Eistorte, auf der Noras Name stand und die mit unzähligen Herzen aus weißer Schokolade verziert war. Warum machte Nora sich eigentlich Sorgen? Sie hatte eine Familie, in der sich tatsächlich alle liebten, sie hatte Freunde, die sie liebten, sie war nicht dumm, und hässlich war sie auch nicht. Und sie hatte diesen scharfen Argentinier in der Hinterhand, der schon seit Tagen in irgendwelchen Vorbereitungen für ihren Geburtstag steckte und ein riesiges Tamtam darum machte. Alles andere würde sich schon finden, beschloss sie, und ihre Stimmung hellte sich auf.

Als sie um kurz vor 18 Uhr gerade dabei war, ihre Wohnungstür aufzuschließen, klingelte ihr Telefon. Bepackt mit Bilderrahmen, Handtasche, einer Tasche mit Geschenken und einer Plastiktüte Essen fürs Tiefkühlfach, die ihre Mutter ihr mitgegeben hatte, stürmte Nora in den Hausflur und nahm umständlich den Hörer aus der Station.

»Halloooo?!« Sie war etwas gestresst.

»Amore! Herzlichen Glückwunsch zum Geburtstag! Nur das Beste von allem für dich. Das meine ich ganz ernst, No!« Es war Tobi. Zur großen Freude seiner jetzigen Freundin hatte Tobi nie aufgehört, sie mit diesen aus ihren Beziehungstagen übrig gebliebenen Kosenamen anzusprechen. Dies trug wohl auch dazu bei, dass die Freundin jedes Mal ein riesiges Theater veranstaltete, wenn die beiden sich treffen wollten. Irgendwie verständlich, fand Nora, aber auch völlig unnötig, weil das, was in diesem »Amore« oder in »No« mal steckte, zwischen Tobi und ihr gar keinen Platz mehr fand. Es war mehr Gewohnheit. Auch wenn sie getrennt waren, hatten sie es geschafft, sich ein tiefes freundschaftliches, fast familiäres Gefühl füreinander zu bewahren. Nora hatte nie verstanden, warum man Leute, die man mal geliebt hatte, plötzlich hassen und gänzlich aus dem Leben verbannen sollte. Nach einer Phase des Trennungsschmerzes hatte sie es mit fast all ihren Ex-Freunden geschafft, sich auf der Freundschaftsebene wiederzutreffen. Gut, das waren auch nicht viele. Abgesehen von Jugendflirts, die nicht zählten, war sie immer in langen und festen Beziehungen gewesen. Dabei war Nora eine echte Spätzünderin: Ihren ersten echten Freund hatte sie erst mit 18 gehabt. Jakob, ein guter Freund von Sven und Frauke. Drei Jahre waren sie zusammengewesen. Danach war sie mit André zusammen – etwas über drei Jahre.

Und dann war Tobi gekommen. Witzigerweise waren alle ihre Freunde blond, obwohl Nora auf dunkelhaarige Männer stand. Tobi war nicht nur blond, sondern er hatte fast schneeweißes Haar, blaue Augen, war groß, von mittelbreiter Statur – der typische Skandinavier halt. War er aber nicht. Tobi kam aus Mannheim. Ihn hatte sie damals während seines Sportstudiums in Köln über eine Nachbarin kennengelernt. Es war keine Liebe auf den ersten Blick gewesen. Aber Tobi hatte sich, ziemlich selbstbewusst, richtig ins Zeug gelegt. Wie sie, wollte er Journalist werden. Sportjournalist. Als solcher arbeitete er heute beim Fernsehen in Mainz. Tobi hatte sie über die Humorschiene erobert. Stundenlang hatten sie sich einfach nur Blödsinn erzählt, gelacht und gelacht. So hatte sie sich erst in ihn verliebt, bis sie ihn liebte. Fast zehn Jahre lang. Sieben davon hatten sie zusammengewohnt. Doch am Ende waren sie mehr so eine Art WG, in der sie lebten wie Bruder und Schwester oder beste Freunde. Bis dato war Tobi der wichtigste Mann in Noras Leben. »Die besten Jahre meines Lebens habe ich dir geschenkt, bevor du mich für eine Jüngere verlassen hast«, pflegte sie immer scherzhaft zu sagen, wohl wissend, dass dies in keinstem Fall der Wahrheit entsprach. Sie hatten sich einfach auseinandergelebt und sich ganz ruhig und friedlich, ohne große Skandale, Betrügereien oder Lügen, getrennt.

»Tobi! Wie schön, dass du an mich denkst!«

»Hallo? Wann hätte ich je deinen Geburtstag vergessen, No?! Ich habe schon diese Nacht angerufen, aber da ging nur der AB an. Hast du gefeiert?!«

»Ja, mit den Mädels!«

»Oh je…«, sagte Tobi, dem die Mädchengelage seiner Ex-Freundin noch gut in Erinnerung waren.

»Nee, war ganz harmlos. Die meisten sind schwanger oder stillen.«

»Tja, so ist das heute wohl ... Wir sind alle erwachsen geworden!«

»Ja, anscheinend.«

»No?«

»Ja?!«

»Ich wollte eigentlich diese Woche nach Köln kommen und mit dir deinen Geburtstag nachfeiern.«

»Lass mich raten? Bei unserem Chinesen?«

»Same procedure as every year, James!«

Nora lachte. »Na klar.«

»Aber leider bin ich nächste Woche geschäftlich unterwegs. Können wir es verschieben? Auf die Woche danach? Ist das o.k., oder bist du dann sauer?«

»Quatsch, an welchen Tag hast du denn gedacht?«

»Mittwoch, den 5. Mai, halb acht?!«

Nora schmunzelte, Tobi war derart durchorganisiert, immer schon gewesen. Im Gegensatz zu ihr.

»Geht klar«, sagte sie, ohne auch nur einen Blick in ihren Kalender geworfen zu haben. Was sollte da auch schon drinstehen? »Ich bin bestimmt die ganze Woche frei!«

»Großartig, dann hole ich dich ab!«

»Ja, ich freue mich auf dich! Schläfst du hier?«

Tobi lachte bitter. Weder für sie noch für ihn war es eine große Sache, wenn er bei ihr übernachtete. Früher waren sie oft lange ausgegangen, wenn er sie in Köln besuchen kam. Da war es doch besser, wenn er bei Nora ein Plätzchen zum Schlafen hatte, ehe er betrunken ins Auto stieg und Richtung Mainz fuhr. Aber Daniela, seine Neue, hatte ihre Grenzen. »Als ob wir nicht auch so ficken könnten, wenn wir wollten«, hatte Nora die Aufregung damals kommentiert. Für sie war das völlig absurd. Seit dem Tag, an dem sie sich getrennt hatten, hatte sich nie mehr etwas zwischen ihnen abgespielt. Nicht mal geknutscht hatten sie je wieder. Es war vorbei! Sex mit dem Ex kannte Nora nicht! Tobi war der letzte Mann gewesen, der älter war als sie. Irgendwie hatte Nora nach der Trennung Geschmack an jüngeren Männern gefunden. An viel jüngeren und an unverbindlichen Affären. Auch Tobi hatte nach ihrer Trennung seine Vorliebe für Jüngere entdeckt. Daniela war 27 Jahre alt, zwölf Jahre jünger als er. Aber im Gegensatz zu Nora war er gleich wieder eine ernste Beziehung eingegangen.

»Nee, das ist keine gute Idee. Vor allem nicht jetzt. Aber, No, das erzähl ich dir alles, wenn wir uns sehen, ja?! Ich wünsche dir noch einen wunderschönen Geburtstag. Lass dich feiern und pass auf dich auf! Ach, und Daniela bestellt auch schöne Grüße. Bis bald, Amore.«

»Bis bald!«

Nora hatte aufgelegt. Ihr Anrufbeantworter flackerte. Aber den jetzt abzuhören, dafür hatte sie keine Zeit. Sie musste sich sputen und umziehen, Mariano würde sie um Viertel nach sieben abholen.

»Es wird eine sehr edle Angelegenheit, ich werde Smoking tragen«, waren die einzigen Hinweise, die er ihr gegeben hatte.

Also verkleiden, dachte Nora und griff nach ihrem schwarzen Seidenkleid mit den gerüschten, durchsichtigen langen Ärmeln. Die neuen Louboutins würden hervorragend dazu passen. Sie wählte schwarze Spitzenunterwäsche, schwarze halterlose Strümpfe mit Naht hinten, ein Angora-Bolero-Jäckchen in Schwarz, Silberschmuck und ihre schwarze Lackleder-Clutch.

Pünktlich um Viertel nach sieben stand er vor der Tür. »¡Hola, mi belleza!«, sagte er, als sie ihm die Tür öffnete. In den Händen hielt er einen gigantischen Strauß aus 37 weißen Rosen. Er kannte sie schon ganz gut. Rote wären zu viel gewesen.

»¡Feliz cumpleaños!«, sagte er und küsste sie ganz leicht auf den Mund. Sie liebte es, wenn er zwischendurch Spanisch sprach. Er trat einen Schritt zurück und schaute sie an. »Wow, ¡guapa! Mir bleibt die Atem weg. Du siehst einfach so … so unbeschreiblich aus.«

Nora hatte sich Make-up-technisch richtig ins Zeug gelegt. Ihre Augen strahlten als Smoky Eyes in Schwarz und Grau, und der Highlighter hatte für die richtigen Akzente in ihrem fein geschminkten Gesicht gesorgt. Die Lippen glänzten Brombeerrot. Sie griff nur selten zu Rot.

»Gracias«, antwortete sie und roch an den Rosen. »Mmmh, wie die duften, und sie sind so schön. Ich stell sie am besten gleich ins Wasser.«

»Ja, aber du musst machen schnell, das Taxi wartet unten vor die Tür.«

Wenig später stiegen sie ins Taxi, und der Fahrer fuhr sofort los.

»Weiß er denn, wohin wir wollen?«

»Sí, ER weiß, Nora.«

Sie fuhren über die Luxemburger Straße, über den Barbarossaplatz und dann Richtung Severinsbrücke. Was könnte es wohl auf der anderen Rheinseite geben, das den Titel »Edle Angelegenheit« verdient?, fragte sich Nora, als das Taxi auf die Flughafenautobahn bog. Wir verreisen!, dachte sie einerseits erfreut, andererseits mit Panik. Mit Affären verreiste sie nicht. Überhaupt sparte sich Nora mit Affären gerne das ganze Pärchengetue. Am Ende weckte das noch bei einem von den Beteiligten falsche Hoffnungen. Dem Drama wären dann Tür und Tor geöffnet. »Fahren wir weg?«

»¡No!«, antwortete Mariano und schwieg.

Was sollte denn hier sein, in Porz oder Poll, oder wie auch immer diese Stadtteile hier draußen hießen. Mit der »Schäl Sick«, wie die andere Rheinseite in Köln genannt wurde, hatte sich Nora nie beschäftigt. Die Kölner Ortsteile hier waren für sie böhmische Dörfer. Wichtiges konnte hier nicht passieren, sonst hätte der Rhein diese Seite ja nicht von der Stadt getrennt.

»So«, sagte Mariano. »Jetzt müssen wir dir die Augen zubinden!«

»Was?«

»¡Sí, señora!« Mariano hielt einen schwarzen Schal in der Hand und band ihn ihr um die Augen. Nora kriegte ab da nur noch mit, dass sie ein paar Mal abbogen, irgendwo anhielten, Mariano das Fenster öffnete, seinen Namen sagte. Das Fenster ging wieder hoch, das Taxi fuhr an und stoppte dann, nicht mal eine Minute später. Der Motor kam zum Stehen, Mariano stieg aus. Kurz darauf öffnete sich die Tür auf Noras Seite, und Mariano griff ihre rechte Hand. »¡Ojo! Du musst sein sehr, sehr vorsichtig.«

Nora suchte ihre Clutch auf der Rückbank, griff sie und stieg unbeholfen aus.

»Ganz langsam, ich bin ja hier.«

»Mmmmh«, sagte Nora und wusste nicht, ob sie das hier gerade mochte oder nicht. Sie war nicht gerne abhängig.

»So, und jetzt musst du mir einfach folgen. ¿Oyes?«

Folgen mochte Nora auch nicht so gerne ... Ein kühler Frühlingswind strich ihr um die Beine. Sie mussten auf irgendeiner offenen Fläche stehen, asphaltiert, auf jeden Fall. Tapsig und unbeholfen folgte Nora ihm. Vielleicht hätte sie doch andere Schuhe wählen sollen, überlegte sie gerade, als er sagte: »Stopp, hier stehen bleiben.«

Abrupt blieb sie wie angewurzelt stehen.

»Nora, du musst haben keine Angst, aber ich greife jetzt nach deine rechte Bein. Dann stelle ich das auf eine Treppe. Ganz locker, ja?!«

Auch wenn Nora die Situation nicht geheuer war, aber definitiv machte es sie an, wie er ihr Bein an Wade und Knöchel griff und es auf eine für sie ziemlich hohe Stufe stellte.

»Und jetzt mit die andere Bein auch. Kein Angst, dir kann nichts passieren, ich halte dich.«

Nora stand jetzt erhöht.

»¡Atención! Da kommt eine Hand. Nimm sie und lass dich führen. Und jetzt zieh den Kopf ein! Ich bin direkt hinter dir.«

Von vorne griff jemand Noras Hand und sagte: »Kopf einziehen und einen kleinen Schritt nach vorne.«

Nora stand nun in einem ziemlich kleinen, niedrigen Raum. Etwas unsensibel wurde sie hin und her geschoben und landete unsanft auf einem Sitz. Es roch nach Benzin.

Mariano setzte sich kurz darauf neben sie. Er löste den Schal von ihren Augen und sagte: »Taraaa!« Sie saßen in einem Hubschrauber.

»Du bist ja irre!«, schrie Nora begeistert.

»Das hier ist Pedro, ein Freund von mir.« Er grinste breit und zeigte auf einen untersetzten, mittelgroßen Mann mit fast schwarzen Locken, der eine Pilotenjacke trug und seine weißen Zähne aufblitzen ließ.

»Hallo Pedro«, hauchte Nora.

»¡Hola! Wir machen einen kleinen Ausflug.« Er reichte ihnen Ohrenschützer und zwei Helme, die sie sofort anzogen.

Mariano griff in einen Sektkübel links neben sich, ließ den Korken knallen, füllte zwei Gläser und reichte ihr eins. »Auf dich und dein neues Jahr! Ich wunsche dir von Herzen, dass du alles bekommst, wovon du träumst, ¡mi piba!«

Pedro ließ den Heli an, der mit scharfem »Schtschtschtschtscht« antwortete.

»Du spinnst doch. Das ist viel zu teuer«, entgegnete Nora entgeistert und vergaß völlig, dass auch Pedro sie über die Kopfhörer hören konnte.

Der lachte. »Nix. Mariano ist guter Freund aus Argentina. Fertig?!«

Sie hoben ab und flogen über die Altstadt Richtung Rodenkirchen, von da aus zurück zum Dom und kreisten über der Stadt. Wie kleine Sterne leuchteten die Lichter Kölns. Mariano hatte den Arm um Nora gelegt und drückte sie eng an sich. »Schön, oder?«, sagte er. »Ja«, hauchte sie und hätte ihn am liebsten auf der Stelle geküsst.

Nach 40 Minuten landeten sie auf einer etwas außenliegenden Bahn des Privatflugplatzes, über den Nora eben blind gewankt war. Das Taxi wartete an der Zufahrt.

»Pedro, vielen Dank, das war ein Traum«, verabschiedete sie sich und umarmte ihn herzlich.

»Für die chica von Mariano…«, sagte er nur und tätschelte ihren Rücken.

Oh Gott, dachte Nora und verspürte das dringende Bedürfnis zu erklären, dass sie gar nicht Marianos Mädchen war. Sie kannten sich ja gerade mal zwei Wochen. Doch sie beschloss, dass die Erörterung ihres Verhältnisses hier und jetzt völlig unpassend sei. Also lächelte sie nur. Die Männer verabschiedeten sich mit einem wilden Faustabschlag unterschiedlichster Figuren, stießen mit den Schultern aneinander, klopften sich derbe auf die Rücken und küssten sich abschließend rechts und links auf die Wangen.

Es war halb neun, als sie auf der Rückbank im Taxi sein Gesicht in die Hände nahm und ihn auf den Mund küsste. »Danke«, sagte sie zum tausendsten Mal. »Das war einfach wunderschön. Das schönste Geburtstagsgeschenk überhaupt.« Er erwiderte ihren Kuss. »Aber die Abend ist noch lange nicht vorbei. Bitte in Kattenbug, bitte«, sagte er zum Taxifahrer.

Kattenbug? Kattenbug? Nora war sich sicher, dass sie diesen Namen schon einmal gehört hatte, konnte ihn aber nicht zuordnen.

Als der Wagen 20 Minuten später in der Kattenbug hielt, flippte sie völlig aus. »Das Daitokai? Bist du denn völlig wahnsinnig?« Das Daitokai war Kölns bester, edelster und teuerster Japaner. Hier saß man an einem riesigen Tisch, in dessen Mitte sich ein heißer Stein befand, auf dem der Koch vor den Augen der Gäste die erlesensten Gerichte frisch zubereitete.

»¡No! Bin ich nicht wahnsinnig«, sagte er bestimmt. »Nur sehr, sehr verliebt«, hauchte er.

Nora schluckte. Sie bekam schlecht Luft. Sie stand auf ihn, keine Frage. Heute Abend war sie sogar verknallt – aber verliebt? Sie küsste ihn kurz auf die Wange und sagte: »Komm, ich habe einen Mordshunger.«

Nora aß einen warmen Algensalat mit Sesam und eine Seezunge mit allerlei frischen, japanischen Gemüsesorten. Mariano hatte Sushi als Vorspeise und aß dann Strauß. Sie tranken zwei Flaschen Weißwein, dessen Namen und Jahr sich Nora nicht merken konnte. Aber er war gut, sehr gut.

»Kann ich dir noch etwas Gutes tun? Einen Café con leche? Einen Espresso? Oder vielleicht ein Dessert?«, fragte er sie, nachdem sie mit dem Hauptgang fertig waren.

»Ich glaube, am liebsten würde ich jetzt direkt zu dir gehen«, sagte sie und lächelte ihn verheißungsvoll an. Der ganze Abend war, trotz Verliebtheitsbekundungen, die sie nicht hatte erwidern können, ungemein erotisch gewesen. Nora konnte sich keinen besseren Abschluss vorstellen, als in seiner Wohnung übereinander herzufallen. »Aber nur, wenn du nichts dagegen hast.« Hatte er nicht. Sofort rief er nach der Rechnung und zahlte in Rekordzeit. Vom Daitokai bis zu seiner Wohnung war es nicht weit, und sie gingen zu Fuß. An jeder Ampel, die sie rot leuchtend aufhielt, knutschten sie wild, um dann lachend weiterzueilen.

Als sie eineinhalb Stunden später erschöpft und ziemlich zufrieden in seinen Armen lag, sagte er: »Ich habe noch etwas für dich! Eine kleine Überraschung.«

»Was denn noch?«

»Ist unten. Hast du eben gar nicht gesehen.«

Wie denn auch? Die beiden waren ja schon fast halbnackt aus dem Fahrstuhl gestiegen …

»Willst du nicht wissen, was es ist?«

»Doch!« Nora hüllte sich in ein Bettlaken und sprang aus dem Bett. Barfuß hüpfte sie die Stufen zum Wohnzimmer runter. Er folgte ihr, im Gehen seine Boxershorts anziehend. Auf dem Esstisch stand, neben einem weiteren Strauß weißer Rosen, ein großer, weißer Umschlag, der – in silbernen Buchstaben – ihren Namen trug. Sie schaute ihn an.

»Mach!«, ermutigte er sie.

Mit zittrigen Fingern öffnete sie den Umschlag. Dort befand sich ein Gutschein für … Nora konnte nicht glauben, was sie da las: ein Tandemsprung.

»Woher wusstest du?«

»¡Chica! Du hast doch erzählt, dass du gerne Fallschirmspringen würdest. Und wenn ich dich schon nicht aufs oder wenigstens an ein Pferd bringe, dann fallen wir eben gemeinsam vom Himmel.«

Nora hatte wirklich jeden seiner Versuche, sie mit zu den Pferden zu nehmen, gekonnt geblockt. Und ja, sie wollte unbedingt Fallschirmspringen. Schon seit einer Ewigkeit. Wie aufmerksam er war – mit 25. Als Mann! Aber das hier, das war echt zu viel.

»Das ist ganz, ganz süß von dir. Aber ich kann das auf keinen Fall annehmen. Der Hubschrauberflug, das Essen, das hier – das muss doch alles ein Vermögen kosten. Das geht nicht. Echt nicht!«

»Nora, das ist mir völlig egal. Für mich ist nur das eine wichtig: Ich wunsche, dass du glucklich bist. Ich will Abenteuer mit dir erleben, Spaß haben. Aber wenn es dich beruhigt: Der Flug und die Sprung, das ist ein Freundschaftsdeal mit Pedro. Er fliegt für die Unternehmen. Das ist fast geschenkt. Ehrlich! Und ich möchte das so, so gerne mit dir machen, bitte!«

Nora lächelte und wedelte mit dem Gutschein in der Hand. »Na gut, aber nur, wenn ich in aller Form meinen Dank ausdrücken darf.« Sie setzte sich auf den Tisch, zog ihn zu sich und ließ das störende Laken fallen, bevor sie ihn küsste. Nora hatte schon immer eine Schwäche für Tische gehabt. Und Scheiße ja: Sie bestimmte die Richtung ihres Lebens. Und jetzt wollte sie mit Mariano abheben. Auf diesem Tisch. Auf allen Ebenen! Und dann in den Rausch des freien Falls mit ihm eintauchen …

Sie schliefen lange. Er hatte sich extra den Montag nach ihrem Geburtstag frei genommen. Dennoch war die Nacht kurz gewesen. Als Nora um kurz nach elf in seinem Bademantel die Treppe runterkam, stand er bereits in der Küche und machte Rühreier. Der Tisch war gedeckt, frischer Orangensaft stand bereit, Brötchen, Käse, Quark, Tomatensalat und Melone.

»Perfekt«, freute sich Nora. Auf ihrem Teller lag der Gutschein und eine abgeschnittene Rose. Sie setzte sich und las den Gutschein aufmerksam durch.

»Das ist ja schon nächsten Sonntag!«

»¡Sí!«

»Mariano, das tut mir leid, das geht nicht. Nächsten Sonnntag kann ich auf keinen Fall, da bin ich auf einer Taufe.«

»¿Ah ya? Ist mir ganz neu. Hast du mir nichts erzählt davon.«

Nora fragte sich gerade, warum sie ihm das hätte erzählen sollen, als er fragte: »Und ...?«

»Und?«, wiederholte sie.

»Sí. Und?« Er sah ernst aus, ernster als gewöhnlich.

»Und das heißt, wir müssen den Sprung verschieben. Auf jeden Fall!«

Er schaute sie eindringlich an, so als würde er auf irgendetwas warten.

»¡Bueno! Wie du meinst, Nora.« Nora gefiel sein beleidigter Ton gar nicht. Was dachte er sich bloß? Schließlich konnte sie ja wohl unmöglich Kiki wegen eines Fallschirmsprungs die Taufe von Bill und Tom absagen. Männer!

»Frau Leinenmacher?«
»Ja?«
»Paketservice hier!«

Nora drückte den Türöffner. Sie hatte Mariano am frühen Nachmittag verlassen. Die Stimmung war irgendwie frostig gewesen. Nora verstand weder, was passiert war, noch, dass er ihr nicht sagte, was ihn verärgert hatte. Sie hasste Spielchen à la »Ich bin echt sauer, aber wenn DU nicht weißt, warum, dann kann ich dir auch nicht helfen«. Sie war sich jedenfalls keiner Schuld bewusst. Und schon gar nicht würde sie so einer Schwere Platz in einer unverbindlichen Affäre gewähren. Das wäre ja noch schöner. Also hatte sie beschlossen, den Rest des Tages lieber alleine zu verbringen. Wieder in ihrer Wohnung hatte sie sich riesig gefreut, wie viele Menschen an sie und ihren Geburtstag gedacht hatten. Sogar ehemalige Klienten hatten ihr Karten oder eine E-Mail geschickt. Nora fühlte sich gut und war gespannt, was ihr wohl der Mann vom Paketservice bringen würde. Bestellt hatte sie nichts. Der Mann kam ächzend die Treppen herauf, in der rechten Hand einen bunten Strauß Tulpen. »Nora Leinenmacher?«, fragte er erneut und wischte sich mit der freien Hand den Schweiß von der Stirn. Das Wetter war unverändert schön, und draußen musste es immer noch ziemlich warm sein. Sie nickte. Der Mann drückte ihr den Strauß entgegen, griff zu einem kleinen Scanner und sagte kurz angebunden: »Unterschreiben.«

Nora setzte ihr Kürzel.

»Tschüss!«

»Tschüss und noch einen schönen Tag!«

»Ja, ja«, brummte der Mann, als er bereits die Treppen runtersprang.

Nora ging in die Küche, holte eine Vase aus ihrem Buffet, füllte Wasser ein, streute ein wenig Zucker dazu – ein Tipp ihrer Mutter –, schnitt die Blumen an und stellte sie ins Wasser. Im Strauß steckte ein großer, lilafarbener Umschlag. Nora zog ihn heraus und öffnete ihn. Ein Foto fiel ihr entgegen, das sie gekonnt auffing. Es zeigte Kim im feinen Anzug, stehend, an seiner rechten Hand Anton, ebenfalls im Anzug. Kims linke Hand ruhte auf Maries Schulter, die vor ihm auf einem Stuhl saß. Marie trug ein Kleid mit Spitzenkragen und hatte Claire auf dem Schoß, die ebenfalls ein Kleidchen mit Spitzenkragen trug. Alle schauten sehr ernst und vornehm. Das Bild war auf alt getrimmt. Nora lächelte. Eine großartige Idee. Sie klappte die Karte auf. *Geliebte Nora,* stand dort, *alles, alles Liebe zu deinem 27. Geburtstag. Mögen all deine Wünsche und Sehnsüchte im neuen Lebensjahr erfüllt werden. Auf dass du findest, wonach du suchst. Damit du dich entspannt auf diesen Trip begeben kannst, laden wir dich zu einem Wellnesstag mit Kim ein. Es ist für alles gesorgt. Du musst nur noch sagen, wann du kannst. Wir lieben dich von ganzem Herzen – Kim, Marie, Anton und Claire!*
»Wow«, sagte Nora laut und wischte sich eine Träne aus dem Augenwinkel. In letzter Zeit liefen ihr öfter als gewohnt die Tränen, das nervte.

Am Dienstagabend saß sie im Unkelbach und wartete auf Kim. Es war kurz vor acht. Um halb acht waren sie verabredet gewesen, und obwohl Nora selbst erst um Viertel vor die kölsche Kneipe auf der Luxemburger Straße betreten hatte, fehlte von Kim nach wie vor jede Spur. Als sie sich gestern bei ihm für das nette Geschenk bedankt hatte, ergriff Kim die Gelegenheit, sie sogleich für ein Treffen zu verhaften. »Wir haben seit Ewigkeiten keinen Kim-und-Nora-Abend mehr gehabt. Ich will wissen, wie es dir geht, und mit dir auf deinen Geburtstag anstoßen«, hatte er gesagt. Nun schien es fast, als würde er sie versetzen. Tat er nicht. Um kurz nach acht kam er aufgelöst an ihren Tisch gestürmt.

»Boah, entschuldige.«

»Kim. Fast pünktlich …« Nora schaute streng.

»Alles Liebe nachträglich zum Geburtstag, Süße.« Er hatte sich seine Jacke ausgezogen, neben Nora Platz genommen und sie auf die Wange geküsst.

»Danke, Baby. Was war denn los? Das ist selbst für dich eine fast schon freche Verspätung.«

»Hör bloß auf. Claire und Anton sind immer noch krank, und Marie hat sich prompt angesteckt.«

»Was haben sie denn?«

»Magen-Darm. Kurz bevor ich loswollte, gab es noch ein riesiges Malheur. Mehr willst du gar nicht wissen …« Er tätschelte ihr die Hand.

»Und dann küsst du mich? Hast du dir die Hände desinfiziert?«

»Nora, sei nicht kacke!«

»Bitte, lass uns das Thema wechseln.«

Sie bestellten zwei Kölsch, Nora ein Bauernomelette und Kim einen Hackbraten.

»Dass du immer noch Fleisch isst.« Nora schaute angewidert auf Kims Teller.

»Nora.« Kim hasste dieses Be-Veggie-Gelaber. »Erzähl mir

doch lieber, was du an deinem Geburtstag so alles gemacht hast. Hast du schön gefeiert?«

Nora erzählte ihm kurz von dem Abend mit den Mädels und ihrem Absturz. Kim liefen vor Lachen die Tränen runter. »Wahnsinn«, sagte er.

»Apropos Wahnsinn. Das habe ich dir noch gar nicht erzählt. Sophie ist ja schwanger, und Jules hat überhaupt keinen Bock auf sein Geschwisterchen. Hat er letztens bei unserem Familienessen kundgetan. ›Give away baby‹, hat er gesagt. So lustig. Mina hatte dann gleich die Lösung. Weil ich ja eine Frau bin, aber keinen Mann, kein Kind und noch nicht mal Haustiere habe, soll das Baby jetzt zu mir ziehen.«

»Na, da hätte ich ja gerne die Gesichter deiner Familie gesehen.«

»Unbezahlbar. Eine Mischung aus Schock und totalem Unverständnis. Aber sie haben sich zurückgehalten. Nur meine Mutter konnte sich nicht bremsen. ›Da verlieben sich ja Wahnsinn und Irrsinn‹ – so was hat sie dazu gesagt.«

Kim lachte.

»Kim!«, sagte Nora mahnend. »Ich kann sehr gut mit Kindern.«

»Auf meine darfst du jederzeit aufpassen!«

»Dankeschön!«

»Und abends, warst du dann noch clubben? Mit Luna?«

»Nee, geiler. Wir sind mit dem Hubschrauber über Köln geflogen und waren dann essen im Daitokai.« Ohne zu überlegen, was sie da gerade sagte, waren die Worte aus Nora rausgesprudelt.

»Wer wir? Luna und du? Im Hubschrauber? Hat sie dir das zum Geburtstag geschenkt? Dreht sie jetzt komplett durch?«

Shit, dachte Nora. Dann war wohl heute der Abend der großen Beichte. »Nee, nicht mit Luna.«

»Mit wem denn dann? Nora?!« Kim lächelte sie jetzt verschwörerisch an.

»Hab ich dir schon erzählt, dass ich mir Botox hab spritzen lassen? Habe ich mir zum Geburtstag geschenkt.«

»Ja, hast du eben in deiner Zusammenfassung vom Mädchenabend erzählt. Siehst aber genauso aus wie vorher…« Er schaute ihr forschend ins Gesicht.

»Das muss ja auch erst mal wirken.«

»Ja, ja. Also, mit wem hast du das gemacht, diesen Geburtstags-Hubschrauber-Daitokai-Abend?«

»Mit Mariano.« Nora widmete sich ihrem Teller, so als koste es ihr ganzes Können und größtes Geschick, das Bauernomelette in mundgerechte Stückchen zu zerlegen.

»Ist das dieser Argentinier, von dem ich schon etwas gehört habe?«

»Kim!« Nora tat brüskiert. »Warum ziehst du mir denn alles so aus der Nase, wenn du schon etwas gehört hast?«

»Bitte?! Warum bin ich überhaupt der Letzte, der davon erfährt? Erzählst du mir nichts mehr?«

»Ich wollte erst mal abwarten.«

»Was gibt's denn da abzuwarten?«

»Na, ob es sich lohnt?«

»Und wann lohnt es sich deiner Meinung nach, deinem besten Freund davon zu erzählen, dass du dir einen argentinischen Toyboy zugelegt hast? Wie alt ist der? Daggi sagte, irgendetwas um die 27?«

»25. Ist dein Hackbraten lecker?«

»25. Nora, wenn du ein Kerl wärst, würde ich jetzt mit dir abklatschen…«

Nora grinste, sichtlich erfreut über ihren jungen Fang. Kim zwinkerte ihr zu.

»Daggi! War ja klar, dass die das sofort rumerzählt.«

»Klar war das klar! Und wie ist er so? Jetzt erzähl doch mal.«

Nora erzählte und ließ nur die schlüpfrigen Details und die komische Situation von gestern Morgen aus.

»Und, bist du verliebt?«, fragte Kim, als Nora fertig war.

»Nö, verknallt vielleicht, aber auf keinen Fall verliebt. Ich bin gerne mit ihm zusammen. Er ist lustig. Alleine sein Akzent ist so witzig, und er ist echt hot. Und dumm ist er auch nicht.«

»Und was ist dann dein Problem?«

»Problem? Es gibt kein Problem!«

»Na ja, als deinen neuen Freund betrachtest du ihn ja wohl eher nicht?! Warum erzählst du nicht von ihm?«

»Ich kenne ihn nicht mal drei Wochen ...«

»Ist doch scheißegal. Wenn's passt, dann passt's, oder?!«

»Puh, das wird langsam anstrengend. Wenn ihr alle mehr Pohlman hören würdet, dann müsstet ihr mich nicht ständig so nerven.« Nora begann ihren Lieblingssänger zu zitieren: »Die Liebe lässt so gern auf sich warten. Nur die Geduld hält sie in Atem. Gehen wir in Ruhe auf sie zu.« Sie schaute Kim selbstzufrieden an. »Du kennst mich doch. Ich weiß noch nicht, was daraus wird. Und deshalb genieße ich erst mal im Stillen den Moment.«

»Weiß er, wie du das siehst?«

»Glaube schon. Also nicht, dass wir drüber gesprochen hätten. Warum?«

»Na ja, dem Knaben scheint es jedenfalls ziemlich ernst zu sein. Nach dem, was du mir erzählt hast«, sagte Kim und sah sie an.

»Quatsch, das ist ne Affäre. Ganz unverbindlich. Ganz easy. Keine Ansprüche und so…« Nora leerte bereits ihr drittes Kölsch. Der Köbes brachte ihr – so wie es üblich war – unaufgefordert sofort ein neues.

»Leinenmacher, wie naiv bist du eigentlich? Meinst du wirklich, ein Typ veranstaltet ein solches Brimborium, wenn er dich nur…«

»…ficken möchte? Warum nicht?«

»Bitte, also da müsstest du ja Sachen drauf haben, die…« Kim verstummte, als ihn Noras fragender Blick traf. »Ist ja auch völlig egal. Jedenfalls fahren Männer so ein Programm nur auf, wenn sie echt verliebt sind. Vor allem, wenn die Frau so alt ist.«

»›Alt!‹ Kim, jetzt wandelst du auf ziemlich dünnem Eis!«

»Im Ernst, weißt du, was das alles gekostet haben muss?! Allein für das Essen im Daitokai schuldest du ihm einen Monat Sex!«

»Das war alles gar nicht so teuer, weil sein Freund, der uns geflogen hat, Connections hat. Der fliegt uns auch beim Fallschirmspringen. Sonst hätte ich das ja alles gar nicht angenommen.«

»Fallschirmspringen? Ihr geht Fallschirmspringen?«

»Ja, irgendwann demnächst.«

»Das hat er auch noch draufgelegt?«

»Mmmh. Eigentlich sollte das schon am Sonntag stattfinden, aber ich musste das absagen. Du weißt schon, wegen der Taufe von Bill und Tom. Dann einen Tag früher, also am Samstag. Das ging auch nicht. Samstags bin ich ja immer bei meinen Eltern.«

»Tschuldige, aber du hast das dann noch mal abgesagt, weil du samstags immer bei deinen Eltern bist?«

»Kim, du kennst sie doch. Das ist in unserer Familie ein Pflichttermin. Da muss man schon todkrank sein, um entschuldigt fehlen zu können.« Sie schaute ihn ungläubig an.

»Nora, der Junge hat dir einen Fallschirmsprung geschenkt, keinen Kinobesuch. Ich an seiner Stelle wäre ausgeflippt.«

Nora erinnerte sich daran, dass Mariano tatsächlich etwas genervt geklungen hatte, als sie heute Mittag am Telefon die Termine durchgegangen waren. »Nora, wir müssen nicht…«, hatte er gesagt. Nora hatte ihm versichert, dass sie unbedingt mit ihm diesen Sprung machen wollte – nur nicht Samstag oder Sonntag. Sie hatten sich auf Dienstag geeinigt.

»Also«, setzte Kim jetzt wieder an. »Ich hätte dich sehr wahrscheinlich gefragt, ob du noch richtig tickst.«

»Er nicht. Wir springen jetzt nächsten Dienstag. Also in einer Woche.«

»Nora, Baby. Also, wenn du mich fragst…«

»Tu ich übrigens nicht.«

»…dann solltest du dir ganz schnell überlegen, wie du zu ihm stehst. Sonst brichst du dem armen Kind noch das Herz.«

»Kim, er ist 25, nicht 15! Ich denke, er weiß genau, was er da tut.«

»Wenn du dich da mal nicht selbst belügst. Noch ein Kölsch?«

Den nächsten Tag verschlief Nora fast komplett. Die Nacht mit Kim hatte lange gedauert. Er war mit ihr noch in irgendeine Bar in Nippes gefahren, in der man auch mitten in der Woche bis morgens um sechs trinken und tanzen konnte. Nora hatte kaum Erinnerungen daran, wie sie nach Hause und ins Bett gekommen war, welches sie erst gegen Abend wieder verließ, um sich eine Gemüsesuppe zu machen. Mariano hatte ein paar Mal versucht, sie zu erreichen. Irgendwie verspürte Nora wenig Lust, sich bei ihm zu melden. Sie fühlte sich plötzlich so in die Pflicht genommen. Ein Gefühl, das sie gar nicht mochte. Sie verabredete sich lieber für Donnerstagabend mit Luna und ging wieder ins Bett.

Nora war schon lange nicht mehr donnerstags ausgegangen. Früher hatte der Donnerstag regelmäßig das Wochenende eingeläutet. Donnerstag war der Abend zum »Warmfeiern« gewesen. Heute war das vergleichbar einer kleinen Revolution, wenn sich – trotz Jobs, Mann und/oder Kinder – Freunde fanden, mit denen man diese alte Tradition aufrechterhalten konnte. »Zum Glück gibt's Luna«, dachte sich Nora. Die hatte wenigstens am Freitag frei. Luna arbeitete im Vertrieb eines großen Modelabels und konnte sich ihre Bürozeiten und Kundenbesuche relativ frei einteilen. Heute wollten sie im Belgischen Viertel Essen gehen und anschließend clubben. Nora drehte sich gerade ihre Locken auf große Wickler – neben ihr im Bad stand ein Glas Prosecco, um in Ausgehstimmung zu kommen – als ihr Handy den Eingang einer SMS verkündete: *Nora, wo bist du? Ich erreiche dich nicht. Bitte, ruf an! Beso Mariano.* Gott, dachte Nora. Sie hatten doch erst vor zwei Tagen miteinander telefoniert. Sie hielt kurz inne. Eigentlich sollte das hier doch Spaß machen, aber leicht fühlte sich das gerade nicht an. Nora hatte keine Ahnung, was seit der Nacht ihres Geburtstages eigentlich passiert war. Gut, das stimmte nicht ganz, mittlerweile beschlich sie eine Ahnung. Aber eins war ihr völlig klar: Sie hatte null Bock auf ein künstlich heraufbeschworenes Drama! Nein, bis zum Fallschirmsprung wollte sie ihn gar nicht mehr sehen. Er würde sie um elf abholen, und um eins würden sie springen. Passt doch alles, dachte Nora und schob gekonnt alle unschönen Gedanken beiseite.

»Du hast nicht wirklich vergessen, ein Taufgeschenk zu besorgen?« Luna und Nora saßen an der Bar im Ivory Club, den Nora vor allem dafür liebte, dass sich hier die gesamte TV-Branche Kölns, inklusive diverser Daily-Soap-Sternchen und anderer gescheiterter D- bis G-Promis, gegenseitig feierten und abschleppten. Sie liebte es, dieses Spektakel zu beobachten – eine Gesellschaftsstudie der besonderen Art, ungemein unterhaltend. »Besser als jede Daily Soap«, pflegte Nora immer dazu zu sagen.

»Doch. Luna, ich sag dir, ich hatte das null auf dem Schirm. Ist mir erst heute wieder eingefallen, als ich nach der Einladung gesucht habe, um zu checken, wann das anfängt. Total panisch habe ich gleich Frauke angerufen. Zum Glück hatte sie mich schon für ein Sammelgeschenk eingeplant.«

»Da hat sie dir ja mal wieder den Arsch gerettet«, bemerkte Luna süffisant.

»Total. Frauke ist echt unbezahlbar!«

»Und was schenkt ihr?«

»Irgendwelche Spezial-Kinder-Fahrradanhänger. Irgendwie eignen die sich wohl fürs Mountainbiking. Frag mich nicht. Hat Kiki sich wohl gewünscht ...«

»Linus und ich schenken Klamotten. Total einfallsreich. Hoffentlich taugen die auch zum Mountainbiking. Seit wann gehen Kiki und Franz denn Biken?«

»Keine Ahnung. Ich kann mir auch nicht vorstellen, dass das gut für Franz ist, so kurz nach seinem Bandscheibenvorfall. Aber das Fest, das muss unglaublich werden. Frauke sagt, es kämen über 150 Leute!« Luna und Nora gingen die Gästeliste durch. Und es schien so, dass tatsächlich alle, die in den letzten 20 Jahren mehr oder minder zum Freundeskreis gehörten oder gehört hatten, Bills und Toms Ehrentag beiwohnen wollten. Nach der Zeremonie in der Kirche war ein Straßenfest bei Kikis Eltern geplant, die dafür extra die ganze Straße sperren lassen würden. Das hörte sich doch nach Spaß an.

»Gott, wenn ich nicht schon so unglaublich verliebt wäre, dann würde ich jetzt wohl durchdrehen«, wechselte Luna abrupt das Thema. Ihr Blick war an einem jungen, großen, dunkelhaarigen Typen hängengeblieben. Eine Mischung aus Josh Hartnett, Jared Leto und James Franco. Introvertiert sexy, aber sich seiner Ausstrahlung vollkommen bewusst.

»Keine Frage!«, antwortete Nora und sah Luna dabei zu, wie sie, ohne den Blick von dem Kerl zu wenden, Lipgloss nachlegte.

»Aber die Zeiten sind vorbei. Auch für dich, Baby«, sagte Luna.

»Wie kommst du denn darauf?«

»Na ja, schließlich hast du doch jetzt das argentinische Sahnestückchen am Start.« Luna nippte an ihrem Wodka auf Eis und schaute sie mit großen Augen an.

»Und? Also nicht, dass ich jetzt plötzlich Geschmack daran gefunden hätte, auf alles loszugehen, was bei eins nicht auf den Bäumen ist, aber ich verstehe den Zusammenhang nicht.« Jetzt nippte Nora an ihrem Wodka und schickte ihrer Freundin denselben Blick zurück.

Beide schmunzelten.

»Das heißt, du bist nicht vergeben?«

»Luna, ich bin doch nie vergeben. Das widerspricht meiner Vorstellung von Liebe und Leben in Freiheit.«

»Du bist so ein Hippie!«

»Meine Worte!«

»Komm schon, lass dir nicht alles aus der Nase ziehen: Ist das jetzt etwas Ernstes?«

»Nach drei Wochen?« Nora gab Luna ein kurzes Update, und im Gegensatz zu Kim erhielt sie alle schlüpfrigen Details.

»Bravo! Der Junge ist verliebt und eine Granate im Bett! Was willst du mehr, du glückliches Weibsstück!« Luna klatschte begeistert in die Hände. »Versau das nicht!«

»Jetzt fang du nicht auch noch damit an!«

»Pass auf, ich sag dir, der ist bestimmt geknickt, weil du ihn nicht mit zur Taufe nimmst!«

»Ehrlich gesagt vermute ich das auch.«

»Dann nimm ihn doch mit!«

»Warum? Seit wann bringen wir denn Affären zu solchen Feiern mit? Da kann ich ihn ja gleich meinen Eltern vorstellen!«

Luna lachte. »Nora, du weißt, ich liebe dich! Aber irgendwann sind bei dir gleich ganz, ganz viele Sicherungen auf einmal durchgebrannt…«

»Hallo!«, wurde ihr Gespräch plötzlich unterbrochen. Der dunkelhaarige Typ, den Luna eben entdeckt hatte, stand jetzt vor ihnen und hatte sich an Nora gewandt. »Findest du?«, sagte diese zu ihrer Freundin und wandte sich an den Hasen. »Hallo!«

»I bin der Gustl und wer seids ihr?«

ÄÄÄÄÄHHHHH, dieser Dialekt. Was für ein Abturner!, dachte Nora. Das ging gar nicht, da konnte Gustl aussehen, wie er wollte…

Den Samstag verbrachte Nora bei ihren Eltern. Sie kam ungewöhnlich früh, blieb lange, und ihr Handy hatte sie ausgeschaltet zu Hause gelassen. Sie wollte lieber nicht erreichbar sein.

»Liebes, was steht denn bei dir nächste Woche so an?« Nora lag mit ihrer Mutter auf Sonnenliegen im Garten. Die Schönwetterperiode riss nicht ab, und es schien, als wollte der Sommer den Frühling einfach überspringen. Im Garten blühte alles bunt, die Luft war warm und weich, und die Sonne strahlte unermüdlich und stark vom Himmel. Noras Vater saß mit Jo, Karin, Sophie und Charles auf der Terrasse, sie spielten »Spiel des Lebens«. Alles war so friedlich, und Nora wollte, dass es so bleibt. Natürlich wusste sie, wonach ihre Mutter verlangte: Fakten, Fakten, Fakten zur beruflichen Zukunft. Doch Nora umging dieses Thema geschickt. »Stell dir vor, am Dienstag gehe ich Fallschirmspringen!«

»Um Himmels willen, Kind, weißt du denn überhaupt, wie das geht? Das ist doch lebensgefährlich!« Ihre Mutter klang panisch.

»Ich springe ja nicht alleine. Das ist ein Tandemsprung. Da werde ich so einem starken Mann vor den Bauch geschnallt, der früher bei der Bundeswehr gesprungen ist. Oder für die Army oder den CIA. Der hat auch den Schirm auf dem Rücken und weiß genau, wann er die Leine ziehen muss. Ich hänge nur an seinem Bauch und muss gar nichts machen. Fast so wie ein Kängurubaby.«

»Nora, ich weiß nicht. Aus welcher Höhe wird denn so etwas gemacht?«

»4000 Meter.«

»Himmel, Kind. Wie kommst du überhaupt auf so eine Idee?«

»Habe ich zum Geburtstag geschenkt bekommen. Dienstag um eins geht's los.« Nora grinste sie an. Sie liebte es, ihre Mutter aus der Fassung zu bringen.

»Bitte, mach das nicht. Warum erzählst du mir das überhaupt? Mir wäre lieber gewesen, du hättest nichts gesagt! Wirklich! Jetzt habe ich doch keine ruhige Minute mehr. Du bist schon als Kind ständig blutend nach Hause gekommen.«

»Mama, das ist ewig her. Ich war schon lange nicht mehr verletzt.«

»Wer schenkt dir denn so einen Schwachsinn?«

»Mama, das habe ich mir quasi gewünscht. Ich wollte das schon immer mal machen.«

»Dein Vater wird ausflippen!«

»Dann erzähl es ihm halt nicht.«

»Du weißt doch, dass ich deinem Vater nichts verheimlichen kann. Aber ich werde versuchen, so lange dichtzuhalten, bis klar ist, dass du überlebt hast...«

»Mama, klar überlebe ich das. Das machen die Leute doch ständig. Da kann gar nichts schiefgehen!«

»Nora, überlege dir gut, was du tust. Du musst niemandem etwas beweisen, hörst du?! Wenn du ein mulmiges Gefühl kriegst, dann spring bitte nicht!«

»O.k., versprochen. Und ich ruf dich auch gleich an, sobald ich wieder Boden unter den Füßen habe, ja?!«

»Oh Gott, oh Gott...«, rief ihre Mutter theatralisch, bevor sie geschickt das Thema wechselte: »Und? Morgen ist die Taufe von Bill und Tom?«

»Ja!«

»Ach, wie schön. Dann grüß Kiki bitte ganz lieb von mir. Und du gehst ohne Begleitung dorthin, nehme ich an...?«

Es entstand eine unangenehme Pause.

»Tja, das habe ich mir gedacht. Und, gibt's was Neues in Sachen Job?«

Oh nein, dachte Nora, nun war sie ihrer Mutter doch ins Netz gegangen …

Sonntag, 2. Mai, 10 Uhr – Tauftag! Um zwölf wollte sie bei Frauke und Sven sein. Sie hatten verabredet, gemeinsam zur Kirche zu fahren. Nora ging ins Schlafzimmer und schlüpfte in ihre rote Spitzenunterwäsche, die sie passend zu ihrem roten Wickelkleid aus Taft gewählt hatte. Eines dieser Zweck-Kleidungsstücke, die Nora gezwungenermaßen für all die Hochzeiten der letzten Jahre angeschafft hatte. Sie griff zu goldenen, halbhohen Pumps, einem goldenen Bolerojäckchen und ihrer roten Handtasche, einer Mischung aus Leder und Bast, auf die goldene und silberne Applikationen wie Blumen und Schmetterlinge gestickt waren. Eine richtige »Mädchenhandtasche«, die zusätzlich mit roten Lederfransen versehen war. Ein creme-goldener Schal, Goldschmuck, ein leichtes Make-up: Fertig.

Eine Stunde später stand Nora, die Locken zu einem züchtigen Dutt geformt, wie ein vollwertiges Mitglied der Gesellschaft und politisch korrekt gekleidet im Hausflur und schloss ihre Türe ordnungsgemäß ab.

Eine Viertelstunde später erschien sie pünktlich bei Frauke und Sven. Als sie eintraf, war Frauke noch dabei, Kira anzuziehen und sich selbst den letzten Schliff zu verpassen. Sven saß im dunkelblauen Anzug in der Küche und las den Sportteil. »Bist du krank?«, fragte er mit einem erstaunten Blick über die Zeitung auf die Uhr, als Nora eintrat. »Wir haben nicht vor halb eins mit dir gerechnet.«

»Sehr witzig«, sagte Nora und setzte sich zu ihm. »Herzlichen Glückwunsch zum Baby«, fügte sie hinzu, weil sie Sven noch gar nicht gesprochen hatte, seitdem Frauke – zusammen mit den anderen Mädels – die Bombe hatte hochgehen lassen.

»Danke Nora, das ist lieb von dir! Ich freue mich so. Ist jetzt genau die richtige Zeit, auch für Kira. Kaffee?«

»Gerne.«

»Nora«, rief Frauke aus dem Kinderzimmer. »Auf der Küchentheke liegen die Taufkarten für Bill und Tom. Sei doch so gut und unterschreibe da schon mal.«

»Mach ich!«

Zehn Minuten später kamen Frauke und Kira in die Küche. Kira trug ein dunkelblaues Kleidchen mit Rüschenkragen und aufgedruckten weißen Margeriten, darüber eine weiße Strickjacke, weiße Strumpfhosen und weiße Lackschühchen. Frauke hatte ihr zwei lustige Zöpfchen geflochten, in die sie weiße Blumen eingearbeitet hatte. Sie selbst trug ein champagnerfarbenes Wickelkleid, mit einem dicken braunen Ledergürtel um die Taille, um ihren Bauch zu kaschieren, braune High Heels und einen champagnerfarbenen Seidenschal. Sie war dezent geschminkt und hatte ihre Ponyfrisur wild geföhnt.

»Geht das so?«, fragte sie Nora unsicher.

»Süße, du siehst so schön aus!«

»Und mein Bauch? Weißt du, der wächst irgendwie viel, viel schneller als damals, als ich mit Kira schwanger war. Ich fühle mich jetzt schon wie ein Hefekloß.«

»Quatsch«, sagte Nora. »Du siehst echt toll aus.«

»Finde ich auch!«, sagte Sven und strahlte sie stolz an.

»Die Mama ist hüsch«, quiekte Kira.

»Hübsch, Schatz. Es heißt hübsch.«

»Kira auch hübsch?«

»Du bist die Schönste im ganzen Land, Maus«, antwortete Nora und gab Kira einen dicken Kuss.

Vor der Kirche auf der Rodenkirchener Hauptstraße war der Teufel los. Eine große Menschenmenge, dem Anlass entsprechend perfekt gestylt, hatte sich hier versammelt und wartete auf die Taufkinder und ihre Eltern. Die vielen extravaganten Hüte hätten beim Royal Ascot locker mitgehalten. Alle, wirklich alle, die in den letzten 20 Jahren Kikis und Franz' Lebensweg gekreuzt hatten, waren erschienen. Nora konnte sich nicht erinnern, wann ihr Freundes- und Bekanntenkreis das letzte Mal so komplett angerückt war. Es gab ein großes Hallo, es wurde umarmt und gedrückt und geküsst. Nora fühlte sich ein wenig überfordert, die meisten hatte sie seit Jahren nicht mehr gesehen. »Nora, wir gehen auf jeden Fall zusammen da rein und sitzen nebeneinander. Dann wird's auch lustig.« Kim hatte sich einen Weg durch die Menge gebahnt und umarmte Nora herzlich. Marie und die Kinder folgten ihm.

»Auf jeden Fall«, sagte Nora erleichtert und begrüßte Marie, Anton und Claire, die ihr die Ärmchen entgegenstreckte. »Arm!«, forderte sie lautstark. Nora nahm sie hoch, und die Kleine kuschelte sich an ihre Schulter.

»Was für ein Anblick!«, sagte Schorsch, der gerade mit Daggi und Axel an ihr vorbeiging.

»Nicht aufregen«, sagte Marie und schüttelte mit gütigem Blick ihren Kopf. In diesem Moment erschienen Kiki und Franz, jeder einen der Zwillinge im Arm und eine Taufkerze in der Hand. Dicht gefolgt von Kikis Mutter Babsi, einer auffälligen, rothaarigen Frau, die zwei weiße Taufkleider über dem Arm trug. Hinter Babsi folgte Kikis Vater, der, gewohnt cool –

das dunkelblonde Haar nach hinten gegelt, die Hände in seinen Hosentaschen und mit goldener Sonnenbrille im Gesicht – in die Menge grüßte. Nach und nach verschwanden alle in der Kirche, und Nora rutschte mit Marie, Anton, Kim und Claire auf dem Arm in eine Bank in der Mitte. Die Taufe, ein normalerweise durch und durch festlicher Akt, versank an diesem Tag im reinsten Chaos: Kinder heulten, liefen in der Kirche herum, gefolgt von ihren Eltern, die versuchten, sie wieder einzufangen. Der Beichtstuhl wurde zum Klettergerüst, und irgendwann stand dann auch noch ein kleines, blondes Mädchen vor dem Altar, hob ihr Kleidchen und präsentierte der Taufgesellschaft ihr Höschen – erst von vorne, dann von hinten. »Also, bitte«, echauffierte sich Nora. »Ich will ja kein Spießer sein, aber muss das denn sein? Wir sind in der Kirche. Meine Mutter hätte mir so etwas nie durchgehen lassen. Kriegen die denn gar keine Erziehung mehr heute?«

Kim nickte zustimmend. »Laissez-faire ...«, sagte er nur abfällig.

»Unmöglich«, zischte Nora.

Die Zeremonie ging in dem Durcheinander völlig unter, und als das ganze Spektakel nach einer Stunde mit dem Auszug der Täuflinge und ihrer Eltern sein Ende fand, war Nora schon völlig genervt. Auf dem Vorplatz der Kirche nahmen Kiki und Franz, die Kinder im Arm haltend, die Glückwünsche ihrer Gäste entgegen. Die Schlange der Gratulanten war so lang, als könnte die kleine Familie Krankheiten heilen oder Segen erteilen. Hier und da hatten sich Grüppchen zusammengetan und damit begonnen, die letzten 20 Jahre aufzuarbeiten.

Beim Rausgehen hatte Nora Kim und Marie in der Menschenmenge verloren. Dafür hatte sie Frauke und Sven wiedergefunden. »Mann, war das Horror«, sagte Sven, der so gestresst aussah, wie Nora sich fühlte. »Psst«, maßregelte Frauke ihren Mann, ehe sie plötzlich durch ein »Hey!« unterbrochen wurde. Ein großer, dunkelhaariger Typ war gerade an ihnen vorbeigegangen und hatte gegrüßt. Er trug ein völlig unpassendes Outfit für diesen Anlass: Kakihosen, ein grünes, verwaschenes Longsleeve und tatsächlich so etwas wie Bergsteigerschuhe. Außerdem schob er einen Kinderwagen – natürlich einen voll trendigen, auf drei Rädern und mit Fahrradbremsen am Lenker – vor sich her. »Kennst du den?«, fragte Frauke Nora.

»Ich? Ich dachte, der meint euch!«

»Bitte, der hat dich doch angestrahlt wie ein Honigkuchenpferd.«

»Quatsch. Und außerdem pflege ich keine Männerbekanntschaften mit Anhang.« Nora sah dem Typen hinterher. Sie war sich sicher, ihn vorher noch nie gesehen zu haben. Er beugte sich gerade runter und küsste jemanden. Wen, konnte sie nicht erkennen. »Und schon gar nicht, wenn sie auch noch eine Frau haben. So gut solltest du mich kennen.« Nora deutete mit dem Kopf in seine Richtung und zog ihre Sonnenbrille auf.

»Also, wir kennen den auch nicht«, sagte Sven. »Leute, bevor wir hier jetzt Schlange stehen, können wir doch einfach schon mal zu Kikis Eltern fahren. Gratulieren können wir da auch noch.«

»Gute Idee, Schatz«, sagte Frauke.

Als sie sich den Weg durch die Menge bahnten, passierten sie noch einmal den Typen. Er schaute Nora direkt an. Hatte er ihr gerade zugezwinkert, während er den Kinderwagen vor sich hin und her schaukelte?

Zehn Autominuten später erreichten sie Kikis Elternhaus. Was da aufgefahren wurde, hatte Nora selten erlebt. Das ganze erinnerte sie an ein Volksfest. Die Straße war komplett gesperrt, es gab drei Bierstände und mehrere Essenswagen, an einem drehte sich sogar ein ganzes Kalb am Spieß. Überall standen Biertische mit Bierbänken, es gab eine Tanzfläche, ein DJ-Pult, eine Hüpfburg und einen Stand, an dem sich die Kinder lustige Gesichter aufmalen lassen konnten. Vor der Haustüre hatte Kiki eine zwei mal zwei Meter große Leinwand aufstellen lassen, auf die jeder Gast etwas malen oder schreiben sollte. Die Garage stand offen, und ein großer runder Tisch wartete darauf, mit Geschenken beladen zu werden. Mit Wasser gefüllte Vasen standen auf einem anderen Tisch bereit. Und ein dritter bot Wein, Prosecco und Champagner an. Die Taufgesellschaft musste sich zügig vor der Kirche aufgelöst haben, denn immer mehr Menschen trafen jetzt ein. Vor der Leinwand hatte sich bereits eine kleine Schlange gebildet. Nora hatte sich gerade angestellt, als sie etwas in den Arm gedrückt bekam. »Hier, halt mal eben!« Betty, Schorschs kleine Schwester, hatte ihr soeben ihre Tochter Paula an die Brust gelegt. Etwas unbeholfen, weil überrascht, hielt Nora die Kleine im Arm. Ein eher hässliches Kind, mit einer kleinen Knubbelnase und einem Kinn, das sie Nick Knatterton geklaut haben musste. Nora schämte sich für diesen Gedanken, aber es war die Wahrheit. »Ist sie nicht hübsch? Das schönste Baby der Welt«, schwärmte Betty, die ein ähnliches Kinn spazieren trug.

»Mmmh.«

»Steht dir gut«, raunte jemand von hinten und drückte Nora einen Kuss auf die rechte Wange.

»Nina!«

Nina zwinkerte ihr zu. »Ich hol mir nur etwas zu essen, bin gleich wieder da!«

Nora sah ihr nach, und ihr Blick traf erneut den des Unbekannten von eben. Er lächelte sie an. Er war tatsächlich der Einzige, der keinen Anzug trug. Eigentlich hätte Nora das cool gefunden, weil es herrlich unkonventionell war. Eigentlich hätte sie ihn cool gefunden, weil er ganz ihr Typ war. Hätte er nur nicht diesen Kinderwagen und eine Frau dabeigehabt. Widerlich, dachte Nora und schickte ihm einen abfälligen Blick. »Steht dir gut!« Luna, die Ninas Worte mitgehört haben musste, stand mit Linus lachend hinter ihr. Die beiden sahen toll aus. Sie in einem Prinzessinnenkleid aus Spitze im immer noch angesagten Nude-Look, er in beigefarbenem Anzug, T-Shirt und passenden Schuhen. Nora gab Betty ihr Kind zurück. »Ganz süß. Wirklich, Betty.« Luna kicherte jetzt noch mehr. Betty schickte ihr einen scharfen Blick und verschwand in der Menge. »Na, fühlst du dich wohl?!«

»Bitte!«, sagte Nora genervt. Frauke, Sven und Kira waren gerade an der Leinwand fertig geworden. Sie hatten ihre Handabdrücke hinterlassen und etwas Nettes geschrieben. Mit verschmierten Händen standen sie jetzt lachend voreinander. »Ich muss erst mal etwas trinken, bevor ich mich hier verewige«, sagte Nora. »Kommt ihr mit?«

»Nee, wir machen das hier zuerst, bevor wir zu voll sind und nur noch Blödsinn aus uns rauskommt«, antwortete Luna.

Nora ging zum Bierstand. Hier traf sie Schorsch und Daggi, André und seine Frau Christine und Jakob und Elli. Nora hatte sich bereits innerlich darauf vorbereitet, dass sie anlässlich dieses Festes bestimmt auf ihre Vergangenheit treffen würde. Mit ihrem Ex André teilte sie allerdings nicht viele glückliche Erinnerungen. Nora hatte die Beziehung damals verlassen, um sich nahtlos in die mit Tobi zu stürzen. André, so alt wie Nora, war nicht viel größer als sie, blond und ein bisschen moppelig, seit er verheiratet war. Er hielt seinen Sohn Nick auf dem Arm, als gelte es, eine gewonnene Trophäe der Menge zu präsentieren. Nora glaubte sich zu erinnern, dass Nick ungefähr ein Jahr alt sein musste. Sie hatte ihn noch nie gesehen, was daran lag, dass sie André fast gar nicht mehr sah. Sie hatten zwar immer versucht, »gute Freunde« zu bleiben, aber so wirklich unbefangen war dieser Versuch nie gewesen. Christine, seine Frau, verstand da überhaupt keinen Spaß. Für sie gab es keine Freundschaften zwischen Männern und Frauen. Und André, immer ein bisschen bequem, hatte sich gefügt und Nora nach fast 18 Jahren Freundschaft zurückgelassen. Nicht mal zur Hochzeit hatte man sie eingeladen. Danach hatte Nora beschlossen, es gut sein zu lassen. Freundschaften, die sich nur auf aus der Vergangenheit stammenden Erinnerungen begründeten, waren der Mühe nicht wert. Sie hatte eingesehen, dass sie in Andrés Leben keinen Platz mehr hatte. Ein Rest Groll war allerdings immer in ihr geblieben, und deshalb war sie auf Begegnungen mit André nie wirklich scharf. Ganz anders war es mit Jakob, ihrer ersten großen Liebe. Mit ihm hatte sie immer noch losen Kontakt. Und wenn es nach Jakob und seiner Frau Elli ginge, dann würden sie sich bestimmt häufiger sehen. Die beiden luden sie wenigstens noch regelmäßig zu sich nach Hause ein und vergaßen auch Noras Geburtstag nicht. Jakob war ein Jahr älter als Nora, groß, superdünn, ebenfalls blond und blauäugig. Seit Elli vor sieben Jahren mit ihm zusammengekommen war, hatte sie stets penibel darauf geachtet, Nora im Dunstfeld ihres Mannes zu lassen. Sie respektierte ihre Freundschaft. Vor ein paar Jahren hatte sie sogar ihren Mann mit Nora in Urlaub geschickt, als sie nicht konnte – gut, sie waren zu mehreren Leuten gefahren, aber dennoch. Nora respektierte Elli dafür, die seitdem den Titel »coolste Frau meiner Ex-Freunde« trug. Nun stand Noras Vergangenheit also im Doppelpack vor ihr – eingerahmt von Schorsch und Daggi. Na herrlich, dachte Nora, als André sie zuerst begrüßte: »Nora, das ist ja Wahnsinn. Ich freue mich so, dich zu sehen. Wir haben uns ja mindestens …«

»Lange, André. Wir haben uns lange nicht gesehen.« Ihre Stimme war kühl, sie schaute ernst und nickte Christine höflich, aber kurz zu. Dann begrüßte sie Schorsch und Daggi. »Wo sind denn eure Rabauken?«, fragte sie, als sie Jakob und Elli umarmte. Die beiden hatten zwei Söhne. »Auf der Hüpfburg«, sagte Elli und schüttelte lachend den Kopf. Jakob sah besorgt aus, als er Noras Umarmung erwiderte. »Hör bloß auf. Wir sind kaum hier und fallen schon unangenehm auf. Nils hat einem Kind beim Hüpfen versehentlich mit dem Ellbogen einen Zahn ausgeschlagen. Und Tobias ist gefallen und hat ne riesige Schürfwunde am Knie!«

»Jakob, das passiert halt«, sagte Elli. »Toll siehst du aus Nora, geht's dir gut?«

»Danke. Du aber auch!«

»Hast du abgenommen?«, fragte Christine spitz.

»Nö, drei Kilo zugenommen«, antwortete Nora, nur um sie zu ärgern. Sie lächelte zuckersüß.

»Sag mal, Nick kennst du noch nicht, oder? Hier …« André drückte ihr seinen Sohn in den Arm. Das blonde Kerlchen sah aus wie sein Vater.

»Nee, du musst wohl vergessen haben, ihn mir vorzustellen.«

»Ich bin wieder schwanger«, flötete Christine.

Wer nicht, dachte Nora und wandte sich an André: »Das ging aber schnell!«

»Tja, ich werde auch nicht jünger. Und wenn schon Kinder, dann zwei und schnell. Ich habe ja schließlich auch eine biologische Uhr.« Er lachte.

Hatten Männer eine biologische Uhr? Bisher war Nora immer in dem Glauben gewesen, die wäre nur Frauen eingepflanzt worden, wobei man Nora vergessen haben musste.

»Ich will ja nicht 70 sein, wenn mein jüngstes Kind Abitur macht«, sagte André.

»Daran habe ich letztens auch gedacht.« Florentine hatte sich zu ihnen gesellt. »Wenn mein Baby Abitur macht, bin ich mindestens 57. Vorausgesetzt, es kommt ohne Ehrenrunde durch.«

»Das ist ja wohl keine Überraschung«, sagte Nora. »Du bist jetzt 38 ...«

Florentine schaute sie mit großen Augen an.

»Ich mein ja nur«, entschuldigte sich Nora. Aber für sie war das eine ganz einfache Rechnung ohne Unbekannte.

»Das verstehst du nicht, Nora«, brachte sich jetzt Daggi ein. »Wenn man Kinder hat, macht man sich ganz andere Gedanken als darüber, in welchem Club man am Wochenende feiern möchte.«

Nora schluckte. Hatte Daggi eigentlich in den letzten Wochen irgendetwas anderes zu ihr gesagt als: »Das verstehst du nicht«?! Sie beschloss, sich auf keinen Fall provozieren zu lassen, und reagierte stattdessen mit einem naiven »Aha!«.

»Da muss ich Daggi Recht geben«, stimmte Schorsch ein. »Bei uns dreht sich derzeit alles um das Thema Schule. Axel ist ein Kann-Kind, er könnte schon nächstes Jahr, also mit Fünf, eingeschult werden. Und da schaut man sich natürlich um. Aber ich sage euch, an den Schulen weht heute ein ganz anderer Wind als bei uns früher. Wir sind ja noch völlig behütet groß geworden. Aber wenn ich mir die Jugend von heute ansehe, dann bekomme ich wirklich Angst um mein Kind.«

»Schorsch, du hörst dich an wie mein Großvater«, sagte Nora und überlegte, wann Schorsch aufgehört hatte, ein cooler, lustiger und spontaner Typ zu sein.

»Nora, das verstehst du nicht«, sagte er jetzt. Nora fragte sich, warum die beiden sie für dumm hielten. »Da laufen wirklich Kinder rum …« Er schüttelte resigniert den Kopf und nahm einen großen Schluck Kölsch. Nora war sich sicher, dass eigentlich alle Kinder und Lehrer viel mehr Angst vor Axel haben mussten. Dem würde bestimmt nichts passieren. Vielleicht würde er auf einer Schule für schwererziehbare Kinder seinen Meister finden. Aber das behielt sie für sich. Sie verstand das alles ja eh nicht. »Oh, da drüben sitzen Senta und Mirco. Ich geh mal rüber. Wir sehen uns später, ja?!« Nora sah zu, dass sie Land gewann, nahm sich aber noch ein Kölsch mit, ihr viertes.

»Hey Leute!« Sie setzte sich zu Senta und ihrem Mann, die gerade mit Kim und Marie im Gespräch waren. »Nora«, freute sich Senta. »Ich habe dich schon überall gesucht. Wir haben ja gar nicht mehr gesprochen seit deinem Geburtstag.«

Mirco drückte ihre Hand. »Oh Gott. Asche auf mein Haupt«, sagte er.

»Mirco, als wenn du je selbständig an meinen Geburtstag gedacht hättest in den letzten Jahren.« Nora lachte. Sie sah das nicht so eng, was nicht zuletzt daran lag, dass sie selbst Mühe damit hatte, Geburtstage zu behalten. Neben Mirco saß eine große, dürre Frau mit Sommersprossen und kurzen blonden Haaren. »Hi, ich bin Petra«, sagte sie und reichte Nora die Hand. Nora war sicher, sie noch nie gesehen zu haben. Auf ihrem Schoß saßen zwei Kinder. Das blonde Mädchen, das vor kurzem noch am Altar blank gezogen hatte und ihr jüngerer Klon. »Hi Nora«, antwortete sie und reichte ihr die Hand.

»Wir sprechen gerade über Autos«, sagte Senta.

»Ja, ich muss ja wohl demnächst meinem geliebten Spider ›Adieu‹ sagen«, warf Mirco ein.

»Warum?«, fragte Nora.

»Na ja, wegen Nummer zwei«, antwortete er und deutete mit dem Kopf auf Sentas Bauch, der noch gar nicht zu sehen war.

»Ja, da gibt es gerade so ein supergünstiges Angebot mit 20 Prozent Rabatt, wenn man schwanger ist. ›Family Smile & Drive‹ heißt das. Die sagen, der Van sei Kindergarten, Skizirkus, Mannschaftsbus, Hundekörbchen, Kofferträger, Liebesnest und Hobbyraum in einem.« Senta kicherte. Mirco verzog schmerzvoll das Gesicht.

Nora fragte sich, ob sie je von einem Rabatt für Singles gehört hatte. Die hatten doch im Verhältnis viel höhere Ausgaben. Es gab auch keine Autowerbekampagne, die sich an kinderlose Paare richtete.

»Also, eins kann ich euch nur raten«, stieg die dürre Blonde jetzt ein. »Egal, für welche Familienkutsche ihr euch entscheidet, sexy ist das nie. Aber ihr solltet unbedingt darauf achten, dass das Radio getrennte Ausgänge für die Boxen vorne und hinten hat.«

»Warum?«, fragte Kim ehrlich ahnungslos.

»Na, dann kann man mit dem Fader den Klang ganz nach hinten verlagern, so dass für die Kleinen hinten Bibi Blocksberg hext, während ihr euch vorne in Ruhe unterhalten könnt.«

»Ja, oder Mozart anstatt Bibi Blocksberg. Ich habe gelesen, Mozart hören macht schlau«, warf Senta ein.

»Schön wär's«, konterte die dürre Blonde. »Forscher der Uni Wien haben sämtliche Studien überprüft, die das behauptet haben. Keine erweist sich wohl als stichhaltig. Ist gerade veröffentlicht worden. Tja, da hat der US-Bundesstaat Georgia ganz umsonst investiert, als er vor einem Jahr jeder Frau zur Geburt ihres Kindes eine CD mit klassischer Musik zukommen ließ.«

Nora starrte die Frau mit offenem Mund an. Was laberte die da? Kölsch. Nora brauchte dringend mehr Kölsch. Viel mehr. Am besten ihr eignes Fass. Sie schaute sich gerade nach einem Kellner um, als die Dürre sich direkt an sie wandte: »Wo hast du denn dein Baby gelassen?«

»Ich habe kein Baby!«

»Klar! Ich habe dich doch eben gesehen, da vorne an der Leinwand …«

»Ich habe kein Baby:«

»Du hattest doch eben ein Baby auf dem Arm …«

»ICH habe KEIN Baby. Das war die Tochter einer Bekannten.«

»Du hast gar keine Kinder?«

»Nein!«

»Nora hat wirklich keine Kinder«, half Kim ihr schmunzelnd. Jetzt brauchte Nora also schon einen Leumund.

»Oh …« Es entstand eine schwere Pause, in der die Blonde Nora von oben bis unten mitleidig betrachtete. »Tja, so eine haben wir auch im Freundeskreis.«

»Bitte?«

»Na ja, eine ohne Kind. Das muss bestimmt furchtbar anstrengend sein, sich andauernd unsere Geschichten anzuhören«, fuhr sie fort und drückte ihre Mädchen an sich. »Wir regeln das ja immer so: Wenn wir uns treffen und SIE ist dabei, dann reden wir nur kurz über die Kinder und sprechen die restliche Zeit halt über ganz profanes Zeug. Dann kommt sie sich nicht so doof vor. Man ist ja so schnell draußen, wenn man selbst keine Kinder hat. Bist du verheiratet?«

Profanes Zeug! Doof vorkommen?! Draußen? Woraus denn? Nora konnte sich nicht erinnern, dass sie vor Jahren irgendeinem Club beigetreten war, der sie nun, bei erneuter Überprüfung ihrer Qualitäten, als »den Anforderungen nicht mehr entsprechend« gebrandmarkt hatte. Und wer war SIE eigentlich? Nora hatte diese Person noch nie in ihrem Leben gesehen! Sie ließ ihren Blick durch die Menge schweifen. Da saß Steffi, inmitten einer Runde Mütter und Väter. Die musste sich bestimmt nicht so einen Scheiß anhören. Die war wenigstens schwanger und bald Alleinerziehende. Erst geächtet, schien sie jetzt eine Wild Card bekommen zu haben! Nora stand kommentarlos auf. »Nora …«, sagte Senta bittend.

»Mir ist schon ganz schlecht. Ich glaube, ich brauche erst mal etwas zu essen. Und ich hol mir noch ein Kölsch. Bis später.«

An der Salatbar traf sie Luna. »Und?«, fragte sie Nora. Luna sah fast so genervt aus wie sie selbst.

»Ohne Worte, ich könnte einen Roman schreiben. Lass uns schnell etwas essen, ja? Ich brauche dringend eine Grundlage, damit ich mich so richtig abschießen kann. Ansonsten halte ich es hier nicht aus«, entgegnete Nora. »Oh, sorry.« Nora war gegen irgendjemanden gestoßen.

»Kein Problem. Ganz im Gegenteil. Ich freu mich!« Der Familienvater in Cargohosen auf der Jagd. Der hatte Nora noch gefehlt. Er reichte gerade eine Milchflasche über den Tresen mit der Bitte, diese doch eineinhalb Minuten in der Mikro heiß zu machen, ehe er ihr die Hand entgegenstreckte. »Hi, ich bin Clemens! Schön, dass wir uns kennenlernen.«

»Hi, Nora!« Widerwillig reichte sie ihm die Hand.

»Weiß ich schon. Ich habe ein paar Erkundigungen eingeholt, nachdem ich dich eben gesehen habe.«

»Was?«

»Na ja, ich wollte halt wissen, wer die Frau ist, die mir so ins Auge gestochen ist.«

Nora war sprachlos. Was für ein Arschloch. Ohne jede Hemmung. Seine arme Frau. Zum Glück war Luna da, um sie zu retten. »Äh, sorry!«, sagte sie zu Clemens und wandte sich an Nora: »Nora, du musst dir unbedingt anschauen, was in der Garage an Geschenken liegt. Du flippst aus.«

Nora drehte sich um, ihr Teller war immer noch leer, und folgte Luna nur zu gerne.

»Wer war das?«, fragte Luna, als sie Richtung Garage gingen.

»Der Typ?«

»Wer denn sonst!«

»Keine Ahnung. Hat sich mir gerade vorgestellt. Clemens. Der ist derart krass unterwegs ...«

»Warum?«

»Warum?! Der ist hier mit seiner Frau und seinem Baby. Seit der Kirche macht der mich an. Der wusste sogar, wer ich bin. ›Er hätte sich erkundigt, ich sei ihm ins Auge gefallen ...‹ Hallo?! Das ist doch unmöglich!«

Luna kicherte. »Sehr wahrscheinlich hat seine Frau pränatale Depressionen und verweigert ihm seit der Schwangerschaft den Sex.«

Nora musste lachen. Luna wusste immer, wie sie sie aufmuntern konnte.

Luna lotste Nora durch die Menge in die Garage. »Warte, wir schnappen uns eine von denen.« Luna griff mit der einen

Hand nach einer Flasche Prosecco, mit der anderen nach zwei Gläsern. »Kein Eis. Tsz, tsz, tsz…«

»Egal, hau einfach rein!«

»Stimmt. Hauptsache, es knallt. Also, das hier musst du dir ansehen!« Luna schubste Nora an den Gabentisch. »Was zum Teufel ist das denn?«, kreischte Nora.

»Was?« Kiki war gleichzeitig reingekommen.

»Kiki, ein tolles Fest«, sagte Luna schnell.

»Ja, super«, stimmte Nora ein.

»Danke. Was meinst du, Nora?«

»Na, das!« Nora zeigte auf einen in Folie gewickelten Lederhöcker, der an einer Hose oder so etwas befestigt schien.

»Ach, das ist eine ›Riding Pants‹. Das ist ein Pferdekopf, der direkt auf dem Knie der Hose befestigt ist. Damit spielt man Hoppe-Hoppe-Reiter.«

»Das kann man doch auch so spielen«, lachte Nora.

Luna kreischte. »Sieht aus, als käme es direkt aus der Fetischkiste von so einer Lack-und-Leder-Schwuchtel.«

»Na, wenn Bill und Tom da mal die richtigen Einflüsse kriegen.«

Kiki lächelte, noch amüsiert.

»Und das?« Nora zeigte auf ein zusammengeschnürtes, buntes Plastikpaket.

»Das ist ein Reiseplanschbecken für den Strand.«

»Oh Scheiße!« Luna schlug sich die Hand besorgt an die Wange, lachte aber.

Nora verstand nicht. »Warum braucht man ein Planschbecken am Strand?«

»Na, weil man das in sicherer Entfernung zur Brandung platzieren kann und nicht alle zwei Sekunden panisch nachschauen muss, ob den Kindern etwas passiert ist. Und so können sie trotzdem im Meerwasser spielen«, erklärte Kiki jetzt ein wenig genervt.

»Und wenn Tom und Bill laufen können?« Für Nora war das eine völlig logische Frage.

Luna hielt sich nun, nach Luft schnappend, am Tisch fest.

»Ihr seid doof!«

»Kiki, man wird ja wohl mal fragen dürfen.« Noras Blick wanderte über die weiteren Geschenke auf dem Tisch. Weiter hinten lag ein komischer Hut. So eine Art J.Lo-Strandhut, allerdings mit einem großen Loch an der Stelle, wo er eigentlich den Kopf bedecken sollte. Nora konnte kaum noch sprechen: »Und ... für ... für ... für ... für wen ist der? Für ... für ... Bill oder ... oder ... oder Tom?« Nora zeigte auf den Hut.

»Ahhhhhhhhaaaaahhhha«, schrie Luna.

»Für beide«, sagte Kiki jetzt scharf. »Das ist ein Stillhut. Wenn man unterwegs ist, im Café oder auf dem Spielplatz, und einer der Jungs hat Hunger, dann zieht man ihnen den auf den Kopf, bevor man sie anlegt. So gafft dir wenigstens nicht jeder auf die Titten, wenn man mal in der Öffentlichkeit stillen muss.« Kiki betrachtete ihre Freundinnen, die sich jetzt aneinander festhielten und sich ihrer Meinung nach völlig hysterisch verhielten. »Ach ihr«, rief sie. »Ihr habt ja keine Ahnung. Partys und junge Lover – na, herzlichen Glückwunsch!« In einer Mischung aus Wut und Selbstironie, mit einem kleinen Lächeln auf den Lippen, rauschte sie aus der Garage.

»Oh«, sagte Luna, die als Erste die Fassung wiedererlangte. »Sollten wir uns entschuldigen?«

»Quatsch. Die fängt sich schon wieder. Und überhaupt, wenn sie sich so einen Scheiß wünscht – ›Riding Pants‹ – phhhhh – dann darf sie sich auch nicht wundern ...«

Luna griff eine weitere Flasche Prosecco: »Nimm auch eine!« Sie drückte Nora eine in die Hand. »Komm, jetzt sprengen wir hier den ganzen Laden!«

»Luna!«

»Yeaaaaaaah, Baby!«

Als sie aus der Garage traten, fiel Noras Blick auf die Leinwand neben der Haustür. Sie entschloss sich, sich schnell zu verewigen: »Mögt ihr immer den Mut haben, ihr selbst zu sein! In Liebe, die Nora«, schrieb sie mit royalblauer Farbe in die Ecke rechts unten. Sie richtete sich auf, um Luna den Pinsel in die Hand zu drücken, konnte sie aber nicht mehr sehen. Stattdessen blickte sie in ein wohlbekanntes, aber wenig geliebtes Gesicht. Noch mehr Schatten aus der Vergangenheit. »Prisca …«

Prisca lächelte Nora zuckersüß an, obwohl es ein offenes Geheimnis war, dass die beiden sich seit ihrer ersten Begegnung nicht leiden konnten. Prisca, Prisca Klei, die klein, dünn und aschblond war. Mit einer verblüffenden Ähnlichkeit zu Nils Holgersson, der Zeichentrickfilmfigur, die in den 80ern mit den Enten davongeflogen war. Früher war Prisca immer irgendeine Außenseiterin gewesen, die keiner so richtig mochte. Irgendwann hatte sich das Blatt dann gewendet. Nur Nora hielt an ihrer Meinung fest. Sie konnte diese Frau einfach nicht leiden. Und nicht nur, weil Prisca früher immer irgendwie nach Frittenbude gerochen hatte. Nora hätte schwören können, dass dieser Duft sie nie ganz verlassen hatte, auch wenn sie heute eine erfolgreiche Staatsanwältin in Koblenz war. Warum Nora sie tatsächlich nicht leiden konnte, lag daran, dass Prisca grundsätzlich immer die Typen angemacht hatte, die Nora »mein Freund« nannte. Jakob und André. Die Art und Weise, wie offensiv Prisca sich ihren Freunden damals anbot, fand Nora einfach nur billig. »Die muss man ja nicht mal auf ein Glas Wasser einladen«, lautete ihr Urteil. Und so hatte Prisca immer dafür gesorgt, dass Nora und Jakob oder Nora und André regelmäßig Stress ihretwegen hatten. Als Nora dann Tobi traf, sie war damals knapp 26 gewesen, wähnte sie sich sicher vor Prisca, schließlich gehörte Tobi nicht zu ihrem Freundeskreis. Keine Schnittmenge also mit Prisca. Weit gefehlt. Die beiden liefen sich in der Uni Köln über den Weg. Prisca, die Tobi wohl mal mit Nora in der Stadt gesehen hatte, sprach ihn natürlich gleich an. Und seitdem hinterließ sie in regelmäßigen Abständen Nachrichten auf Tobis AB, später auf Noras und Tobis AB. Gut, Prisca hatte das nicht nur mit Noras Freunden so gemacht. Sie hatte so ziemlich mit jedem geschlafen, der Nora einfiel, oder es zumindest versucht. Die billige Kuh. Nein, mit Prisca würde Nora in diesem Leben keinen Frieden mehr schließen. Unmöglich.

»Wie geht's dir?«, flötete Prisca

»Danke, gut!«, sagte Nora. »Und dir?« Sie deutete mit der Proseccoflasche in ihrer rechten Hand auf Priscas Bauch. Natürlich war ihr nicht verborgen geblieben, wie demonstrativ diese ihren hochschwangeren Bauch streichelte.

»Super, das Schönste, was ich je erlebt habe! Hast du einen Freund?«

»Warum? Hast du noch nicht genug?«

»Nora, ich bin doch jetzt eine ehrbare Frau. Ich habe vor einem Jahr geheiratet.«

Fast bewundernswert, dieses unkritische Selbstbewusstsein, dachte Nora, als Prisca rief: »Schatz?! Schaaaatz?! Bärchen, komm doch mal her. Ich möchte dir unbedingt jemanden vorstellen!«

Bärchen kam. »Bärchen, das ist Nora. Nora, das ist René, mein Mann.«

Bärchen René war so 1,74 groß, trug einen unübersehbaren Rettungsring um die Hüfte und hatte schütteres, dünnes, aschblondes Haar, das die kahlen Stellen seines Schädels bereits aufblitzen ließ. Er trug einen unschönen grauen Anzug, der zu allem Überfluss viel zu kurz und viel zu eng war. Das Jackett ging nicht zu, das weiße Hemd, vielleicht war es auch grau, hatte er straff in die Anzughose gesteckt und diese saß derart eng um den Unterleib, dass Nora selbst angetrunken gleich erkennen konnte, dass Bärchen Linksträger war. Ihr Blick wanderte sofort in sein Gesicht, das speckig glänzte und auf der rechten Wange einen dicken Eiterpickel mit tiefgelbem Köpfchen beherbergte. Am linken Mundwinkel klebte Senf. »Hi Nora, schön, dich kennenzulernen.« Er reichte ihr seine fleischige Hand. Keinen Ausweg in Sicht, nahm Nora sie entgegen. Sie war schweißnass. Nora presste ein freundliches »Hey« durch die Lippen, befreite allerdings umgehend ihre Hand aus seiner und wischte sie an ihrem Kleid ab.

»Du, Mausezähnchen, da drüben gibt's Crêpe. Ich stell mich mal an, ja?!«

»Gut, Bärchen, bleib aber nicht zu lange weg. Lieb dich! Also, Nora, hast du jetzt einen Freund, oder nicht? Wo ist er?«

»Hab keinen, bin alleine hier.«

»Oh!« Prisca setzte ein mitleidiges Gesicht auf. »Mensch, das tut mir leid. Aber hey, manchmal geht es schneller, als man denkt. Sieh mich an: Plötzlich stand sie vor mir, die Liebe meines Lebens. Ganz unverhofft! Und heute?« Sie streichelte über ihren Bauch. »Der Richtige wartet schon da draußen auf dich, Nora. Ganz bestimmt. Bis später.«

Prisca wandte sich um und ließ die sprachlose Nora stehen. Das konnte ja wohl gerade nicht wirklich passiert sein! Ausgerechnet Frittenbuden-Prisca versuchte die Saat der Hoffnung in Sachen Liebe bei Nora aufkeimen zu lassen. Mit so einem Typen im Schlepptau. Hätte nur noch gefehlt, dass sie ein »Toi, toi, toi« hinterherschickte. Dann wäre Nora ihr – schwanger hin, schwanger her – mit den Füßen zuerst in die Visage gesprungen. Eher würde Nora etwas mit Frauen anfangen, bevor sie sich eine solche Schmierwurst an die Seite stellte. Sie kochte vor Wut, setzte die Flasche Prosecco an den Mund und nahm mehrere große Schlucke.

Als Nora gegen halb sechs mit Luna und Linus im Taxi saß. War sie sehr, sehr betrunken. So betrunken, dass sie noch im Taxi einschlief. Luna weckte sie sanft, als sie vor ihrer Haustüre standen, und lallte. »Baaaby, wir sind suuuhaus. Linus bringt dich hoch, ja?! Bin suu schwach.«

Linus half Nora die Treppe hoch, schloss ihre Wohnungstür auf, hängte den Schlüssel an das Schlüsselbrett und führte sie ins Wohnzimmer, wo er sie auf die Couch legte und zudeckte.

»Linus?«

»Ja?!«

»Binnisch seltsam?«

»Du bist vielleicht durchgeknallt und ein bisschen irre. Aber auf keinen Fall seltsam, Nora!«

Er ging in die Küche und stellte irgendetwas neben dem Sofa ab. »Hier steht ein Eimer, Nora, für den Fall der Fälle. Und eine Flasche Wasser. Hier, schluck die!« Er stopfte ihr eine Tablette in den Mund. »Dann geht's dir Morgen nicht so schlecht. Schön runterschlucken und jetzt trinken. Gut. Kommst du klar?«

»Klaaaaaar!«

»Schön, dann bringe ich jetzt die andere Wahnsinnige nach Hause.«

Am Montagmorgen trat Nora müde und verknittert den Weg in den Hausflur an, um ihren Briefkasten zu leeren. Sie hatte übelste Laune: eine Mischung aus Kater und ungebändigter Wut, die nach Gerechtigkeit verlangte. Was für ein Tag war das gestern gewesen? Und was für Gespräche hatte sie führen müssen? Was maßten sich die Leute eigentlich an? Hatte Nora jemals auch nur im Ansatz ihre Meinung zu deren Leben ungefiltert kundgetan? Niemals! Warum galt nicht mehr gleiches Recht für alle? Was war eigentlich plötzlich passiert? Zu ihrer Wut gesellte sich ein Gefühl tiefer Traurigkeit, gemischt mit Einsamkeit. Sie kannte dieses Gefühl aus einem früheren Leben. Allerdings konnte sie sich auf Anhieb nicht erinnern, wann sie sich zum letzten Mal so gefühlt hatte. Nora kramte tief in ihrer Erinnerung. Klar! Dritte Klasse, Gemeinschafts-Grundschule Bergisch Gladbach. Sie trug diesen Rundhaarschnitt mit Pony, den ihre Mutter gerne selbst nachschnitt, ohne es zu können. Nora war Klassenbeste. Nadine Müller, die im Haus nebenan wohnte und mit der sie aufgewachsen war, hatte damals beschlossen, sie für ein halbes Jahr zu bannen. Pagenkopf und gute Noten hatten sie zur totalen Außenseiterin gemacht. Beides war bei Nora nie wieder vorgekommen.

Noras Briefkasten war proppevoll. Unzählige Freunde und gute Bekannte hatten ihr geschrieben: ihre Bank, American Express, Visa, REW, Unity Media, die DKV gleich mehrfach, weil Nora hier alle Versicherungen hatte, und Vodafone. Klar, es war Monatsanfang. Der 3. Mai. Und alle wollten nur eines: Noras Geld. »Soviel zu ›keine Post ist gute Post‹«, sagte Nora laut. Die vielen Rechnungen lenkten ihre Aufmerksamkeit umgehend auf ihren Kontostand, was ihr einen ziemlichen Schrecken einjagte. Aus den ursprünglich geplanten drei Monaten Pause waren mittlerweile fünf geworden, in denen kein Cent auf ihrem Konto eingegangen war. Sie musste in naher Zukunft dringend mal wieder Geld verdienen. In sehr naher Zukunft! Tatsächlich hatte sie ihre letzte Rechnung im Dezember geschrieben. Mit flauem Magen sortierte sie die eingegangenen Rechnungen. Anschließend kochte sie sich – als spätes Frühstück – ein Gemüseomelette. Um fünf Uhr rief Luna an. »Boah, ich bin derartig im Arsch. Ich war heute auf der Arbeit zu nichts zu gebrauchen. Ich habe bestimmt nur falsche Bestellungen angenommen und an die Zentrale geschickt. An Kundenbesuche war gar nicht zu denken. Musste ich alle absagen. Heute Mittag habe ich sogar gekotzt. Jetzt bin ich früher nach Hause. Wie geht's dir?«

»Mmmh, ich bin irgendwie nicht so gut drauf.«

»Warum?«

Nora erzählte kurz von all den schrägen Begegnungen, die sie gestern auf der Taufe gehabt hatte, gipfelnd in der Begegnung mit Prisca.

»Nora, lass dir bloß keinen Scheiß eintrichtern. Die sind doch alle frustriert, weil sie völlig überfordert sind, oder kein Leben mehr haben. Und wenn sie dich sehen, fällt ihnen ein, wie sie früher mal waren, und dann kommen sie nur noch schlechter drauf. Na, und Prisca, also über die Alte will ich gar nicht reden. Unterste Schublade. Und der Typ, den sie da geheiratet hat, um den Stempel ›Matratze‹ durch ›Ehefrau‹

zu ersetzen, der sagt ja wohl alles. Wie verzweifelt muss man eigentlich sein?!!! Ich liebe dich so, wie du bist.«

»Du bist ja auch zehn Jahre jünger!«

»Spinnst du jetzt? Seit wann spielt das denn eine Rolle?«

»Na ja, was, wenn ich hängengeblieben bin, so vor zehn Jahren ...?« Nora klang bekümmert.

»Was für ein Schwachsinn. Siehst du, der Blödsinn zeigt schon Wirkung. Das ist totaler Bullshit. Du bist nicht hängengeblieben. So bist du! So warst du schon immer, und so wirst du hoffentlich auch bleiben. Nora, hör auf, dir so einen Mist einschenken zu lassen!« Nora hatte keinen Nerv, das Gespräch mit Luna weiterzuführen. Ruhe. Sie brauchte unbedingt Ruhe, um ihre Gedanken zu ordnen. Oder einen Kick! Der Fallschirmsprung morgen war jetzt genau das Richtige. Einmal den Kopf durchpusten lassen – das würde helfen. Mariano hatte sie eingeladen, bei ihm zu übernachten, damit sie am nächsten Tag direkt von ihm aus zum Flughafen fahren könnten. Sie hatte sich entschuldigt, verkatert und müde. Und ihm versichert, sie freue sich auf den gemeinsamen Ausflug. Auf ihn auch, natürlich.

»Und, guapa, bist du aufgeregt?« Mariano saß hinter dem Lenkrad seines schwarzen Jeeps und fuhr Richtung Flughafen. Seine Hand lag auf ihrem linken Knie.

»Total. Und du?« Nora saß auf dem Beifahrersitz, hatte die Arme vor der Brust verschränkt und schaute aus dem Fenster.

»¡Claro! Ich habe das vor einige Jahren schon mal in Argentina gemacht. Da war ich nicht sooo sehr aufgeregt. Aber da wusste ich nicht, was mich erwartet.«

»Ist es so schlimm?«

»No, pero, es ist so wahnsinnig!« Er strahlte wie ein kleiner

Junge, der soeben seine erste Carrerabahn geschenkt bekommen hatte. Er trug einen grauen Jogginganzug, eine schwarze Sonnenbrille, ein graublaues Cap und Turnschuhe. Nora hatte einen lila Jogginganzug mit pinken Streifen angezogen. Sie trug beigefarbene Fellstiefel und eine goldene Sonnenbrille.

»Geht's dir gut?«, fragte er sie nach einer Weile. Sie war nicht sehr gesprächig.

»Ja, klar. Bin immer noch ein bisschen angeschlagen.« Das war nicht gelogen. Ihr Stimmungsbarometer pendelte immer noch im Bereich »Mellow«. Und wäre da nicht dieser Sprung gewesen, hätte Nora sich wohl erst mal nicht mit ihm getroffen. Das war ihr gerade alles zu viel.

Am Flugplatz bekamen sie von einer wunderschönen Frau – sie musste so Mitte 20 sein, hatte lange, blonde Haare, ein puppenhaftes Gesicht mit großen grünen Augen und eine wirklich tolle Figur – einen Wisch mit einer Einverständniserklärung in die Hand gedrückt.

»Ah, du bist Mariano. Pedro hat mir schon sooo viel von dir erzählt. Das hier musst du, äh ihr unterschreiben. Ist reine Routine. Passiert ist noch nie etwas, und wir werden ganz doll auf dich, äh euch aufpassen. Wäre doch schade...«, flirtete sie ganz ungeniert mit Mariano. Irgendwie kümmerte es Nora nicht, es schien ihr sogar egal zu sein. Kurz zusammengefasst unterschrieben sie, dass den Veranstalter in keinem Fall Schuld treffe, falls sie während oder nach dem Sprung irgendwelche Verletzungen, eine Querschnittslähmung oder der Tod ereilen würde. Sie entließen ihn aus der Haftung.

Die Blondine führte sie über den Hof in einen Hangar, in dem schon einige Leute standen. »Jungs, das hier ist Mariano und äh...«

»Nora«, sagte Nora.

Zwei große, muskelbepackte Männer in Army-Hosen, grünen T-Shirts und Army-Westen lösten sich aus der Gruppe und kamen auf sie zu. Der eine war dunkelhaarig, der andere blond, und beide hatten ihre Haare mit Gel nach hinten gepappt. Auf der Stirn trugen sie Pilotenbrillen, und eine gigantische Wolke aus Moschus umhüllte sie. Jetzt fehlte nur noch die Titelmusik von »Top Gun«, und das Bild wäre perfekt gewesen …

»Ich bin Steve«, sagte der Dunkelhaarige.

»Ich bin Brian«, ergänzte der Blonde. »Ihr seid zusammen?«

»¡Sí!«, sagte Mariano und lächelte.

¡No!, dachte Nora und lächelte auch.

»Gut, wir geben euch eine Einweisung, und dann könnt ihr entscheiden, mit wem ihr springen wollt. Roger?« Nora musste kichern.

»Folgt uns«, sagte Brian in einem Ton, der keinen Widerspruch duldete. Sie gingen in einen Lagerraum und bekamen ihre Ausrüstung: einen roten Overall, eine braune Ledermütze, eine Brille und ein aus Gurten geformtes Höschen mit Karabinerhaken. Kaum in der Montur ging es zu blauen Turnmatten, die am anderen Ende des Hangars warteten, und Nora und Mariano lernten die richtige Köperhaltung für den freien Fall. Steve erwies sich als pedantischer Feldwebel, er ließ sie die Haltung bestimmt 15 Mal einnehmen und dann mindestens 3 Minuten halten. So kam es Nora jedenfalls vor – sie schwitzte, dieser scheiß Anzug war so heiß, und sie war jetzt schon fix und alle. Sport war nie ihre Leidenschaft gewesen.

»Mit wem wollt ihr springen?«, fragte Steve, nachdem sie fertig waren, und ließ die Muskeln an seinen Oberarmen spielen. Nora entschied sich für Brian. Auf keinen Fall wollte sie diesem Oberposer Steve an die Hüfte geschnallt werden.

»Gut«, sagte Steve »dann kann's jetzt losgehen? Seid ihr so weit? Oder wollte ihr vorher noch mal aufs Klo?« Jetzt lachte er hämisch.

Nora verzog das Gesicht. Da war sie eben gewesen, aber das Klo wies zu viele Bremsspuren auf, und es roch derart übel nach Angstschiss, dass sie dort nicht mal Pipi machen wollte.

Vor dem Flugzeug, einer Fokker 50, erwartete sie Pedro. »Mariano, Nora, ich bringe euch da hoch!« Er gab Mariano ein High Five und lächelte Nora an. Wie besprochen kletterten sie nach Steve und Brian in den Flieger. Außer ihnen sprangen noch sechs andere Leute. Und dann gab es noch drei Springer mit Kameras auf den Helmen. »Die springen vor uns raus und machen dann Videos und Fotos«, erklärte Brian, als Nora sich wie befohlen vor ihn, zwischen seine gespreizten Beine, gesetzt hatte. Als sie in der Luft waren, wurde Nora richtig mulmig. Durch eine Glasfront im Heck konnte man ganz genau erkennen, wie steil das Flugzeug abhob und wie schnell sie sich vom Boden entfernten.

»Bist du schon mal gesprungen?«, schrie Brian. Der Motorenlärm der Fokker war ohrenbetäubend.

»Neiiiiiin«, schrie sie zurück. »Aber ich will richtig Gas geben. Das volle Programm!«

»Sicher?!«

»Ganz sicher!«

»Guuuut!« Wenig später klopfte er ihr auf die Schulter. »3000«, brüllte er. Nora zog die Brille auf. Brian hakte sie an seinen Gurt. Von hinten zog er ihre Brille noch fester zu. Viel zu schnell klopfte er ihr wieder auf die Schulter. »4000, gleich geht's los!«

Sie waren die Letzten, die Richtung Tür robbten. Dort hatte eben noch Mariano gesessen – auf dem Schoß von Steve. In der nächsten Sekunde war er weg – sie hatten sich kopfüber aus dem Flugzeug gestürzt. Als sie jetzt mit Brian an der Tür ankam, schlug ihr ein unglaublich harter Wind entgegen. Es war saukalt. Ihr Kameramann stand schon auf einem Träger außerhalb des Flugzeugs – sprungbereit. Ihre Beine baumelten aus dem Flugzeug in die Tiefe. Sie kreuzte sie und streckte sie nach hinten weg – wie sie es gelernt hatte. Sie schaute runter auf die Erde. Kein Wölkchen weit und breit. Dennoch konnte sie lediglich blaue, grüne und braune Flächen sehen. Und kleine Punkte, die auf die Erde stürzten. Da, da unten rechts, das musste Mariano sein. Was machte sie hier? Wollte sie tatsächlich aus 4000 Meter Höhe vom Himmel fallen? Einfach so? Nein!

»Also Vollgas?«, schrie Brian.

»Ja! Auf jeden Fall!«, schrie sie zurück, ohne zu wissen, warum.

Brian gab dem Kameramann ein Zeichen, und dieser sprang sofort mit dem Rücken zur Erde ab.

»Los!«, schrie Brian. Und dann ging alles blitzschnell. So schnell, dass Nora gar nicht wusste, wie ihr geschah. Sie konnte noch sehen, wie das Flugzeug abschwenkte, bevor sie sich ein paar Mal wild drehten. Nora verlor dabei jegliche Orientierung. Und noch ehe sie sich fragen konnte, ob sie sich vor-, rück- oder seitwärts gedreht hatten, befanden sie sich bereits in der stabilen Bauchlage. Der Wind peitschte mit einer solchen Kraft gegen sie, dass ihr die Brille heftig ins Gesicht gedrückt und der Atem fast geraubt wurde. Sie hörte, wie der Wind ihnen um die Ohren pfiff und wie ihre Overalls wie Fahnen im Sturm flatterten. Mit einem kurzen Schrei machte sie sich Luft und spürte, wie der freie Fall das Adrenalin durch ihren Körper schießen ließ.

Leer.

Noras Kopf war total leer.

Es gab nur sie und das Element Luft.

Sie flog.

Sie fiel!

Sie war frei!

Was für ein Gefühl. Nora hatte kein bisschen Angst. Glück bitzelte durch ihren Körper! Sie wollte schreien und lachen und gleich wieder schreien. Schreien vor Glück! Sie war im Rausch! Viel zu früh klopfte Brian auf ihre Schulter. Das verabredete Zeichen, bevor er den Bremsschirm zog. Nora spürte, wie sich ihr freier Fall verlangsamte, so als könnten sie jederzeit in der Luft stehen bleiben. Dann erneut das Klopfzeichen. »Bereit?«, schrie Brian.

Nora hob – ganz fachmännisch – den Daumen. Brian zog den Hauptschirm. Mit einem ungeheuren Ruck und in Blitzgeschwindigkeit wurden sie nach oben zurück in den Himmel gezogen. Noras Blut sackte in die Füße, sammelte sich dort und schoss dann in ihren Kopf. Sie kreischte.

»Alles klar?«, schrie Brian.

»Geiiiiiil«, schrie Nora.

Dann segelten sie in aller Ruhe Richtung Erde. Brian übergab ihr die Lenkung, zeigte ihr, wie man Kreise flog und ließ sie die Landebahn ansteuern. Und schon hatte sie wieder Boden unter den Füßen. Brian hatte Mühe, sie abzuschnallen, weil sie nicht eine Sekunde still stehen konnte. Kaum hatte er sie befreit, sprang sie ihm um den Hals. »Danke! Geil! Yiiiiiiiheaaaaa! Das war einfach der Wahnsinn. Was hast du eigentlich gemacht, als wir gesprungen sind? Haben wir uns gedreht?«

»Wir sind mit einem dreifachen Salto rückwärts aus der Maschine. Du wolltest doch Vollgas.«

Nora strahlte. »Klar! Das war unglaublich. Geil ... Geil, geil, geil!« Sie umarmte Brian erneut. »Danke!«

»Ich danke für dein Vertrauen. Und du hast wirklich klasse mitgemacht. Magst du mich jetzt loslassen?« Nora lachte, drehte sich um und sah Mariano auf sie zukommen. Sie rannte ihm entgegen und fiel ihm um den Hals. Er verlor ein wenig das Gleichgewicht. »Wow«, freute er sich über die stürmische Begrüßung. »Und?«

»Wie und? Hast du mich nicht schreien hören? Das war einfach ... sooo tierisch. Besser als alles, was ich je erlebt habe. Besser als Sex.«

Mariano lachte. »Das habe ich nicht gehört.«

»Danke, Baby! Das war das geilste Geschenk, das ich je bekommen habe.« Nora sprang auf der Stelle. »Ich will noch mal!«

Sie sprangen nicht noch mal an diesem Tag. Sie fuhren zu ihm. Komisch, dachte Nora, als sie schon wild knutschend im Hausflur auf den Fahrstuhl warteten. Kaum habe ich mich aus dem Flugzeug gestürzt, werde ich zutraulich. Kein Gefühl von langer Dauer. Übernachten wollte sie nicht bei ihm.

Als Nora am Abend zu Hause ankam, stand sie noch völlig unter Strom. Der »Zwischenstopp« bei und mit Mariano hatte sie kurz ruhig gestellt, aber jetzt hämmerte das Adrenalin wieder auf Hochtouren in ihrem Körper. Sie lief in ihrer Wohnung auf und ab. Sie musste mit jemandem sprechen. Unbedingt. Sie rief Sophie an. Ihre kleine Schwester stand genau wie Nora auf jede Art von Geschwindigkeitskicks.

»Hallo?«, meldete sich Sophie. Ihre Stimme war ein wenig

höher als Noras verrauchtes Organ, ansonsten klangen die beiden sehr ähnlich.

»Sophie, du kannst dir nicht vorstellen, was ich heute gemacht habe.«

»Kann ich wohl. Du warst Fallschirmspringen. Hat Mama mir erzählt. Sie ist fast durchgedreht.«

»Sophie, das war einfach unglaublich. Ich bin noch derartig gekickt. Mein ganzer Körper steht immer noch unter Vollspannung. Ich komme überhaupt nicht runter …«

»Fallschirmspringen war ich noch nie. Charles und ich haben mal eine Tour im Heißluftballon gemacht. Da sind wir in Pulheim gestartet … Was ist denn, Schatz? Das ist die Tante Nora. Ja, die war Fallschirmspringen. Was das ist? Da springt man mit einem Fallschirm am Rücken aus dem Flugzeug. Ja, das ist very dangerous …«

»Sophie?!«, zischte Nora.

»Was?«

»Hallo, ich drehe hier völlig durch, so als müsste ich aus der Haut fahren. Könntest du dich für ein paar Minuten auf mich konzentrieren?«

»Entschuldige«, sagte Sophie beleidigt. »Jules, frag den Papa, was parachute jumping ist, dear. Die Mama telefoniert jetzt mit der Tante.«

»Mit Nora!«

»Was?«

»Ich hasse Tante. Sag doch einfach ›mit Nora‹, so ohne Titel. Geht das?«

»Du spinnst! Also, wie gesagt, wir sind damals von Pulheim mit dem Heißluftballon gestartet und dann Richtung Köln geflogen. Fast bis zum Dom. Das war ganz schön kalt da oben. Und aufregend. Aber Fallschirmspringen war ich noch nie. Ach, ich beneide dich ja so. Das kann ich ja gerade gar nicht machen. Ich kotze jeden Tag. Und ich habe solche Probleme mit der Verdauung. Verstopfung... Schlaf finde ich auch kaum, weil Jules neue Zähne bekommt. Und dann hatte er diesen Magen-Darm-Katarrh. Ich habe die ganze Woche nur vollgeschissene Sachen gewaschen oder gekotzt. Ich kann dir sagen, der reinste Horror. Das mit dem Magen-Darm ist jetzt wieder weg. Ich hoffe, die Zähne kommen auch schnell durch, ich brauche dringend mal wieder etwas Schlaf. Und ich müsste dringend mal selbst aufs Klo. Ich kann ja auch nichts nehmen, wegen dem Baby. Das ist einfach viel zu gef...«

»Sag mal, hast du sie noch alle?«, pampte Nora ihre kleine Schwester an. Sie war richtig sauer. »Ich bin eben aus 4000 Meter Höhe vom Himmel gefallen, mein Körper steckt voller Adrenalin, ich kann kaum ruhig stehen, so aufgekratzt bin ich. Ich dachte, ich rufe dich mal an und erzähl dir das, weil ich unbedingt jemanden zum Reden brauche. Und du fällst mir ins Wort, quatschst mit deinem Sohn und laberst mich dann voll mit irgendwelchen Ballonfahrtgeschichten, Verstopfungen, Zähnen und sonstigem Müll. Hast du nicht mal mehr drei Minuten, in denen du über deinen Tellerrand schauen kannst? Oder kreist das ganze Universum jetzt um deine Schwangerschaft und die Wehwehchen von Jules? Checkst du eigentlich noch was?«

»Das ist nicht fair!«

»Fair?«, schrie Nora. »Fair? Ist es etwa fair, dass ich ständig Gespräche über Babynahrung, Stillen, Schwangerschaften und Kinder über mich ergehen lassen muss? Ist es fair, dass mich niemand dabei fragt, wie es mir geht und wie mein Leben gerade so aussieht? Ist das fair?«

»Nora, du verstehst das nicht. Du kannst ja tun und lassen,

was du willst. Du bist niemandem Rechenschaft schuldig, du trägst keine Verantwortung für andere – nur für dich. Alles dreht sich bei dir doch nur um dich. Aber ich habe mich entschieden, eine Familie zu gründen.«

»Richtig, du hast dich entschieden, so wie ich mich entschieden habe!«, blaffte Nora sie an.

»Ja, und was habe ich davon?« Sophie fing überraschenderweise an zu weinen. Oh Gott, das wollte Nora nicht. »Alles was ich habe, ist doch Jules, Charles, das Baby und den Laden. Darum dreht sich meine Welt. Ich gehe nicht mehr clubben, ich gehe nicht mehr feiern, ich gehe nicht zum Fallschirmspringen. Während du völlig bindungsgestört so tust, als wärst du Peter Pan, führen Leute wie ich ein normales, altersgerechtes Leben. Da verlagern sich die Prioritäten eben und die Gesprächsthemen auch.«

»Und verlernt man dabei auch die Höflichkeit, dem anderen zuzuhören und wenigstens so zu tun, als würde es einen interessieren, was Peter Pan heute im Nimmerland so erlebt hat? Sophie, abgesehen davon, dass du mich nicht mal gefragt hast, wie es mir geht, bist du mir sogar ins Wort gefallen und hast sofort angefangen, von DIR zu erzählen.«

Sophie schluchzte. Aber mit ihren Ausführungen hatte sie sich gerade jegliches Verständnis von Nora verspielt. »Mit wem warst du Fallschirmspringen?«

»Typisch. Das ist mal wieder wichtiger, als was ich erlebt habe. Mit Mariano, einem Freund.«

»Deinem Freund?«

»Meiner Affäre, wenn du es genau wissen willst. Er ist Argentinier und echt heiß.«

»Wie alt?«

»25. Warum?«

»Phhh. Ich sag's ja: beziehungsgestört.«

»Ich bin nicht beziehungsgestört!«

»Pass auf, Nora. Wie wär's, wenn du einfach noch ein bisschen spielen gehst und uns Erwachsene mit deinen Ausbrüchen verschonst? Ich habe echt keinen Bock, mich von jemandem kritisieren zu lassen, der null gerafft hat, worum es im Leben geht. Und dessen größte Kunst es ist, sich über das Leben all der Spießer, die heiraten, Kinder kriegen und das echte Leben leben, lustig zu machen. Ich hab die Schnauze gestrichen voll von deiner neurotischen Selbstgerechtigkeit. Sei du so cool und gestört, wie du sein willst. Aber verschone mich. Eines Tages wirst du aufwachen und merken, dass du das Leben verpasst hast. Dann kannst du gerne wieder anrufen. Dann bin ich für dich da!«

Peng! Sophie hatte den Hörer aufgeknallt. Nora stand fassungslos in ihrem Wohnzimmer. So dachte ihre Schwester also tatsächlich über sie. Das Adrenalin wich augenblicklich aus ihrem Körper, die Wut ebbte ab und machte der Traurigkeit wieder Platz.

Der Mittwochmorgen begrüßte Nora bereits um acht Uhr. Sie hatte alles andere als gut geschlafen. Nach dem Telefonat mit Sophie hatte sie nur noch schnell ihre Mutter angerufen, eine fröhliche Stimme aufgesetzt und in Kurzversion erzählt, wie es beim Fallschirmspringen war, während sie den aufkeimenden Heulkrampf gekonnt unterdrückte. Darin war sie Profi. Sie heulte eigentlich nie viel. Sie hasste Weinen. Die Luft blieb ihr im Hals stecken, ihr Brust wurde von einem imaginären Hinkelstein erdrückt und ihr Körper zuckte wild, während unkontrolliertes Schluchzen in Tonlagen, die sie sonst nicht ihr eigen nannte, sich einen Weg nach draußen bahnte und sich Gehör verschaffte. Kaum aufgelegt, überkam es sie sofort. Was fiel Sophie eigentlich ein? Nora überlegte, ob sie ihr eventuell Unrecht getan hatte. Aber nein, Sophie hatte sie förmlich ignoriert. Heulend hatte sich Nora ins Bett verkrochen. Die ganzen Glücksgefühle waren futsch! Über diesen Gedanken musste sie eingeschlafen sein. Als sie nun aufwachte, fühlte sie sich irgendwie erkältet. Ihre Nase war verstopft, ihre Augen schmerzten und ihr Kopf war schwer. Sechs Uhr. An Schlafen war nicht mehr zu denken. Gesprächsfetzen der vergangenen Tage überschlugen sich in ihrem Kopf. »Stopp!«, rief Nora zu sich selbst. »Ich will das nicht.« Komischerweise musste sie plötzlich an Michael Douglas denken, daran, wie ihm in »Falling Down« die Nerven rissen und er Amok lief. So ähnlich fühlte sie sich gerad. Sie kroch aus dem Bett und ging ins Bad. Sie drehte den kalten Wasserhahn auf, steckte den Stöpsel in ihr Waschbecken, holte eine Ladung Eiswürfel aus dem Gefrierfach und setzte nebenbei einen Kaffee auf. Die Eiswürfel kamen ins kalte Wasser. Nora band ihr Haar zurück und ging mit ihrem Gesicht auf Tauchstation. Gut zehnmal tauchte sie auf, um nach Luft zu schnappen, bevor sie ihr Gesicht wieder im Eiswasser versenkte. Die Eiswassertherapie, die sie aus irgendeinem Bukowski-Roman geklaut hatte und die sie sonst nur bei allerschlimmsten Katern anwendete, half wahre Wunder: Danach fühlte Nora sich wach, frisch und einigermaßen Herr ihrer selbst.

Sie nahm ihren Kaffee und öffnete die Balkontür. Es war ein herrlicher Morgen: Die Sonne schien, der Himmel war blau, und die Vögel zwitscherten wild durcheinander. Zwei Meisen saßen in ihrem Vogelhäuschen und pickten fleißig am Futternetz, ohne sich von Nora stören zu lassen. Nora streckte sich. Ihr ganzer Körper schmerzte. Von den Füßen bis hoch in den Nacken meldete sich ein ordentlicher Muskelkater. Das verdankte sie wohl dem Gegenwind in der Luft, der im freien Fall mit rund 200 km/h auf ihre 57 Kilo eingewirkt hatte. Dennoch verspürte sie plötzlich einen unglaublichen Drang nach draußen. »Bewegen. Ich muss mich bewegen«, dachte sie, ging ins Schlafzimmer und zog sich eine Jogginghose, ein T-Shirt, Sportsocken, ihre Nikes und eine Kapuzenjacke an. Sie steckte sich ein bisschen Bargeld ein und griff nach ihrem Schlüssel. Walken! Nora wollte walken! Sie ging schnell, obwohl ihre Beine schmerzten. Ihre Route führte sie über die Berrenrather Straße, über den Sülzgürtel Richtung Beethovenpark. Sie hatte keine Ahnung, wann sie dies das letzte Mal gemacht hatte. Heute musste sie einfach. »Lauf, Ferris. Lauf!«, klang es in ihrem Kopf. Nora lächelte. »Irre. Jetzt bist du die Irre«, sagte sie – diesmal in einem viel sanfteren Ton – zu sich selbst. Sie ging zwei Runden durch den Park, ehe sie auf der Berrenrather wieder den Heimweg antrat. Bei ihrer Lieblingsbäckerei hielt sie kurz an und holte sich ein Dinkelbrötchen und ein Dinkelcroissant. Wenig später eilte sie die Treppe zu ihrer Wohnung hinauf – immer zwei Stufen auf einmal nehmend. Sie war klitschnass, als sie in ihrer Wohnung ankam. Aber sie fühlte sich gut. Sie sprang unter die Dusche und saß eine halbe Stunde später, mit Handtuch um den Kopf und in ihrem Bademantel, einem Brötchen mit Kräuterquark und einem Becher Kaffee, auf dem Futon-Sofa auf ihrem Balkon. Es war halb elf. Nachdem sie auch ihr Croissant mit Nutella verschlungen hatte, kuschelte sie sich in eine Decke und hielt ein langes, tiefes Schläfchen an der frischen Luft.

Am frühen Abend kam Tobi zum verabredeten After-Birthday-Dinner. Ein Lichtblick für Nora. Endlich, ein normaler Mensch, dachte sie. Die Gesellschaft von Tobi würde ihr nach den letzten Tagen guttun. Er brachte ihr eine riesige Aloe Vera im Topf mit. Der Typ hatte es schon in ihrer Beziehung fertig gebracht, jahrelang an Nora's Persönlichkeit und Vorlieben vorbeizuschenken. Warum sollte sich das je ändern? Auch wenn er immer den grünen Daumen gehabt hatte, konnte es ihm unmöglich entgangen sein, dass unter Noras Obhut sogar Kakteen starben. Nora wusste genau, dass der Aloe Vera das gleiche Schicksal blühte. Dennoch hatte sie fast laut gelacht, als er ihr das Ding stolz überreichte. »Wenn du dich mal kratzt oder Schürfwunden auf den Knien hast oder einen Sonnenbrand, dann kannst du ein Blatt abschneiden und den Saft darauf verteilen. Das heilt dann irre schnell.«

»Das ist ja praktisch«, sagte Nora, die sich nicht erinnern konnte, wann sie sich das letzte Mal gekratzt hatte oder mit offenen Knien nach Hause gekommen war. Sonnenbrand hatte sie auch nie, da war sie viel zu vorsichtig. Sie benutzte Lichtschutzfaktor 60. Eigentlich musste er das wissen.

Sie gingen zu ihrem Chinesen und bestellten die Nr. 67, *Titpanplatte mit Fisch und Gambas*. Wie immer, seit sie sich kannten und hier aßen. Tobi erzählte von seinem Job, wo er überall gewesen war in den letzten Wochen, welche Sportler er interviewt hatte und wie viele von denen eine Imageberaterin wie Nora nötig hätten. »Also, manche kommen rhetorisch nicht mal von A nach B. Denen müsste man ein Interviewverbot aussprechen. Das ist ja auch nicht förderlich für die Reputation der Vereine. Von den Sponsoren will ich gar nicht erst reden. Und? Hast du dich jetzt entschieden, was du machen willst?«, fragte er.

»Ich habe keine Ahnung. Ehrlich gesagt habe ich mich derart daran gewöhnt, nicht mehr meinen Koffer zu packen und zu verreisen. Ich will nicht mehr so viel unterwegs sein. Ich habe schon überlegt, ob ich wieder schreiben soll.«

»Na ja, du weißt, dass ich immer geliebt habe, wie du schreibst. Aber deine Stärke liegt im Umgang mit Menschen. Dafür hast du einfach ein Händchen, einen siebten Sinn. Du solltest dir überlegen, ob du nicht wieder darauf aufbauen möchtest.«

Die Arbeit mit Menschen machte Nora wirklich Spaß. Aber irgendwie hatte sie sich in den letzten Monaten nur noch wie Mary Poppins gefühlt. Und das wollte sie nie sein.

»Ich werde übrigens Vater.« Ohne Ankündigung oder Einleitung knallte Tobi Nora nun völlig unverhofft diese Nachricht um die Ohren.

»Waaaaas?!« Nora war ehrlich entsetzt. Oder vielmehr geschockt. Ein komisches, kaltes und ihr völlig unbekanntes Gefühl machte sich in ihrem Brustkorb breit. Ihr Solarplexus zog sich schmerzhaft zusammen. So lange waren sie doch noch gar nicht auseinander. Eineinhalb Jahre. »Wie konnte das denn passieren?« Nora konnte sich nicht bremsen, für sie war klar, dass hier etwas nicht mit rechten Dingen zuging. Tobi lachte, er strich sich durch seine blonden, kurzen Locken und lehnte sich über den Tisch zu ihr. Seine braun-blauen Augen schauten sie zärtlich an, als er nach ihrer Hand griff. »Na, Süße, wie so etwas halt passiert. Junge verliebt sich in Mädchen, Junge und Mädchen ziehen zusammen. Junge und Mädchen sprechen über die Zukunft und beschließen, eine Familie zu gründen. Dazu hat man dann meistens S…«

»Ja, schon gut, ich bin aufgeklärt«, fauchte sie ihn an, heftiger, als ihr bewusst war. »Aber du wolltest doch nie Kinder.«

»Du wolltest nie Kinder, Nora. Du. Ich wollte immer das ganze Paket, falls du dich erinnerst.«

»Aber ihr seid doch erst so kurz zusammen.«

»Man weiß halt, wenn's passt. Wir heiraten übernächsten Monat, am 26. Juli.«

Nora spürte einen Stich in ihrem Herzen. Das konnte doch nicht wahr sein. Der Schmerz in ihrer Brust war überwältigend. Fast genauso überwältigend war die Erkenntnis, dass sie trotz ihrer Reaktion nicht wirklich überrascht war. Vielmehr schien sie immer gewusst zu haben, dass Tobi eines Tages ein Kind haben würde. Nur nicht mit ihr. Aber mit Daniela? Jetzt schon?

»Nora, jetzt sieh mich doch nicht so an. Das ist ja furchtbar.«

»Ich brauche Alkohol.«

»No, hey. Schau, es ist doch so: Du wolltest das alles nie. Ich habe ganz lange neben dir gelebt und mich nach dir gerichtet, anstatt nach dem, was ich wollte. Ich habe an unsere Zukunft geglaubt, gehofft, abgewartet, auf die Liebe vertraut und mich nicht mehr getraut zu sagen, was ich brauche, wie ich leben will. Weil ich zusehen musste, wie du dich immer mehr von mir entfernt hast. Wie du immer mehr meine beste Freundin wurdest, anstatt meine Frau zu sein. Ich habe mich lange dagegen gewehrt. Ich war wütend und verletzt darüber, wie du mich am ausgestreckten Arm hast verhungern lassen. Wie du so getan hast, als wäre alles wunderbar, obwohl du schon längst durch die Tür warst. Lange bevor wir uns getrennt haben. Das war sehr schmerzhaft für mich.«

Nora kullerten jetzt die Tränen über die Wangen. »Ich wollte dir nie, nie wehtun.«

»Das weiß ich doch. Ich habe es halt vor dir begriffen und wollte es nicht wahrhaben.«

»Ich hab dich doch so lieb«, schluchzte Nora jetzt. »Du bist mein Nummer-Eins-Mensch.«

»Und du meiner! Das wirst du auch immer bleiben. Wir beide, No, wir sind Freunde fürs Leben. Aber ich bin nicht dein Mann und du nicht meine Frau. Und du weißt das genauso gut wie ich.«

Nora wusste, dass er Recht hatte. Sie hätte ihm die Familienpackung nie bieten können. Und jetzt hatte er die Sache eben in die Hand genommen – mit Daniela. Nora fühlte sich, als hätten sie sich gerade zum zweiten Mal getrennt.

Das Essen mit Tobi und seine Neuigkeiten zogen Nora komplett den Teppich unter den Füßen weg. Ihre Welt wurde grau. Nora trug Trauer. Und sie wollte alleine sein. Sie hatte ihr Telefon ausgestöpselt, ihr Handy ausgemacht und ihren Laptop in die unterste Schublade ihres Sekretärs verbannt. Sie wollte niemanden hören oder sehen. Nur ihren Eltern hatte sie für Samstag abgesagt. »Magen-Darm. Ganz eklige Nummer«, hatte sie erklärt. Und bei Mariano hatte sie sich ebenfalls wegen »übler Magen-Darm-Grippe« abgemeldet. Eine luftige Affäre half ihr jetzt auch nicht weiter. Selbst die Klingel hatte sie ausgeschaltet. Keiner zuhause! Nora has left the building! Wenn sie nicht heulte, als hätte Tobi sie gerade erst verlassen, und zwar nur, weil er Daniela aus Versehen geschwängert hatte und jetzt seine Pflicht erfüllen musste, dann schaute sie DVDs. Sie zog sich all die Filme rein, die sie einst mit Tobi so gerne gesehen hatte: »Dirty Dancing«, »Fackeln im Sturm«, »Herr der Ringe«, »Denn sie wissen nicht, was sie tun«, »It's My Party«, »Die grüne Meile«, »Braveheart«, »Rocky I-VI«, »Der Pate«, »Lovestory«, »Kill Bill – Vol.1 & 2«, »Breakfast Club«, »St. Elmo's Fire«. Selbst »Pulp Fiction« und »From Dusk Till Dawn«, die Nora aus tiefstem Herzen verabscheute, sah sie sich an, weil sie zu Tobis Lieblingsfilmen zählten. »Wie ein einziger Tag«, »My Private Idaho« – Nora gab sich das volle Programm. Ansonsten schlief sie und träumte viel und wild: von Tobi und sich, wie sie sich liebten. Von ihrer Hochzeit und von ihren Kindern. Wenn sie etwas brauchte, ging sie runter zum Kiosk – mit fettigen Haaren und im Jogginganzug. Immer demselben. Meist kaufte sie Cola, Kippen und Schokolade. Ihre warmen Mahlzeiten, wenn sie überhaupt welche zu sich nahm, holte sie sich in der Frittenbude auf der Berrenrather Straße. Currywurst, Pommes, Gyros, Pizza – nur Junk Food. Den Lieferservice würde sie ja nicht hören, wegen der abgestellten Klingel. Ansonsten blieb sie im Haus. Die Vorhänge zugezogen, sich labend an ihrem Schmerz. Die Tage zogen an ihr vorüber, und Nora hatte neben dem Gefühl für Hygiene auch jegliches Zeitgefühl verloren. Ihre Augen waren rot geweint und geschwollen, wie die von Rocky Balboa, der nach Adrian schrie. Nora hatte keine Adrian. Ihr Hals tat weh, und überhaupt fühlte sie sich sehr, sehr krank. Zwischendurch, wenn sie einen der seltenen klaren Momente hatte, fragte sie sich, was eigentlich mit ihr los war? Schließlich wollte sie nicht mehr mit Tobi zusammen sein. Sie hatte sich das damals gut überlegt. »Aber wenn deine Mutter doch Recht hatte?«, meldete sich eine Stimme in ihrem Kopf. »Kind«, hatte ihre Mutter damals ganz behutsam begonnen, nachdem Nora ihr zum ersten Mal ihre Trennungsgedanken mitgeteilt hatte. »Ich glaube, du hast viel zu hohe Ansprüche an eine Partnerschaft. Wenn du von dem, was du erwartest, nur 55 Prozent statt 50 bekommst, dann ist das enorm viel. Das ist eine gute Basis für eine dauerhafte Beziehung, die für immer halten kann.«

Nora hatte das nicht verstanden. Was war das für eine Gleichung? 55 Prozent hörte sich für sie genauso schlecht an wie 50. Was sollten diese fünf Prozent für einen Unterschied machen? Sie wollte sich nicht zufriedengeben. Es ging um Liebe! Sie wollte 100 Prozent. Alles! Das große Ganze!

»Weißt du, Nora, das ganze Verliebtsein, die Schmetterlinge im Bauch, das Verlangen …«

»Mama!«

»Hör mir zu! Das geht alles vorbei. Aus Verliebtsein wird Liebe und Freundschaft. Und was einen am Ende trägt, ist das Vertrauen und das Gefühl, jemanden an seiner Seite zu haben, der dich ergänzt. Mit dem du ein Team bildest, ein Ganzes.«

»Aber deshalb kann ich doch nicht mit Tobi zusammenbleiben. Das wäre unfair ihm gegenüber. Ich kann doch nicht sagen: Du, ich liebe dich wie einen Bruder. Und wenn es o.k. für dich ist, dass wir nicht mehr bumsen …«

»Nora, nicht in meinem Haus!«

»…, dass wir keinen Verkehr mehr miteinander haben, dann können wir gerne für immer zusammen wohnen bleiben. Natürlich darfst du Verkehr mit anderen haben, das werde ich nämlich auch tun!«

»Kind, ich sage nur: das Verliebtsein und die Begierde gehen. Überleg dir genau, ob Tobi nicht doch der Richtige für dich ist.«

Damals hatte Nora entschieden, dass er nicht der Richtige war. Er war es gewesen. Für eine ziemlich lange Zeit. Aber jetzt konnte er diese Position nicht mehr ausfüllen. Er bekam eine neue: einen Freundschaftsplatz. Und nun, wo er sich für ein anderes Leben entschieden hatte, stellte sich Nora, eingeigelt in ihrer nach Nikotin, Bier und Essensresten müffelnden Höhle, doch diese Fragen: Was, wenn Tobi der Richtige gewesen war? Was, wenn sie sich falsch entschieden hatte und nie mehr jemand vergleichbaren treffen würde? Hatte sie das große Ganze in ihrem Leben nicht erkannt? Eigentlich lebte sie so, wie sie es immer gewollt hatte, doch plötzlich war sich Nora nicht mehr sicher, ob das tatsächlich der richtige Weg war. Früher, da hatte sie wenigstens von ihren Freunden noch das Feedback bekommen, wie authentisch sie lebe. Heute beäugten sie sie, bis auf Luna, misstrauisch, zeigten Nora ganz offen, dass irgendetwas falsch bei ihr lief. Sie machten sich Sorgen um sie, genau wie ihre Eltern. Und ihre Schwester fand sie neurotisch und wollte erst wieder mit ihr sprechen, »wenn sie aufgehört hatte, zu spielen«. Selbst Tobi würde jetzt heiraten. Es war nicht zu übersehen, es war bereits an alle Wände gesprayt worden: Nora saß ganz alleine im Kinderparadies!

Noras Zustand hielt eine knappe Woche an. Nachdem sie sich mit allen möglichen Szenarien gequält hatte, wachte sie eines Morgens auf und fühlte sich etwas erleichtert. Sie ging in die Küche und schaute auf ihren Kalender. Nach ihren Berechnungen musste es Montag, der 10. Mai, sein. Sie machte sich einen Kaffee, ging ins Wohnzimmer und schaltete den Fernseher ein: Dienstag, 11. Mai, 09:43 Uhr, verriet ihr der Teletext. Gut, knapp daneben. Nora saß auf ihrer Couch, und zum ersten Mal konnte sie nicht weinen. Sie fühlte sich bereit, den ultimativen Test anzutreten. »Kannst du dir vorstellen, mit Tobi Sex zu haben?«, fragte sie sich und betrachtete ein Foto von ihm, das auf einem der Regale stand. »Hast du Bock auf ihn?«, fügte sie mit fester und lauter Stimme hinzu. Das war Noras Geheimwaffe. Vielleicht fanden viele Leute, Sex sei überbewertet, aber für Nora machte Sex genau den kleinen, aber feinen Unterschied in der Kategorisierung »mein Freund« und »ein Freund« aus. Wenn sie nicht oder nicht mehr mit jemandem schlafen wollte, obwohl sie liebevolle Gefühle hegte, dann gab es keinen Grund, zusammen zu sein. Eine Beziehung zu einem Mann ohne Bock auf Sex war ganz klar eine Freundschaft. Basta! Gespannt wartete sie auf die Antwort aus ihrem Inneren. »Nein«, meldete sich eine zarte Stimme in ihr. »Nein! Früher ja, aber heute? Nein, wirklich nicht!«, fügte diese mit mehr Überzeugung hinzu. »Gut!«, sagte Nora wieder laut. »Dann hören wir jetzt sofort auf mit dem Blödsinn! Tobi wird Vater und heiratet. Alles ist, wie es sein soll!« Auch wenn sie im Herz noch nicht fühlen konnte, was ihr Verstand ihr gerade diktiert hatte, stand sie auf, streckte sich ausgiebig und begann, alle Vorhänge aufzuziehen. Die Sonne strahlte ihr entgegen. Dann schaltete sie Telefon, Handy und ihren Laptop ein. Nora checkte wieder ins Leben ein.

»Nora?! Wo steckst du?« Frauke war die Erste, die sie erreichte. Es war kurz vor zwölf. »Mensch, ich hab mir schon Sorgen gemacht, ich versuche dich seit Tagen zu erreichen, aber nicht mal dein AB lief.«

»Alles gut. Bin nur ein paar Tage auf Tauchstation gegangen.« Nora war nicht danach, jetzt im Detail die Ereignisse seit der Taufe aufzuarbeiten.

»Und warum bist du nicht hier? Wir sitzen hier schon seit einer Stunde.«

»Wer? Wo?«, fragte Nora verwirrt und öffnete ihren Kalender, um nachzusehen, ob sie irgendetwas vergessen hatte.

»Na, alle Mädels. Im Hallmackenreuther. Seit elf! Du erinnerst dich? Unser Mädchenbrunch. Wir haben das doch wegen der Taufe von Bill und Tom auf heute gelegt.«

»Davon wusste ich nichts. Ehrlich.«

»Kiki hat das selbst organisiert.«

»Scheiße! Scheiße! Scheiße! Gib sie mir mal«, hörte Nora Kiki im Hintergrund.

»Nora?! Sorry. Tausendmal sorry. Ich habe völlig vergessen,

dir Bescheid zu sagen. Irgendwie habe ich nur an Mütter gedacht und an Schwangere…« Sie lachte verlegen. »Ich hatte dich einfach nicht auf dem Schirm. Bist du mir böse? Komm doch eben nach!«

Nora schluckte. Seit sieben Jahren hatten sie jeden ersten Sonntag im Monat diesen Brunch. Und jetzt war sie draußen. Das passte ja wie die Faust aufs Auge. Nora schossen die Tränen in die Augen, und ihre Stimme bebte, als sie sagte: »Böse, warum sollte ich böse sein?! Ich kann mir ja nächsten Monat ein Kind leihen. Ich könnte auch meine Neffen oder meine Nichte mitbringen. Am besten alle drei. Sag einfach Bescheid, was besser passt. Vielleicht hast du mich ja dann wieder auf dem Schirm.« Nora knallte den Hörer auf. Kurz darauf klingelte es erneut. Nora überließ es ihrem Anrufbeantworter, sich mit Kiki und ihrem schlechten Gewissen auseinanderzusetzen. Das Gespräch hatte Nora angestrengt, sie hatte ja eine Ewigkeit mit niemandem außer sich selbst geredet. Und dann das. Erholung. Nora brauchte unbedingt Erholung. Ihr fiel der Gutschein mit der Hot-Stone-Massage in die Hände, den sie zum Geburtstag bekommen hatte. Ja, das war jetzt genau das Richtige. »Morgen«, dachte sie. Nora war müde. »Nur ein Viertelstündchen…«, sagte sie sich und kroch in ihr Bett. Sie schlief bis halb neun abends, stand kurz auf, aß eine Misosuppe und ging gleich darauf wieder ins Bett.

Am nächsten Morgen fand sie, dass es an der Zeit war, das Chaos in ihrer Wohnung zu beseitigen. Sie machte ihren MP3-Player an, drehte die Lautstärke nach oben und öffnete alle Fenster. Sie sammelte den Müll ein und brachte ihn zu den Mülltonnen im Hof. Im Hausflur fiel ihr Blick auf ihren überquellenden Briefkasten. Sie öffnete ihn, um ihn zu leeren. Ein großer, weißer Umschlag erhaschte sofort ihre Aufmerksamkeit. Sie nahm ihn und schaute auf den Absender: Tobias Fritsche und Daniela Krämer. Sie wusste sofort, was sich in diesem Umschlag befand. Den würde sie heute auf gar keinen Fall öffnen, später vielleicht, irgendwann. Wieder in ihrer Wohnung legte sie die in unschuldiges Weiß gehüllte Manifestation von Tobis Hiobsbotschaft auf ihren Sekretär und öffnete die restliche Post. Dann spülte sie, staubsaugte, bezog ihr Bett frisch und stopfte gerade eine Ladung Wäsche in die Maschine, als es klingelte. Kim stand vor der Tür. »Um Gottes willen, wie siehst du denn aus?«, fragte er ernsthaft besorgt, als sie ihm widerwillig die Tür öffnete.

»Was machst du hier?«

»Wir sind verabredet. Wir wollten dein Geburtstaggeschenk einlösen. Du erinnerst dich? Unser Wellnesstag?«

»Oh …« Kim hatte vollkommen Recht. Bei ihrem Treffen im Unkelbach hatten sie das ausgemacht. Hatte sie voll vergessen.

»Nora, ich versuche dich seit Tagen zu erreichen. Frauke auch. Du gehst nicht ans Telefon, dein AB geht nicht an, dein Handy ist aus. Wir haben uns Sorgen gemacht. Und wenn ich dich so ansehe, dann zu Recht. Was ist denn passiert?«

»Ich habe doch gestern schon mit Frauke gesprochen«, wich sie aus.

»Nora, du siehst aus, als hättest du tagelang geweint. Süße?!«

Er strich ihr sanft über den Arm. Nora zog ihn instinktiv weg – eine fürsorgliche Berührung zu viel, und sie wäre sofort wieder zusammengebrochen.

»Nicht«, sagte sie.

»O. k., in Ordnung. Dann geh und pack deine Tasche. Wäre

doch gelacht, wenn wir dich nicht wieder aufgepäppelt bekämen.«

»Kim, ich möchte wirklich ...«

»Nora, wir machen das jetzt, und wenn ich dich an den Haaren hier rausziehen muss. Wir brauchen auch nicht reden. Aber das wird dir guttun. Also los!«

Nora tat, wie ihr befohlen. Sie hatte keine Kraft, sich zu wehren.

»Was ist das denn?«, rief Kim wenig später aus dem Wohnzimmer. Nora ging mit ihrer Tasche zu ihm. Er stand am Sekretär und wedelte mit dem Umschlag von Tobi und Daniela. »Sieht förmlich aus.«

»Ich glaube, das ist eine Hochzeitseinladung.«

»Hochzeit?«

»Ja, Tobi heiratet Daniela, Ende Juni, oder Juli. Ich weiß es nicht genau. Hab noch nicht reingeschaut.«

»Das sehe ich. Darf ich?« Ohne ihre Antwort abzuwarten, riss Kim den Umschlag auf, öffnete die Karte und nickte stumm. Dann reichte er sie ihr. Auf der linken Innenseite der Karte klebte ein Foto von Tobi und Daniela, sie küssten sich. Auf der rechten Seite stand: *Jaaaaa! Wir heiraten!*

»Seit wann weißt du es?«, fragte Kim.

»Eine Woche oder so?« Nora klappte die Karte zu und fand auf der Frontseite die Aufschrift: *It's Amore!*

»Und wie geht's dir?«

»Gut ...«, log sie und schluckte heftig, als sie die Phrase aus ihrer gemeinsamen Zeit mit Tobi noch einmal las.

»Nora!«

»Mir geht's gut.« Sie hatte einen harten Ton angeschlagen, und ihre Augen glänzten feucht. Kim sah sie liebevoll und besorgt an. »Sachte, Nora. Ich mach mir nur ...«

»Bitte, sag jetzt nicht schon wieder Sorgen. Ich bin bis oben hin voll mit Leuten, die sich schwere Gedanken machen, weil ich ein so besorgniserregendes Leben führe!«

»Komm, Kleine, wir fahren jetzt erst mal, ja?!«

»Ja«, sagte Nora und klang wie eine trotzige Fünfjährige.

Während der Autofahrt sprachen sie kein Wort. Kim entführte sie ins Schloss Bensberg. Dort angekommen meldete er sie an der Rezeption des Wellnessbereiches an, und Nora griff nach einem der goldenen Flyer. Ihr Blick fiel auf die angepriesenen Specials. Das *In Love Special* offerierte einen Wellnesstag für Verliebte mit einer 25%igen Ermäßigung. Keine Liebe für Nora, kein Rabatt. Gleich darunter fand Nora den eigentlichen Hammer: *Das Pregnancy Special*! Werdende Mütter erhielten hier von der Mani- und Pediküre, über Massagen und Kräuterwickel bis zum Make-up alles zu einem Spottpreis von 69 Euro. Nora sucht nach einem *Single Special*, vergebens. Die zahlten die volle, stolze Summe von 169 Euro. Tja, wer nicht hören will, muss fühlen, dachte Nora bitter und kippte das Glas Champagner, das ihr gerade mit Erdbeeren zur Begrüßung gereicht wurde, in einem Zug runter. Wenn sie nicht aufpasste, würde sie bald eine von Bukowskis Hauptfiguren abgeben können.

»Nora?!« Kim sah schon wieder besorgt aus. Die nette, sehr hübsche dunkelhaarige Dame an der Rezeption auch. Vielleicht aber auch ein bisschen schockiert. Das musste an Noras mitleiderregendem Erscheinungsbild liegen. Sie hatte seit einer Woche weder gebadet noch ihr Haar gewaschen. »Für den Kreislauf«, antwortete sie knapp. Die nette Frau reichte ihnen flauschige Bademäntel und Handtücher mit goldenen Stickereien und ebenso verzierte wie flauschige Badelatschen. Dann bekam jeder ein goldenes Blatt Papier überreicht, auf dem ihre Behandlungen nach Uhrzeiten mit Raumangaben aufgelistet waren.

»Was machst du?« Nora versuchte einen Blick auf Kims Liste zu erhaschen. Er hatte kein *In Love Special* bestellt. Das ehrte ihn.

»Dasselbe wie du!«

Nora lächelte. Sie war vielleicht ein Mädchen, mit dem man Jungssachen machen konnte, aber Kim war definitiv der einzige Kerl, den sie kannte, mit dem man Mädchensachen machen konnte. Sie hatten schon oft solche Wellnesstage miteinander verbracht. Und das Tollste war: Für Marie war das überhaupt kein Problem. Mitkommen wollte sie auch nie. »Nee, das sind Nora-und-Kim-Tage, da habe ich nichts verloren. Macht ihr mal«, antwortete sie immer mit einem großen, und vor allem echten Lächeln im Gesicht.

Kim und Nora erwartete heute ein wahrer Beauty- und Wellness-Marathon: Gesichtsbehandlung, Schlammpackung mit Algen für den ganzen Körper, eine Ganzkörpermassage und ein Stirnguss. Sauna und Hamam inklusive.

Nach der Gesichtsbehandlung und der anschließenden Schlammpackung war Nora um einiges entspannter. Als sie wieder in den Wellnessbereich kam, hatte Kim bereits zwei Liegen am antiken Pool in Beschlag genommen. Auf einem goldenen Tisch zwischen den Liegen stand eine Flasche Champagner, eine Karaffe stilles Wasser mit Gurken, ein silbernes Kännchen mit Tee, Gläser und Teebecher. Sie stellte die Rückenlehne ein wenig höher und legte sich neben ihn. Schließlich deckte sie sich mit der bereitliegenden Decke zu. »Herrlich. Eine tolle Idee. Danke, dass du mich entführt hast. Das haben wir schon lange nicht mehr gemacht.«

»Ja! Ich wollte dich auch unbedingt mal wieder für mich

haben. Oft haben wir uns ja nicht gesehen in den letzten Wochen.«

»Mmmh.«

»Reden?«

Nora zuckte mit den Schultern.

»Wie läuft's denn mit dem jungen, wilden Gaucho? Endlich verliebt?«

»Ach …« Nora wusste nicht warum, aber seit »Gaucho« stürzten schon wieder Tränen aus ihren Augen. Sie konnte nichts dagegen tun. Alle Dämme waren gebrochen.

»Hey«, sagte Kim sachte, setzte sich zu ihr und nahm sie in die Arme. »Was ist denn los?«

»Ich weiß es nicht. Ich bin zu einer solchen Heulsuse mutiert in den letzten Wochen. Ich heule nur noch.«

»Ist er nicht nett zu dir. Schlägt er dich etwa?«

»Quuuuuaaaatsch. Er ist viel zu nett«, schluchzte Nora jetzt hemmungslos. Was sie danach sagte, konnte Kim nicht ganz verstehen, weil es in ihren Schluchzern unterging. Irgendetwas oder irgendwer war jedenfalls vom Himmel gefallen und seitdem nicht mehr aufgetaucht. Die wenigen anderen Gäste blickten besorgt zu ihnen hinüber. Kim gab ihnen ein beruhigendes Zeichen und signalisierte, dass er die Situation voll im Griff habe. »Aber das ist doch gut.«, sagte er, ohne zu wissen, was tatsächlich passiert war.

»Jaaaaaaa. Aber ich bin nicht verliebt.«

»Aber du findest ihn noch gut?«

»Schoooooon … Irgendwie … Ach … Scheiße …«, schluchzte sie weiter.

»Hat es etwas mit Tobis Hochzeit zu tun?«

Nora heulte auf.

»Liebst du ihn noch?«

»Neiiiiiiiiin.«

»Nora, Süße, was ist denn dein Problem? Ich komme nur ganz, ganz schwer mit. Du musst mir schon ein bisschen helfen.«

Sie drückte sich noch enger an Kims Brust und weinte einfach weiter.

Es dauerte gute zehn Minuten, bis Nora sich wieder einigermaßen beruhigt hatte. Dann sprudelte es aus ihr heraus: »Ich weiß auch nicht, alles hat mit diesem Piss-Essen bei euch angefangen und dieser völlig bescheuerten Diskussion um Steffi. Meine Eltern gehen mir andauernd auf den Sack, wegen Freund und Alleinesein und so. Dann war mein Geburtstag – nur Babygeschwätz den ganzen Abend. Ständig höre ich, dass ich irgendwo nicht mitreden kann. Oder darf. Oder dass ich dies und das nicht verstehe. Als wäre ich irgendein Spasti. Daggi stürmt das Rentnerbad, um Fotos von mir beim Babyschwimmen zu machen. Was soll das? Und dann diese Taufe. Ich muss mir Sprüche anhören. ›Ja, wir haben andere Sorgen, als uns Gedanken darüber zu machen, in welchem Club wir feiern gehen.‹ Hallo? Als ob mein Leben nur daraus bestehen würde. Ständig wird mir unter die Nase gerieben, wie toll es ist, Mutter zu sein. Ist ja super! Wem's gefällt. Und dann drückt mir jeder ungefragt seine Kinder in den Arm. Als ob ich eine schwere Kinderphobie hätte, die dringend geheilt werden muss. Und hinter all dem wehen die Transparente: *Achtung: Bei Nora läuft richtig was falsch!* oder: *Systemfehler. Nora wurde falsch programmiert!* Dabei liebe ich Kinder! Ich bin eine super Tante! Meine Schwester findet mich neurotisch, nur weil ich gewagt habe anzumerken, dass sie nicht mal mehr in der Lage ist, ein Ohr für andere zu haben, vor lauter Mutterinstinkt. Wisst ihr eigentlich, wie anstrengend es ist, mit euch zu telefonieren, wenn ihr dabei 80 Prozent der Zeit mit eurem Nachwuchs sprecht?! Das ist derartig degradierend und respektlos. Ich weiß mehr übers Stillen, wunde Brustwarzen, den Beckenbodenfahrstuhl und Blähungen während der Schwangerschaft, als mir lieb ist. Und? Habe ich mich je beklagt? Und dann diese ›Kopf hoch, Mädel. Dein Traumprinz kommt auch noch‹-Aufmunterungsversuche. Als wäre ich die Letzte beim Schulball, die noch keiner zum Tanzen aufgefordert hat. Dieses gekünstelte Mitleid, als wäre ich völlig verzweifelt. Zum Kotzen. Was denn, wenn ich gar nicht tanzen will? Darüber denkt natürlich keiner nach, oder macht sich die Mühe zu fragen. Weißt du, wie wenig Menschen mich aufrichtig fragen, wie es mir geht? Und diese misstrauischen Blicke, weil ich einen Typ treffe, der 25 ist. Als würde ich Kinder schänden. Fehlt nur noch, dass Mütter anfangen, ihre Söhne von mir wegzuziehen. Und da wundert man sich dann, dass ich nichts mehr erzähle. Oh, und dann diese Frauen, die so tun, als würde ich nur auf die richtige Gelegenheit warten, um ihnen den Ernährer ihrer Familie zu klauen. Ich kenne die meisten seit fast 20 Jahren, da komme ich doch nicht plötzlich auf die Idee: Mmmmh, du bist ja eigentlich ganz sexy – poppen? Heiraten? Was denken die denn von mir?! Das ist so erschreckend. Und jetzt werde ich nicht mal mehr zum Mädchenbrunch eingeladen, weil ich keine …«, Nora machte mit den Fingern Anführungszeichen in der Luft, »…Mutter bin. Noch nicht mal schwanger. Noch nicht mal alleinerziehend. *Sorry! Aber dann darfst du hier nicht mehr mitspielen.* Hier gibt's sogar Sonderpreise für Schwangere, hast du das gesehen? Und jetzt heiratet auch noch Tobi, und langsam frage ich mich …« Und wieder brach sie in Tränen aus. Kim strich ihr über die Wange. Nora holte tief Luft und setzte wieder an:

»Kim, stimmt irgendetwas nicht mit mir? Nur weil ich das nicht will – also, heiraten und Kinder? Ich fühle mich wie ein Alien. Wo sind denn all meine Freunde hin? Die fanden mich doch irgendwann mal cool, so wie ich bin. Und ich habe mich doch gar nicht verändert. Ihr habt euch alle verändert, und ich bin jetzt der Arsch! Das ist so ungerecht. Ich verstehe gar nicht, was passiert ist…« Noras Redefluss wurde von Kim unterbrochen, der ihr ein Taschentuch reichte. Geräuschvoll schnäuzte sie ihre Nase.

»Pscht«, kam es aus einer Ecke.

»Siehst du, wenn ich schwanger wäre, dann hätte jetzt niemals jemand ›Pscht‹ gemacht. Dann wäre das ganz normal, wegen der Hormone…«

»Nora!« Kim lächelte amüsiert. »Jetzt drehst du aber ein bisschen durch!«

»Ein bisschen ist gut! Sophie sagt, ich sei total gestört…«

»Das ist doch Blödsinn. Und das weißt du.«

»Ich weiß gar nichts mehr. Ich weiß nicht, was ich beruflich machen soll. Ich weiß nicht, wo ich gerade hingehöre. Nix weiß ich, alles durcheinander. Das ist mir alles viel zu viel. Der totale Hirnfick.«

»Baby, manchmal, da kommt man an Punkte im Leben, da wird noch mal alles in Frage gestellt. Ich hatte das auch. Kurz vor Antons Geburt bin ich fast durchgedreht. Bei Claire war es nicht mehr so schlimm, aber trotzdem habe ich mich auch da noch mal gefragt: Will ich das eigentlich? Was meinst du, was ich mir alles anhören muss, weil ich Marie nicht heirate?«

»Und warum willst du sie nicht heiraten?«

»Du kennst mich. Warum sollte ich sie heiraten? Marie ist mein Mädchen. Das wird sie immer sein. Brauche ich da etwa noch einen Wisch, der das bestätigt? Nein. Es gibt sowieso keine größere Bindung an einen Menschen, als Kinder mit ihm zu haben. Aber wenn sie das irgendwann will, also heiraten, wenn ihr das total wichtig wird, dann werde ich sie auch heiraten. Aber meine Frau ist sie schon ganz, ganz lange! War sie immer.«

Nora umarmte ihn und küsste Kim auf die Wange.

»Du bist so toll, Kim. So etwas Schönes habe ich schon lange nicht mehr gehört.«

»Du bist auch toll, Nora. Und wenn du spielen willst, dann spiel! Wenn du Liebe willst, nimm sie dir. Du hast immer gemacht, was du wolltest, ohne zu fragen, ob das auch mit allen anderen in Ordnung geht. Du warst nie einzufangen. Man konnte dich nie verpflichten. In einem Moment warst du da, im nächsten schon wieder weg. Und das ist o. k., Nora. Total o. k.! So haben dich alle akzeptiert. Wir haben gewartet, bis du zurückkommst. Aber das Leben der anderen hat sich verändert. Sie haben Familien gegründet. Und du hast dich dabei auf eine ziemlich exklusive Außenposition begeben, auf eine beobachtende. Immer dein eigenes Wertesystem hochhaltend. Vielleicht denkt die ein oder andere, dass du sie jetzt doof findest, weil sie so ein Spießerleben führen. Vielleicht fühlt sich der ein oder andere auch von dir belächelt. Ist nur so eine Idee. Gerade sitzt du auf deinem Thrönchen und musst feststellen, dass nicht mehr alle Hand in Hand mit dir durchs Leben laufen. Das passiert. Freundschaften gehen auseinander, wenn sich die Prioritäten und Interessen verändern. Aber du willst, das alles so bleibt wie früher.«

»Will ich gar nicht!« Nora reagierte trotzig. So durfte eigentlich niemand mit ihr sprechen. Nicht mal ihre Eltern. Nur Kim – und Frauke vielleicht noch.

»Doch, ein bisschen schon. Auf jeden Fall solltest du genau

hinhören, was gerade so in dir passiert. Vielleicht wirst du nur auf die Probe gestellt. Vielleicht ist das alles ein großer Test, und dein ganzer Lebensentwurf wird einer Generalprüfung unterzogen. Du hast viele wichtige Sachen zu entscheiden, vor allem, was deinen Job angeht. Das ist existentiell. Vielleicht melden sich da noch ganz andere Dinge, von denen du gar nicht wusstest, dass sie in dir schlummern. Weißt du, was ich gemacht habe, als ich so durchgedreht bin?«

»Nee, was?!«

»Ich bin zu einem Psychoheini gegangen. Mit dem habe ich dann das Chaos in meinem Kopf sortiert. Manchmal sieht man ja den Wald vor lauter Bäumen nicht mehr …«

Nora kicherte jetzt.

»Das ist mein Ernst, Nora. Manchmal ist eine neutrale Meinung von jemandem, der dich nicht kennt und der dir nicht seine Vorstellungen von ›Das macht man eben so‹ unterschieben will, ziemlich hilfreich. Also, mir hat das echt geholfen. Und auch heute gehe ich von Zeit zu Zeit noch zu ihm, wenn ich Gefahr laufe, den Überblick zu verlieren.«

»Das hast du mir nie erzählt.«

»Nein. Das war mein Geheimnis. Bis heute. Nicht mal Marie weiß das.«

»Krass!«

»Eigentlich nicht. Ich glaube, jeder von uns kann hier und da ein bisschen Unterstützung gebrauchen. Wenn irgendetwas in dir sagt, dass du gerade auf dem Holzweg bist, kann ich das nur empfehlen. Und wenn du's nur machst, um deine berufliche Situation zu klären. Kannst ja mal darüber nachdenken, Süße. Aber eins musst du mir versprechen.«

»Was?«

»Egal was ist, ich möchte, dass du mit mir sprichst, wenn

es dir nicht gut geht. Verhalt dich nicht wie ein Autist. Du hast Freunde. Marie und ich sind immer für dich da. Sprich mit uns, Nora!«

Nora kullerte ein letztes Tränchen die Wange herunter. »Ich werde es versuchen …«

»So ist es gut! Ach, und wenn du jemandem mein Geheimnis verrätst, muss ich dich töten.« Er zwinkerte ihr zu.

Sie sprachen nicht weiter darüber. Sie brauchten keine Worte mehr. Alles war gesagt. Alles war unendlich vertraut. Bei Kim fühlte sich Nora sicher!

Vier Tage später, an einem herrlich warmen Sonntagnachmittag, lag Nora in der Hängematte und las in einem Magazin. Sie hatte viel über das Gespräch mit Kim nachgedacht. Vor allem über die Theorie, dass ihr Lebensentwurf gerade einer Generalüberprüfung unterzogen wurde. Genauso fühlte sich das gerade an. Was, wenn sie tatsächlich Bedürfnisse in sich hatte, die ihr bisher immer völlig absurd erschienen waren? Wie bestellt lachte Nora auf Seite 68 des Magazins *emotion* der ultimative Test entgegen. *Kinder! Wann ist der richtige Zeitpunkt?*, lautete die Überschrift. Ist doch lächerlich, dachte Nora, griff aber nach einem Kuli und setzte ihre Kreuze. Die Auflösung war in fünf Kategorien aufgeteilt. Nach dem Rechenschlüssel erreichte Nora bei Kinderliebe 15, bei Zukunftsangst 9, bei Beziehungen 10, bei Selbstverwirklichung 16 und bei Stabile Partnerschaft 10 Punkte. Sie las ihr Ergebnis.

Kinderliebe, 13 bis 16 Punkte: Sie sind sehr kinderlieb und es macht Ihnen Spaß, den Kleinen Zeit zu schenken. Die beste Voraussetzung für ein eigenes Kind. Worauf warten Sie noch? Nur ein kleiner Tipp: Hüten Sie sich davor, Ihrem Kind jeden Wunsch von den Augen abzulesen und eigene Bedürfnisse dabei zu missachten. Glückliche Kinder brauchen glückliche Eltern. Sparen Sie nicht am Babysitter und gönnen Sie sich eine Massage oder Augenblicke der Zweisamkeit mit Ihrem Schatz!

Nora überlegte, wer für sie den Test ausgefüllte hatte. O.k., sie mochte Kinder, aber dass sie sich über ein Kind selbst vergessen könnte … Niemals!

Zukunftsangst, 8 bis 10 Punkte: Ihr Kinderwunsch ist nicht von finanziellen Überlegungen abhängig. Aber natürlich machen Sie sich über Geld Gedanken. Viele Frauen schaffen es, ihre Aufgaben in Beruf und Familie zu meistern. Doch dazu gehören Ehrgeiz, Organisationstalent und Durchhaltevermögen. Wichtig: Passen Sie auf, dass Sie und Ihr Kind aus Zeitmangel nicht zu kurz kommen. Wir wünschen Ihnen einen liebevollen, verantwortungsbewussten Partner, der Sie dabei unterstützt.

Ganz klar, wenn, dann würde sie eine von der Karriere getriebene Mutter abgeben, die ihre Kinder verwahrlosen ließ, hätte sie nicht einen Mann, der an ihrer Stelle in den Mutterschutz gehen würde.

Beziehungen, 9 bis 12 Punkte: Ihr Leben sieht im Moment nicht gerade rosig aus, aber auf Ihre Freunde können Sie sich verlassen? Wunderbar! Denn Sie verfügen über einen relativ stabilen Kreis von Menschen, die auch in schwierigen Zeiten zu Ihnen halten. Das ist sehr hilfreich, wenn Sie schon bald Mutter werden möchten. Aus dieser Sicht spricht also nichts gegen einen frühen Kinderwunsch. Und ist Ihr Kind erst einmal auf der Welt, finden Sie in anderen Eltern meist schnell weitere Freunde.

Klar, bei der Schwangerschaftsgymnastik, bei La Leche und später in der Krabbelgruppe. Auf keinen Fall!

Selbstverwirklichung, 12 bis 16 Punkte: Reisen, Kultur, Zeit zum Lesen. Sie sind voller Lebenslust und wollen dies unbedingt auch noch etwas länger auskosten. In Ihrem Leben ist derzeit wenig Platz für ein Kind. Vielleicht warten Sie damit noch, bis Ihr Tatendrang gestillt ist und Sie spüren, wie sehr ein Kind Sie erfüllen kann!

Da, schwarz auf weiß: Ganz schlechte Idee mit der Fortpflanzung!

Stabile Partnerschaft, 9 bis 12 Punkte: Ein Kind oder zwei? Noch dieses Jahr oder doch erst etwas später? Sie teilen mit Ihrem Partner den gleichen Kinderwunsch, die gleichen Sehnsüchte. Aber haben Sie auch die Details besprochen? Wer setzt zum Beispiel im Beruf aus? So etwas ist wichtig! Denn niemand sollte sich bei dieser Entscheidung übergangen fühlen. Deswegen: Wenn Sie unsicher sind, fragen Sie Ihren Partner ganz direkt. So vermeiden Sie auch, dass die vielleicht emotionalste Frage im Leben zu einer Belastung für die Beziehung wird.

Puh, die derzeit emotionalste Frage zwischen Nora und einem Mann war die Diskussion darüber, ob sie nun Marianos Mädchen sein wollte oder nicht. Seit dem Fallschirmsprung hatte Nora ihn auf Abstand gehalten. Erst gestern hatte er ihr am Telefon gesagt, dass es so für ihn nicht weitergehen könnte. »Nora, ich kann immer nur von meine Gefühle sprechen, pero, mir ist das so nicht genug. Ich bin nicht glucklich.«

Er war verliebt, er wollte eine Beziehung und nicht wie ein Jojo herangezogen und wieder weggeschleudert werden, während Nora gerade alles andere im Sinn hatte, aber sicher keine feste Bindung. Im Hintergrund lief »Pumpkin Soup« von Kate Nash. »I'm not in love, I just wanna be touched«, sang Kate. Nora sagte: »Warum nehmen wir es nicht ganz locker und schauen, wohin es führt?! Wir kennen uns doch erst ein paar Wochen.« Ein kleiner Versuch, sich durch die Hintertür zu stehlen.

»Ich brauche nicht schauen. Ich sehe schon. Ich sehe uns. Ich bin verliebt in dich, Nora.«

Nora überkam ein heftiger Fluchttrieb. »Mariano, ich weiß wirklich nicht, wo mir gerade der Kopf steht. Alles, was ich dir sagen kann, ist, dass ich wirklich gerne Zeit mit dir verbringe. Sehr gerne. Mehr kann ich dir im Moment nicht anbieten.«

Das sah nun wirklich nicht nach den gleichen Sehnsüchten aus. Der Test konnte unmöglich seriös sein. »Ja« – »Nein«, »Vielleicht« – »Auf gar keinen Fall«, für jede Antwort war gesorgt. »Was für ein Scheiß«, sagte Nora und feuerte die Zeitschrift auf den Boden.

Einige Tage später fand sie sich ketterauchend vor einem alten Hauseingang in Köln-Sülz wieder. Dort hatte sich eine ganze Riege von Therapeuten und Psychologen niedergelassen. Es war Viertel vor neun. So oder so viel zu früh für sie und definitiv viel zu früh zum Rauchen. Eigentlich rauchte sie nie tagsüber, sondern erst abends und dann nur in Verbindung mit einem Drink. Aber da sie in den letzten Wochen mehr Drinks gehabt hatte als im ganzen letzten Jahr, signalisierte ihr Blutspiegel aller Wahrscheinlichkeit nach einen konstanten Alkoholwert, der im Gehirn die Bestellung nach immer mehr Nikotin aufgab. Fehlt eigentlich nur noch die Flasche Bier in der Hand, dachte Nora und bekam ein wenig Angst vor sich selbst. Das hier war bestimmt ein Schritt in die richtige Richtung. Wenn Kim das gemacht hatte, warum sollte sie nicht auch versuchen, ihr Chaos auf diese Art in den Griff zu bekommen? Schaden konnte es ja nicht. Und wenn sie es absolut bescheuert fände, dann würde sie halt wieder gehen. Was hatte sie zu verlieren? Es zwang sie ja niemand. In den letzten drei Tagen hatte sie im Internet recherchiert. Es hatte sie schon völlig überfordert, wie viele Diplom-Psychologen, Psychotherapeuten, Psychoanalytiker, psychologische Berater und Lebensberater es in Köln gab. Die Menschen in ihrer Stadt schienen Hilfe dringend nötig zu haben. Und jetzt war Nora eine von ihnen. Die vielen unterschiedlichen Titel der Fachleute in Sachen Psyche verwirrten Nora zusätzlich, also beschränkte sie ihre Suche erst mal auf die »Psycho-was-auch immers«, die sich in ihrem Stadtteil niedergelassen hatten. Hauptsache Psycho! Sie las dutzende Profile und ließ die Bilder der Seelenklempner auf sich wirken. Zu ihrem Erschrecken musste sie feststellen, dass viele so aussahen, als wären sie selbst nicht mit sich im Reinen. Nora suchte jemanden, der Kompetenz und Zuversicht ausstrahlte. Jemand, dessen Bild schrie: »Hey, das habe ich auch schon erlebt, alles halb so wild.« Letztlich fand sie ein Foto und einen Namen, die alles zu vereinen schienen: Dipl.-Psychologin Rosa Glücksburg. Rosa, wie Nora sie bereits im Stillen nannte, sah tatsächlich glücklich aus. In ihrem kleinen, feinen Gesicht blitzten grüne, gütige Augen. Sie lächelte sanft, ruhend, fast mütterlich, und ihr schwarzes Haar hatte sie zu einem korrekten, aber nicht strengen Zopf gebunden. Und Burgen mochte Nora besonders gerne, die waren aus dicken Steinen gebaut. Sicher also. Laut Eintrag im Internet machte Rosa Glücksburg Gesprächstherapie, Gestalttherapie, Psychoanalyse, Psychotherapie und psychologische Beratung. Was auch immer die Unterschiede waren, Nora fand es ungemein beruhigend, dass ihr Angebot so umfangreich war. Mit der Hoffnung im Hinterkopf, dass eine kurze Beratung vielleicht ausreichen werde, hatte sie gleich am Mittwoch bei Rosa angerufen und noch einen Termin für Freitag bekommen. Hier stand sie also, eine Viertelstunde zu früh, die Kapuze ihrer Sweatshirtjacke über dem Kopf, eine dicke Sonnenbrille im Gesicht und die dritte Zigarette soeben austretend. »O. k., dann wollen wir mal«, sagte sie zu sich und all ihren inneren Schweinehunden. Rosa Glücksburgs Praxis lag im dritten Stock und lief über die gesamte Etage. Es roch nach Räucherstäbchen. Im Flur begrüßte sie eine freundliche junge Frau, die hinter der Anmeldung stand.

»Frau Leinenmacher?! Schön, dass Sie gekommen sind. Frau Glücksburg ist gleich für Sie da. Einen Tee?!« Sie deutete auf eine Sitzecke, an deren Kopfseite ein Sideboard aus Holz stand. Darauf befanden sich irgendwelche Steine, eine Buddhafigur aus Holz, ein Zimmerbrunnen und ein Stövchen mit einer Kanne Tee. Auf einem Tablett daneben warteten kleine asiatische Teebecher, Gläser und eine Karaffe Wasser. Die Praxis war hell, aber nicht kühl. An den weißen Wänden hingen schwere Holzrahmen, die mit Aufnahmen von Sonnenuntergängen, Wolken oder dem Meer bestückt waren. Dazwischen waren Laternen mit bunten Glasscheiben angebracht, in denen Kerzen friedlich flackerten. Nora zog ihre Sonnenbrille ab, öffnete ihre Jacke, goss sich einen Tee ein und setzte sich. Pünktlich um neun trat Rosa aus einem der drei Räume, die vom Flur abgingen, und lächelte Nora erfreut an. »Frau Leinenmacher, bitte!« Sie deutete mit der Hand in das Zimmer. »Ihren Tee können Sie gerne mitnehmen.« Nora nickte und stand auf, um Rosa zu folgen. Rosa war kleiner, als Nora gedacht hatte. Und dünn. Nein, das stimmte nicht, zart war sie. Fast zerbrechlich. Aber sie stand aufrecht und selbstbewusst. Zu Noras großer Erleichterung trug Rosa keinen weißen Kittel, sondern Jeans, Ballerinas, ein weißes T-Shirt und eine dünne Strickjacke. Noch erleichterter war Nora, als sie feststellte, dass im Raum keine Couch stand. Sie hätte sich ungern direkt auf die Couch gelegt. Da wäre sie sich wirklich krank vorgekommen …

Der asiatische Stil des Wartebereichs setzte sich auch in diesem Raum fort. »Wo möchten Sie Platz nehmen: am Schreibtisch oder hier drüben?« Rosa deutete auf eine Sitzgruppe mit Sesseln.

»Die Sessel, das ist irgendwie gemütlicher.«

»Wie Sie wollen.« Rosa lächelte – alles an ihr lächelte. Sie holte einen Block und einen Stift und forderte Nora auf, sich zu setzen. »Frau Leinenmacher, ich würde gerne zu Beginn noch einmal erläutern, wie ich mit neuen Klienten vorgehe.« Sie sagte Klienten, nicht Patienten, das mochte Nora. »Wie ich Ihnen am Telefon bereits gesagt habe, ist dieser erste Termin eher als unverbindliches Kennenlernen zu verstehen. Mir ist es besonders wichtig, dass Sie sich wohlfühlen und dass Sie, wie auch ich, danach das Gefühl haben, dass wir zusammenarbeiten möchten und können. Sollten Sie sich nämlich nicht wohl bei mir fühlen, sollten Sie denken, Sie können mir nicht vertrauen, dann brauchen wir im Grunde die gemeinsame Arbeit gar nicht erst aufzunehmen. Hier geht es nur um Sie. Das ist Ihre Zeit und Ihr Ort, an dem Sie sich mit Ihrem Inneren treffen können, um die Dinge zu klären, die Sie belasten. Ich kann Sie dabei begleiten, ich kann Sie spiegeln, ich kann Ihnen ein paar Impulse geben, vielleicht locke ich Sie auch aus der Reserve, aber hauptsächlich begleite ich Sie. Sie müssen sich das vorstellen wie einen Dachboden, auf dem viel Zeug in Kisten gelagert ist, man weiß gar nicht mehr, was man da alles reingesteckt hat und dort aufbewahrt. Und wir beide können da zusammen durchgehen und aufräumen. Meine Aufgabe ist es, Ihnen dabei zur Seite zu stehen, die Taschenlampe zu halten, damit Sie besser sehen können, und zu hinterfragen, ob Sie die alte Puppe wirklich noch brauchen. Und wenn wir das tun, dann geht das nur, wenn Sie sich hier und bei mir sicher und geschützt fühlen. Keine Sorge, Sie müssen sich keinesfalls heute für oder gegen eine Zusammenarbeit entscheiden. Ganz im Gegenteil. Lassen Sie unsere Begegnung ruhig eine Woche wirken. Dann können wir telefonieren, und wenn wir beide ein gutes

Gefühl haben, dann können wir uns auf die Reise begeben. Ist das für Sie in Ordnung?«

»Das hört sich gut an!« Nora hatte die Beine überschlagen und lockerte jetzt ihre bis dato vor der Brust verschränkten Arme.

»Gut«, sagte Rosa und griff nach ihrem Block und ihrem silbernen Kugelschreiber. »Heute geht es nur darum, warum Sie hier sind. Ich werde mir ein paar Notizen machen, hier und da ein paar Verständnisfragen stellen, aber wir gehen nicht ins Detail. Heute machen wir lediglich eine Bestandsaufnahme Ihrer Ist-Situation, in Ordnung?!«

»Ja.«

»Schön. Was führt Sie zu mir, Frau Leinenmacher?«

Nora begann zu erzählen. Dass sie sich eine Auszeit genommen hatte, die eigentlich nur drei Monate dauern sollte, dass sie sich beruflich neu orientieren wolle und immer noch nicht herausgefunden hatte, was sie nun tun wolle. Sie erzählte von ihren Freunden, von dem Gefühl, dass alles plötzlich auseinanderbreche oder sie nicht mehr dazupasse, zu ihren Freunden. Sie erzählte von ihren skurrilen Begegnungen und was sie sich alles anhören musste, weil sie keine Kinder wolle. Sie erzählte von der Taufe und ihrer Schwester und wie sie letztlich heulend im Schloss Bensberg gesessen hatte. Und davon, dass ihr bester Freund ihr den Tipp gegeben hätte, mal jemanden aufzusuchen. »Und deshalb bin ich hier. Ich habe irgendwie die Orientierung verloren. Und dabei war ich mir so sicher. Ich war mir eigentlich immer sicher, dass ich die Dinge mache, die mein Herz mir sagt. Dass ich mein Leben so lebe, wie ich will: Frei! Ein Element der Lüfte eben. Ich war mir immer sicher, dass ich mein Leben total im Griff habe. Alles hatte ich im Griff. Wissen Sie, ich wollte nie heiraten, ich wollte nie Kinder. Ehrlich. Diesen Wunsch habe ich nie verspürt. Und so habe ich auch immer gelebt. Authentisch, fand ich. Und meine Freunde fanden das auch immer. Also früher zumindest. Aber in den letzten Wochen scheint das ein Problem geworden zu sein. Das ziehe ich zumindest aus den letzten Begegnungen mit meinen Freunden. Irgendetwas funktioniert da nicht – bei mir oder zwischen uns. Ich kann es nur nicht greifen. Ich weiß gar nicht, wo ich ansetzen soll.«

»Wie alt sind Sie jetzt, Frau Leinenmacher?«

»Ich bin am 25. April 37 geworden.«

»Wie lange haben Sie als Imageberaterin gearbeitet?«

»Drei Jahre.«

»Und warum haben Sie das aufgegeben?«

»Ich war müde. Es hat mir keinen Spaß mehr gemacht. Am Ende konnte mich nicht mal mehr die Kohle motivieren.«

»Verstehe! Und wie fühlen Sie sich gerade?«

»Wie ich mich fühle?«

»Ja, wie fühlen Sie sich?«

»Ich bin genervt und aufgeregt und wütend. Ich fühle mich ungerecht behandelt. Unverstanden. Wie ein Alien, alleine und ... traurig.« Nora stiegen die Tränen in die Augen. Sie wollte eigentlich nicht gleich beim ersten Termin losheulen.

»Was macht Sie traurig, Ihre Jobsituation oder die Situation mit Ihren Freunden?«

Nora überlegte. »Das mit dem Job nervt mich. Ich komme mir unfähig vor. Wie jemand, der sein Leben nicht auf die Reihe bekommt. Ich suche und suche nach einer Aufgabe und kann nichts finden. Derzeit kann ich mir nichts vorstellen, was mir Freude bereiten könnte, also jobtechnisch. Vielleicht suche ich auch in der falschen Ecke. Wie beim Topfschlagen mit verbundenen Augen, nur dass keiner ruft: ›Kalt! Kalt! Ganz kalt, Nora!‹ Blind, taub und ohne jeglichen Sensor ausgestattet, krieche ich da über den Boden.«

»Ein schönes Bild, Frau Leinenmacher.« Rosa lächelte.

»Ja, und das mit meinen Freunden, das macht mich traurig. Ich fühle mich ausgeschlossen, obwohl ich dabeisein will. Ich fühle mich völlig zu Unrecht in der Schusslinie. Ich frage mich andauernd, was passiert ist. Ich habe mich kein Stück verändert. Alle meine Freunde haben halt geheiratet und Kinder bekommen. Das erste oder zweite. Ich dachte immer, dass wäre kein Problem. Aber irgendwie hänge ich da plötzlich mitten drin, in ihrem neuen Leben. Und meins verändert sich auch. Was meinen Sie, wie schwierig es ist, sich zu verabreden? Shoppen. Ausgehen. Die ganz normalen Sachen eben. Das kann man ja fast vergessen. Oder Gespräche, die drehen sich ja nur noch um … Ach! Und plötzlich kriege ich nur Schwachsinn erzählt. Und überall lauern diese Fragen, die sich keiner traut zu stellen, bis auf meine Eltern: ›Was läuft nur falsch bei dir?‹, ›Warum hast du keinen Freund?‹, ›Warum willst du keine Kinder?‹, ›Als Frau! In deinem Alter …‹ Jeder drückt mir ungefragt sein Kind in den Arm. Ich warte ja förmlich darauf, dass mich jemand fragt, ob ich auf Frauen stehe … Oder dass man mir unterstellt, dass ich nur die Fassade aufrechterhalte, weil ich so verzweifelt bin, weil ich keinen Vater für meine Kinder finde.«

»Sind Sie verzweifelt?«

»Nein!« Nora wurde bei dieser Antwort ziemlich bestimmt. »Ich verzweifle eher darüber, dass ich mich ständig rechtfertigen muss.«

»Und Sie wollten nie Kinder?«

»Nie! Nicht einmal hatte ich diesen Wunsch. Verstehen Sie mich nicht falsch, ich liebe Kinder. Ich habe zwei Neffen, bald drei, und eine Nichte. Ich fahre sogar mit ihnen in Urlaub, sie sind regelmäßig übers Wochenende bei mir. Ich wollte immer so viel wie möglich von ihnen mitbekommen, auch weil ich so viel unterwegs war. Ich wollte nie die Tante sein, die mit den Geschenken für eine Stunde vorbeikommt und dann wieder weg ist. Ich habe Spaß mit Kindern. Aber ich wollte halt nie selbst welche. Oh, und mitreden darf ich jetzt auch nicht mehr, wenn es um Kinder geht...«, Nora setzte Anführungszeichen in die Luft, »›... weil du das nicht verstehst, weil du keine eigenen hast!‹. Es sei denn, eine andere Mutter hat Blödsinn erzählt und ich soll den Schiedsrichter geben, dann muss ich plötzlich ganz viel sagen und Partei ergreifen. Und warum sollte ich nicht verstehen? Ich habe Augen und Ohren, und ich fühle! Ich nehme teil am Leben meiner Freunde. Aber nehmen die noch teil an meinem?«

»Und das verletzt Sie?«

»Scheiße, ja!«, polterte Nora und fügte leise hinzu: »Entschuldigung.«

»Schon in Ordnung. Seit wann geht das so?«

»Seit ein paar Wochen. Vielleicht aber auch, seit ich nicht mehr so viel unterwegs bin und viel mehr Zeit mit meinen Freunden verbringe als früher.«

»Verstehe. Wann haben Sie angefangen, darüber zu stolpern? Also, wann haben Sie innegehalten und gedacht: Verdammt, hier läuft etwas falsch?«

Nora überlegte. »Immer mal wieder. Und dann hat mein Ex-Freund mir erzählt, dass er heiratet. Und das war schon krass.«

»Verstehe.« Rosa machte sich fleißig Notizen. »Wie lange waren sie zusammen?«

»Zehn Jahre!«

»Oh! Und wie lange sind sie jetzt getrennt?«

»Über eineinhalb Jahre.«

»Aha.«

»Ja, und wissen Sie, wenn Sie andauernd vorgehalten bekommen, dass Sie anders sind und dann auch noch der Letzte, also fast der Letzte, aus Ihrem Team die Seiten wechselt, dann fragt man sich schon irgendwann, ob man auf dem falschen Trip ist. Das ist so, wie wenn man die Nacht durchtanzt, so völlig von der Musik aufgesogen, und plötzlich geht das Licht an, und man macht die Augen auf und muss feststellen, dass man nicht nur die Einzige auf der Tanzfläche ist, sondern die Letzte im ganzen Club. Das Personal steht total genervt hinterm Tresen und kotzt, weil die verzweifelte Frau einfach nicht nach Hause gehen will.«

»Ich mag Ihre Bilder, Frau Leinenmacher! Haben Sie einen neuen Partner?«

»Phhh.«

»Heißt das Ja oder Nein?«

»Nun, es gibt jemanden, den ich mag. Ich denke, er wäre gerne mein Partner.«

»Und?«

»Ich bin gerne mit ihm zusammen. Er ist klug, witzig, aufrichtig, attraktiv und extrem sexy ...«

Rosa schmunzelte.

»Aber ... Ich weiß es nicht. Ich weiß gar nichts mehr! Doch, ich will meine Ruhe! Das ist mir alles zu anstrengend. Ich bin müde. Und dabei arbeite ich gerade nicht mal.«

»Noch etwas?«

Nora sackte erschöpft in dem Sessel zusammen. »Nein. Ehrlich gesagt reicht mir das auch völlig.«

»Gut, allerdings hätte ich noch ein paar abschließende Fragen an Sie.« Rosa fragte sie, was sie von ihr erwarte, was sie tun müsste, um Nora zu enttäuschen, oder was auf keinen Fall passieren dürfe, wenn sie miteinander arbeiten würden. Fragen, die Nora komisch fand, aber mit »Ehrlichkeit und Kompetenz«, »Lügen« und »Mich in eine Schublade pressen, das hasse ich«, beantwortete.

»Und was erhoffen Sie sich von einer gemeinsamen Arbeit, Frau Leinenmacher?«

»Ich denke, am Ende möchte ich dastehen und mich neu ausgerichtet haben. Ich will mir wieder sicher sein, wer ich bin und was ich will. Ich möchte keine Kompromisse. Ich möchte eine klare Linie für mich finden. Und ich möchte herausfinden, was ich beruflich machen möchte. Ich möchte Klarheit. Kurz gesagt: Ich will zurück zu mir, wer immer ich mittlerweile auch bin.«

»Ein sehr schön und klar formuliertes Ziel. Vor allem, weil Sie nicht nur zu alten Strukturen zurückkehren möchten, sondern bereit sind, sich auf Neues einzulassen. Eine ausgesprochen mutige Entscheidung und eine gute Basis. Da können Sie schon einmal stolz auf sich sein.«

»Na ja …«, sagte Nora und lachte ein wenig zynisch, »… ich mache das ja nicht zum Spaß oder weil mir langweilig ist …«

»Das sehe ich.«

Rosa und Nora vereinbarten, dass sie spätestens in einer Woche miteinander telefonieren würden, um eine Zusammenarbeit zu- oder abzusagen. »Sollten Sie sich schon früher entschieden haben, dann melden Sie sich ruhig. Aber ein paar Tage sollten Sie sich schon nehmen. Ganz in Ruhe.« Rosa begleitete Nora zum Empfang und reichte ihr zum Abschied die Hand, die sie ganz sachte drückte. Das hatte etwas ziemlich Ermutigendes, fand Nora. Um 10:15 Uhr stand sie wieder unten vor der Haustüre. Das zeigte zumindest die große Uhr über der Apotheke im Haus nebenan. Nora zog ihre Sonnenbrille auf und den Reißverschluss ihrer Jacke zu. Der Himmel war bewölkt – zum ersten Mal seit Wochen. Aber Nora fühlte sich erleichtert – zum ersten Mal seit Wochen.

Die nächsten Tage zog Nora sich zurück. Sie telefonierte nur wenig, und das Essen bei ihren Eltern ließ sie ausfallen. Sie hatte wirklich keinen Bock, sich mit Sophie an einen Tisch zu setzen. Ihre Schwester hatte sie immer noch nicht angerufen und nicht mal den Versuch gestartet, sich bei ihr zu entschuldigen. Auch die einlenkenden Worte von Jo, der vor ein paar Tagen versucht hatte, die Situation für Sophie zu lösen, hatten nicht gefruchtet. Typisch Sophie, erst mal den großen Bruder vorschicken. Nora hatte seinen Versuch gleich im Keim erstickt: »Jo, bitte. Das hat zwischen uns beiden überhaupt nichts verloren. Das ist eine Sache zwischen Sophie und mir, und ich möchte daraus kein Familiendrama machen.« Dafür war es natürlich längst zu spät. Ihre Eltern waren, entweder durch Sophie oder Jo, über den Streit der Schwestern informiert und dem Schiedsgericht bereits beigetreten.

»Nora, das ist doch lächerlich. Und kindisch. Du kannst doch unmöglich wie die beleidigte Leberwurst in deiner Wohnung hocken und darauf warten, dass Sophie sich bei dir entschuldigt. Du musst sie doch auch verstehen. Sie ist schwanger, da liegen die Nerven schon mal blank. Da sagt man Dinge…«, feuerte ihre Mutter über die Telefonleitung auf Nora.

»Vielleicht sollte ich mich auch schwängern lassen, dann kann ich mich aufführen wie ein riesiges Arschloch, und alle müssen das verstehen!«

»Ich mag weder deine Ausdrucksweise noch deinen Ton

oder den Kern deiner Aussage. Du weißt, dass es nicht so ist.«

»Sorry, so sieht das aber für mich aus. Ich will das echt nicht mit dir besprechen. Es geht dich auch gar nichts an. Aber Sophie war echt drüber.«

»Es geht mich nichts an? Es geht mich also nichts an, wenn du deshalb am Samstag nicht zum Essen kommst?«

»Die Reduzierung des Essens um eine Portion dürfte zu verkraften sein. Und: Ja, es geht dich nichts an. Es geht hier nicht um dich. Sophie und ich kriegen das irgendwann irgendwie schon wieder auf die Reihe. Und so lange hältst du dich bitte zurück. Ihr alle. Und lass Papa da raus!«

»Wie sprichst du denn mit mir?!« Ihre Mutter war entsetzt.

»So wie ich muss, damit du mich verstehst, Mama!«

»Ich verstehe ja, aber …«

»Mama!« Noras Ton duldete keine Widerrede mehr.

»Gut«, sagte ihre Mutter spitz. »Du wirst schon wissen, was du tust. Dann kommst du halt nicht!«, sagte sie und legte auf.

Auch gut, dachte Nora. Hauptsache, ich habe meine Ruhe!

Das Wochenende verbrachte sie damit, ihre Wohnung aufzuräumen, zu putzen, Papierkram zu erledigen und zu waschen. Ordnung schaffen. Und nachdenken. Wollte Nora sich auf etwas konzentrieren, oder hatte sie Arbeit zu erledigen, dann brauchte sie Ordnung um sich herum. Alles andere lenkte sie ansonsten nur ab und lieferte ihr einen Grund, um sich anderen Dingen zu widmen. Dabei hatte Nora eigentlich nicht viel, worüber sie sich Gedanken machen musste. Sie mochte Rosa, und sie hatte sich gut gefühlt nach diesem ersten Treffen. Sie hatte mal so richtig ihre aufgestaute Wut ablassen können, ohne dass Rosa erstaunt die Augenbrauen hochgezogen, die Lippen süffisant geschürzt, ihrer eigenen Meinung Luft oder eine Wertung abgegeben hätte. Ihre Fragen waren nicht zweideutig gewesen und hatten auch keinen subtilen Unterton. Rosa hatte einfach dagesessen und zugehört. Nora konnte sich nicht erinnern, wann ihr jemand das letzte Mal so aufmerksam zugehört hatte. Kim vielleicht, als Nora so geweint hatte. Aber ansonsten? Das Ganze fühlte sich extrem gut an. Sie wusste bereits, dass sie gerne mit Rosa arbeiten wollte. Sie ging online und checkte ihren Kontostand. Rosa kostete 65 Euro die Stunde. Bei der Krankenkasse nur abzusetzen, wenn Rosa Nora bescheinigen würde, dass sie Burn-out hätte oder depressiv sei. Oder halt plemplem. Nora entschied, dass sie, auch wenn Rosa zu einem solchen Ergebnis kommen würde, die Nummer doch lieber privat bezahlen würde. Wer wusste schon, in welche Risikogruppe ihre Kasse sie sonst einstufen würde – privat versichert hin oder her. Ihr Kontostand trug Trauer. Nora brauchte wenigstens für den Übergang einen Job. Dringend!

Gleich am Montagmorgen rief sie Rosa an und teilte ihr mit, dass sie mit ihr arbeiten wolle. Beginnen wollte sie so schnell wie möglich.

»Das freut mich sehr, Frau Leinenmacher«, sagte Rosa. »Ich fand unsere Begegnung auch sehr schön und denke, dass wir gemeinsam viel erreichen können. In Ihrem Sinne.« Sie lachte verlegen. »Deshalb war ich so frei und habe Ihnen pro forma einen Termin am Donnerstag geblockt. Wenn Sie möchten, können Sie um zehn Uhr kommen. Ich denke, wir sollten mit zwei Stunden anfangen.«

»Das klingt gut. Und wie oft muss ich dann kommen?«

»Also, ›müssen‹ müssen Sie nicht. Aber wenn Sie möchten, würde ich vorschlagen, alle sieben bis zehn Tage. Derzeit gehe ich von sieben, acht Sitzungen aus, aber das würde ich Ihnen gerne persönlich erläutern, wenn es Ihnen recht ist.«

»Geht klar. Also dann bis Donnerstag. Ich freue mich!«

»Ich freue mich auch, Frau Leinenmacher. Ich freue mich sehr.«

Es gibt unzählige Methoden und Ansätze, für jeden Klienten das Passende. Ich habe mir einige Gedanken gemacht und denke, dass eine psychologische Beratung für Sie die geeignetste Methode ist.« Rosa saß hinter ihrem Schreibtisch, Nora auf der anderen Seite ihr gegenüber. Vor ihr eine geöffnete Mappe mit den Notizen, die sie sich bei ihrem ersten Gespräch gemacht hatte. »Ich halte Sie für eine sehr patente, im Grunde sichere, junge Frau, deren Systemkoordinaten etwas erschüttert wurden.«

Junge Frau – Nora mochte Rosa. Erschütterte Systemkoordinaten machten auch Sinn.

»Bei Ihnen möchte ich mich auf die Wiederherstellung und Verbesserung Ihrer Handlungsfähigkeit und das Justieren dieser Koordinaten konzentrieren, damit Sie ihr Leben wieder aktiv selbst gestalten können. Den ersten, wichtigsten Schritt in diese Richtung haben Sie bereits gemacht, indem Sie zu mir gekommen sind. Im weiteren Prozess geht es um die ganzheitliche Betrachtung Ihrer Person im Verhältnis zu Ihrem sozialen System und dessen Strukturen. In Ihrem Fall schauen wir uns Ihre berufliche und Ihre private Situation an. Dabei arbeiten wir heraus, was Ihr System auf diesen Ebenen erschüttert hat. Das mögen äußere Einflüsse sein und innere Impulse verschiedenster Denkmuster, die Sie über die Jahre aufgrund vieler Erfahrungen etabliert haben. Manche mögen lange dafür gesorgt haben, dass das System Nora Leinenmacher hervorragend funktioniert. Möglicherweise blockiert das ein oder andere jetzt, weil sich die Räder nicht mehr wie gewohnt drehen. Dem werden wir uns Schritt für Schritt nähern, durch die Annäherung von Selbst- und Fremdbild aufgrund persönlichen Feedbacks meinerseits. Sie bestimmen, wo wir anfangen. Sie bestimmen das Tempo, die Richtung und steuern Ihren Entwicklungsprozess. Bei allem haben wir immer Ihr Ziel vor Augen, am Ende Klarheit darüber zu haben, wer Sie sind und was Sie wollen. Beruflich wie privat.«

Nora hatte nicht allem folgen können, aber das, was sie aufnehmen konnte, machte Sinn.

»Womit möchten Sie anfangen, Frau Leinenmacher?«

»Ich denke, am besten mit meiner privaten Situation, oder? Das setzt mir viel mehr zu, und ich habe irgendwie das Gefühl, dass ich das zuerst klären muss, bevor ich mich um meine berufliche Zukunft sorge.«

Rosa lächelte zustimmend. »Bevor wir uns um Ihre berufliche Zukunft kümmern, Frau Leinenmacher«, korrigierte sie Noras letzten Satz.

»Ich habe da eine Frage.«

»Ja?«

»Würde es Ihnen etwas ausmachen, mich Nora zu nennen? Also nicht, dass ich Sie duzen möchte, aber ich würde mich viel wohler fühlen mit Nora.« Nora war es nicht gewohnt, gesiezt zu werden. In ihrem Business waren alle per Du, und sie fühlte sich immer gleich 100 Jahre älter, wenn man sie mit Sie ansprach. Das taten nur ihre Ärzte. Gut, das war hier ähnlich, aber hier ging es um eine höchst persönliche Angelegenheit.

»Das ist kein Problem, Nora. Ich werde aber beim Sie bleiben.«

Britisch. Das war o.k. für Nora. Hauptsache nicht *Frau Lei-*

nenmacher, da hätte Nora gleich das Gefühl, noch ein Alter Ego mitgebracht zu haben. Sie beschloss, das nicht laut zu sagen, ansonsten hätte Rosa vielleicht doch eine Psychoanalyse oder Gesprächstherapie vorgeschlagen, wegen multiplen Persönlichkeiten oder so.

»Gut, dann sollten wir es uns drüben in der Sitzgruppe bequem machen und anfangen.«

»Gerne«, sagte Nora, und irgendwie fühlte sie sich kurz so, als würde sie in eine mündliche Prüfung geleitet. Rosa bemerkte das sofort. »Es ist alles gut, Nora. Atmen Sie tief in den Bauch und entspannen Sie sich. Das ist Ihre Zeit und Ihr Raum. Sie bestimmen, was Sie erzählen möchten und was nicht. Nichts, was hier passiert, gelangt nach draußen. Sie sind hier absolut sicher.«

Nora setzte sich in einen der Sessel und nahm eins der bunten Kissen, das sie vor ihrem Bauch umarmte. Sie fühlte sich wie fünf.

»Wollen wir anfangen?«

»Mmmh …«

»Wenn Sie mit Ihrer privaten Situation anfangen möchten …«

»Ja?«

»… wäre es Ihnen recht, wenn ich zum Einstieg ein paar persönliche Fragen stelle?«

»Ja.«

»Also, wenn ich Sie richtig verstanden habe, dann sind es die unterschiedlichen Lebensumstände, die Sie von Ihren Freunden zu isolieren scheinen.«

»Ja.«

»Auf der einen Seite haben wir das Lebenskonzept Familie, auf der anderen das Ihrige.«

»Ja.«

»Wann wussten Sie sicher, dass Kinder für Sie nicht in Frage kommen?«

Nora überlegte kurz. »Ich glaube, schon immer. Meine Mutter sagt, dass ich Vater-Mutter-Kind-Spielen immer doof fand. Ich wollte lieber Abenteuer spielen. Und als ich bei den Nachbarn mit Babysitten angefangen habe, habe ich wohl auch immer zu meiner Mutter gesagt, ›Das macht Spaß, aber eigene Kinder will ich auf keinen Fall.‹ Das zog sich dann so durch. Bis heute. Wenn ich so darüber nachdenke, dann gab es auch nie DEN Moment, wo ich das entschieden habe. Es gab aber auch nie einen Moment, in dem ich gedachte hätte: ›Kinder wären aber schön‹. Bei mir war das eher ein ganz klarer Wunsch nach keinen Kindern.«

»Nun mögen manche sagen ...«

»... das sei unnatürlich? Weil ich eine Frau bin? Meine größte Angst war immer, dass ich schwanger werde. Ich bin derartig penibel und akkurat, wenn es um Verhütung geht. Ich habe auch nie gedacht: ›Ach, wenn's jetzt passiert, dann ist es auch nicht schlimm‹. Ganz im Gegenteil. Und kommen Sie mir jetzt nicht mit der biologischen Uhr. Die MUSS Frau nicht haben. Ich habe sie wohl nicht. Bei mir regt sich da gar nichts.«

»Was regt sich stattdessen?«

»Der Wunsch nach Unabhängigkeit. Ich wollte stets ein Ich sein. Meine Eltern dachten immer, das ›Kinder, nein danke‹ sei eine Anti-aus-Prinzip-Sache. Als ich dann erwachsen wurde, fanden sie es eine Zeit lang ganz o. k., wegen der Selbstverwirklichung. Und jetzt, wo ich 37 bin, soll es Trotzhaltung sein, weil ich keinen finde, der Kinder mit MIR haben will.«

»Sagen Ihre Eltern das so?«

»Nicht direkt, aber es schimmert so durch. Ich habe nun mal nicht das Bedürfnis, mich zu vermehren oder mich und mein Leben über ein Mini-Me zu definieren und mich dem unterzuordnen.«

»Das ist ziemlich wertend.«

»Nun ja, wenn ich mich so umschaue ... Ich für meinen Teil verbinde das jedenfalls mit dem Thema Kinderkriegen.«

»Und es lag nie daran, dass der passende Mann fehlte?«

»Nein. Ich hatte nicht viele Beziehungen, dafür aber immer feste und lange. Und für den jeweiligen Lebensabschnitt war ich immer mit DEM Richtigen zusammen. Auch rückblickend.«

»Heiraten wollten Sie auch nie.«

»Nein. Nie. Vielleicht war sogar ein Heiratsantrag der Auslöser, der mich aus einer Beziehung getrieben hat.«

»Wie meinen Sie das?«

Nora begann zu erzählen, von Tobi und ihr. Wie sie zusammengelebt hatten und sich bei Nora schon leise Zweifel gemeldet hatten. Eines Tages, sie mussten so acht Jahre zusammen gewesen sein, hatte er auf dem Sofa neben ihr gesessen. Er hatte ihre Hand genommen, ihr tief in die Augen geschaut und gesagt: »Nora, kannst du dir vorstellen, meinen Namen zu tragen?«

Nora wäre fast in Ohnmacht gefallen, und zwar nicht vor Freude. Nachdem sie wieder atmen konnte, hatte sie versucht, die Situation mit einem Witz zu retten. »Als Tattoo?«, hatte sie gefragt. »Tobi, sind wir dafür nicht ein bisschen zu alt?«

»Nora, nicht als Tattoo – in deinem Perso, deinem Reisepass, deinem Führerschein, auf deinen Visitenkarten, einfach überall. Könntest du dir vorstellen, meinen Namen zu tragen?«

»Süüüüüüüüß«, hatten alle ihre Freundinnen im Chor geschrien und aufgeregt in die Hände geklatscht, während sie, nachdem sie ihre erste echte Panikattacke überlebt hatte, ihnen mit zitternden Händen, nervös an der Zigarette ziehend und einen Prosecco nach dem anderen kippend, davon erzählt hatte.

»Und was hast du gesagt?«, »Wann heiratet ihr?«, hatten sie wüst und schnell ihre Fragen abgefeuert.

»Gar nicht«, lautete Noras knappe Antwort. »Ich habe Nein gesagt.«

»Waaaaaaaas? Spinnst du?« Ihre Freundinnen konnten es nicht fassen.

Nora hatte Tobi damals angesehen, sein Gesicht in die Hände genommen und ganz sanft gesagt: »Tobi, ich liebe dich. Ich liebe dich wirklich. Aber ich kann das nicht. Ich kann das auf keinen Fall. Das geht nicht, du weißt das.«

Er war ziemlich geknickt gewesen, bestimmt eine Woche. Danach hatte er sie nie wieder gefragt.

»Warum hatten Sie eine Panikattacke?«, fragte Rosa, nachdem sie Noras Ausführungen gelauscht hatte.

»Ich weiß nicht. Ich bin echt spießig, wenn es um Liebe und Schwüre und Unterschriften geht. *Bis dass der Tod uns scheidet* – das kann ich niemandem in die hohle Hand versprechen. Nicht, dass ich ein Fan von offenen Beziehungen wäre. Überhaupt nicht! Ich war auch immer treu. Aber bis ans Lebensende? Das kann ich einfach niemandem schriftlich versichern. An diesem Tag war das so, als wollte mich jemand in Handschellen legen. Tobi ist echt ein toller Mann, wir hatten eine tolle Beziehung. Vielleicht war das auch einer zum Altwerden, aber ohne Heirat. Nachdem er mir einen Heiratsantrag gemacht hatte, wurde die Luft plötzlich ziemlich dünn. Da ist irgendetwas in mir kaputt gegangen, oder der Impuls ›Bloß weg hier‹ war stärker. Ich weiß auch nicht.«

»Hatten Sie schon früher Angst davor, Verantwortung zu übernehmen?«

Nora sah Rosa jetzt erschrocken an. »Ich habe doch Verantwortung übernommen. Ich habe ihm die Wahrheit gesagt. Der schönste Tag im Leben ist für viele ein wallendes Kleid, ein Liebesschwur vor Verwandten und Freunden, ein rauschendes Fest mit vierstöckiger Torte und Fünf-Gänge-Menü. Für mich ist das wie Sich-Verkleiden und Sich-Aufgeben.«

»Gut, Nora. Ich verstehe. Wenn Sie Ihre Situation jetzt betrachten, diese Dinge passieren ja nicht von einem auf den anderen Tag, gab es da vielleicht schon mal Situationen, in denen Ihr Lebensentwurf von Ihren Freunden hinterfragt wurde?«

Nora überlegt. »Sie meinen, außer den unzähligen Malen nach der Trennung von Tobi, wo besorgte Freunde neben mir standen, mitfühlend den Arm um mich gelegt haben und mir ins Ohr flüsterten: ›Nora, was ist eigentlich los mit dir? Warum ist eine Frau wie du immer noch alleine?‹«

»Ja, darüber hinaus.«

Sie überlegte lange. Sie erinnerte sich an die Hochzeit von Jakob vor sieben Jahren. Sie hatte gerade seiner Mutter zur Hochzeit gratuliert, als diese sagte: »Da vorne hättest heute auch du stehen können, das weißt du!«

Nora war erschrocken. Zum einen, weil nicht nur Tobi, sondern auch die Brauteltern höchstens einen Steinwurf entfernt neben ihnen standen, zum anderen, weil ihr das völlig absurd vorkam. »Gundis, das ist doch schon so lange her. Und Jakob und ich sind immer noch Freunde. So wird das auch immer bleiben. Mich wirst du sowieso nicht mehr los.«

Später zog Gundis sie zur Seite. »Und? Tobi? Ist er der Richtige?«

»Du weißt doch, das mit der Ehe ist nichts für mich.«

»Was ist nur los mit euch jungen Frauen? Ihr seid so schrecklich kapriziös und macht es auch so furchtbar schwer. Von uns habt ihr das nicht. Sei doch nicht dumm, Nora. Du kannst in der Ehe das beste Leben führen. Alles, was du machen musst, ist deinen Mann samstags fragen, wie sein Fußballclub gespielt hat. Und wenn ihr streitet, dann sagst du: ›Du hast ja Recht, Schatz‹. Und dann ziehst du trotzdem dein Ding durch. Das ist so herrlich einfach.«

Nora hatte Gundis mit großen Augen angesehen. Das hörte sich furchtbar an und bestärkte sie in ihrem eigenen Lebensentwurf. Sie hatte ganz andere Vorstellungen von der Liebe.

Wann war zum ersten Mal ihr Plan vom Glück hinterfragt worden? Ja, klar. Vor vier Jahren, als sie mit Senta in Urlaub gefahren war. Nach Formentera. Ihr Bruder Jo war mit Frau und Kindern da. Und Sentas Schwester Tina, ihr Schwager Ernst und Sentas Neffe machten ebenfalls zur selben Zeit dort Urlaub. Ein riesiger Familienurlaub war das geworden. Sie saßen an ihrem Lieblingsstrand, dem Pirata, als Ernst plötzlich fragte: »Nora, was ist eigentlich mit dir und Kindern?«

»Oh, Ernst, das ist ganz schlecht. Saturn steht in meinem achten Haus. Der blockt da alles. Selbst wenn ich wollte, würde das ein äußerst aussichtsloses Unterfangen. So steht's in den Sternen«, hatte Nora Luna zitiert, die ihr zu ihrem 33. Geburtstag ein Horoskop erstellt hatte. Senta kicherte. Jo hatte die Augen verdreht, während seiner Gattin ein »Phhh« entwischte. Ernst hatte sie nur angesehen und gesagt: »Du spinnst, Nora!«

Ein wenig später hatte Nora sich die Kinder geschnappt und war mit ihnen hoch zur Strandbude gegangen, wo sie einen Kurzen auf Eis nahm und Marc und Mina in den gleichen kleinen Schnapsgläsern einen Eistee bekamen. Nora wusste auch nicht, warum und wie, aber in kürzester Zeit waren sie umringt von Marcs und Minas unzähligen Strandbekanntschaften, die alle durcheinander auf Nora einredeten. Der kleine Pascal hatte mehrfach verlangt, auf Noras Schoß zu sitzen, so dass sie schließlich nachgegeben hatte. Da saß sie nun, wie die Jungfrau Maria, die plötzlich ganz unverhofft zu viel zu vielen Kindern gekommen war, und hörte ihnen aufmerksam zu. Sie erzählten von den mutigen Abenteuern Harry Potters, berichteten von gefundenen Seesternen, ersten Versuchen im Beachvolleyball oder aufregenden Wellenerlebnissen und sangen die neusten Kinderlieder. »Hey, Nora«, hatte Ernst amüsiert vom Strand gerufen. »Saturn im achten Haus?! Klar!« In diesem Urlaub war Nora der heimliche Star aller Kinder. Wenn sie zum Strand kam, riefen sie ihren Namen, wollten mit ihr schwimmen gehen oder bei ihr auf dem Handtuch liegen – am liebsten auf ihr. Aber da lag meistens schon Pascal, den Nora, ohne es zu wissen, in diesem Urlaub adoptiert hatte. Sie hörte peinlich berührte Eltern ihren Kindern zuflüstern: »Jetzt lass die Nora mal, die möchte bestimmt auch mal alleine schwimmen gehen«, während sie Nora entschuldigend anlächelten. »Passt schon«, hatte sie geantwortet. Ernst wurde nicht müde, immer wieder zu betonen, was für eine tolle Mutter Nora abgeben würde und dass es völliger Irrsinn und gegen die Natur sei, wenn sie keine Kinder bekäme. Nora überlegte weiter. Dann war da noch dieser Geburtstag gewesen. Letztes Jahr. Nadine, mit der Nora aufgewachsen war, hatte sie völlig unerwartet auf ihren 35. Geburtstag eingeladen. Nora war hingegangen, ohne Tobi. Nora war ja jetzt Single. Als sie beim Nobelitaliener auf der Dürener Straße in Köln-Lindenthal ankam, fand sie einen Raum mit eingedeckten langen Tafeln für die über 80 Gäste vor. Natürlich gab es eine Sitzordnung. Noras Tisch war der letzte im ganzen Raum – zwischen Küche, Klo und Getränkebar. An ihrem Tisch saßen – nur Frauen. Singles, oder solche, deren Männer aus irgendeinem Grund nicht dabei waren. Die anderen Ladys fanden das nicht so komisch und rechtfertigten, nachdem sie erkannt hatten, was sich hier abspielte, die Gründe, warum sie ohne Mann da waren oder warum sie gerade keinen hatten. Nora fand das ziemlich lustig, auch wenn sie sich nicht erinnern konnte, wann sie zum letzten Mal am *Katzentisch* gesessen hatte. »Wir dachten, ihr hättet hier am meisten Spaß«, rechtfertigte Nadine die Sitzordnung, als sie bei ihrer Runde mit den entsetzten Kommentaren der Aussätzigen konfrontiert wurde. Klar, hatte Nora gedacht. Ist super zwischen Küche, Klo und Theke!

Oder als sie von Hannah, einer Kollegin bei einem ihrer Projekte, zum Essen eingeladen wurde. Neben Hannah und ihrem Freund waren drei weitere Paare dabei, Nora war der einzige Single. Nora hatte das nicht gestört, und sie fand den Abend wirklich nett. Sie führten angeregte Gespräche, lachten viel und hatten sehr gut gegessen. Als Nora sich am nächsten Tag noch einmal telefonisch für den schönen Abend bedankte, antwortete Hannah: »Du, Nora, nimm es mir nicht übel. Du weißt, ich mag dich, aber ich schätze, in der Konstellation können wir das nicht wiederholen. Die anderen Frauen fanden es nicht ganz so schön wie du. Sie fanden es eher unpassend, wie du vor ihren Augen die Aufmerksamkeit ihrer Männer auf dich gezogen hast.«

»Was?«

»Ich sehe das ja auch ganz anders, aber das haben sie gesagt.«

»Das ist doch ausgegorener Schwachsinn.«

»Mmmmh…«, hatte Hannah nur gemurmelt und sie nie wieder eingeladen. Und wenn sich Nora richtig erinnerte, hatte sie nach diesem Abend Hannahs Freund auch nie mehr zu Gesicht bekommen.

Ach, und dann war da noch dieser unverschämte Vermieter, als Nora nach der Trennung von Tobi auf Wohnungssuche war. Sie stand in einer Dreizimmerwohnung in Sülz mit einer wirklich tollen Dachterrasse. Eine Traumwohnung, wie Nora fand.

»Sie ziehen hier alleine ein?«, hatte der Vermieter gefragt.

»Ja!«

»Kein Mann?«

»Nein!«

»Keine Kinder, keine Haustiere?«

»Nein, nur ich.«

»Darf ich fragen, warum Sie dann eine Dreizimmerwohnung brauchen?«

»Nun«, hatte Nora geantwortet, die diese Frage an sich schon frech fand, »ich arbeite von zuhause, wenn ich nicht unterwegs bin, und deshalb hätte ich gerne ein separates Büro.«

»Aber Sie arbeiten nicht im horizontalen Gewerbe?!«

»Bitte?« Nora musste sich verhört haben.

»Ich sagte, Sie arbeiten nicht im horizontalen Gewerbe, oder?!«

Nora lachte, aber der Eigentümer schien es ernst zu meinen und musterte sie von oben bis unten.

»Nein. Natürlich nicht!«

»Aha!«

Nora war fassungslos. Wenn man also heute weder Mann,

noch Kind, noch Hund, Katze oder Maus hatte und von zu Hause arbeitete, konnte man nur eins sein: Nutte!

»Und können Sie sich an Situationen erinnern, die jüngsten Ereignisse ausgenommen, in denen Ihnen Mütter seltsam vorkamen oder Sie sich geärgert haben?«, fragte Rosa sie, nachdem sie ausführlich von diesen Ereignissen erzählt hatte.

»Also, eigentlich bei fast jedem Telefonat mit meiner kleinen Schwester, meinem Bruder und fast all meinen Freundinnen, die Kinder haben. Nie kann man in Ruhe mit ihnen telefonieren, weil sie nebenbei ständig mit ihrem Nachwuchs reden müssen.« Nora überlegte weiter. »Oder Gespräche, ob Dinkel abführender ist als Hirse. Woher soll ich das denn wissen? Oder die Einfachheit des Einhandkochens … Wissen Sie, was das ist?«

Rosa sah sie verblüfft an. »Nein.«

»Sehen Sie. Ich dachte sowieso immer, dass man mit einer Hand kocht, also wenn man etwas umrührt oder so. Aber es geht darum, wie man problemlos kochen kann, während man das Kind auf dem anderen Arm hält. Jaha!! Und das sind dann schon Gespräche, die ich seltsam finde.«

Nora fiel eine weitere Situation ein, die ihr in besonderer Erinnerung geblieben war. Als Marc zwei war, da war Nora für ein paar Tage von Ibiza zu Jo und Karin nach Formentera geflogen, um mit ihnen ein bisschen Urlaub zu machen. Nora war an jenem Tag gerade erst angekommen und fand ihren Bruder und seine Frau samt Nachwuchs am Strand. Marc spielte in aller Seelenruhe vor dieser Zelt-Muschel, die Jo aufgebaut hatte, wegen der Sonne und so, mit seinen Förmchen. Nora hatte sich müde auf ihrem Strandtuch niedergelassen, als sie von folgender Konversation aus dem Halbschlaf gerissen wurde.

»Marc, hast du Hunger?«, fragte Karin ihren Sohn.

»Nee, keinen Hunger.«

»Einen Apfel?«

»Nee.«

»Eine Banane?«

»Nein.«

»Einen Joghurt?«

»Neeeiiiin.«

»Einen Keks?«

Nora richtete sich auf. »Karin, sorry, aber mir wird ja schon ganz schwindelig im Kopf. Was an ›Keinen Hunger‹ und ›Nein!‹ hast du nicht verstanden?! Lass das Kind spielen.« Sie registrierte Karins beleidigten Blick, hatte sich aber wieder hingelegt und war fast eingeschlafen, als wildes Zusammengeräume und fliegender Sand sie weckten. Karin schüttelte gerade ihr Strandlaken aus, und Jo baute die Muschel ab. »Was ist denn?«

»Es ist ein Uhr, wir fahren ins Haus. Marc muss seinen Mittagsschlaf machen, in der Muschel kommt er nicht zur Ruhe. Bitte pack deine Sachen, Nora, wir fahren gleich los.«

Nora schaute zu Marc, der mittlerweile mit einem anderen Jungen seines Alters kleine Autos durch den Sand schob.

»Leute, der schläft doch jetzt niemals. Ob zuhause oder in der Muschel. Hier ist so viel los, der ist doch völlig in seinem Element. Und die anderen Kinder sind doch auch hier.«

»Die anderen Kinder interessieren mich nicht. Marc braucht seinen Mittagsschlaf. Weißt du, wie er ist, wenn man ihn aus seinem Rhythmus reißt? Völlig drüber, die reinste Terrormaschine. Aber was weißt du schon?!«, hatte Karin sie angefaucht.

Karin hatte Recht, Nora wusste nicht, wie Marc war, wenn

man ihn aus seinem Rhythmus riss, aber sie durfte erleben, wie er war, wenn man ihn aus einem Spiel mit seinem neuen Freund riss. Marc, auf Karins Arm, wehrte sich heftig gegen die Abreise und schrie wie am Spieß, als sie wenig später mit Sack und Pack den Strand verließen. Er schrie bis drei Uhr – durchgehend. Bis Jo ihn aus dem Kinderzimmer holte und ihn in den Kindersitz neben Nora setzte und das Auto – vollbeladen – sich wieder Richtung Strand bewegte.

»Nora, fällt Ihnen noch etwas ein?«

»Gerade nicht.«

»Gut, liegt Ihnen sonst noch etwas auf dem Herzen, das Sie sagen möchten?«

»Nein.«

»Gut. Ich möchte Ihnen abschließend Folgendes mit auf den Weg geben. Die Frage ›Wer bin ich eigentlich?‹, ausgelöst durch verschiedenste Umstände und Ereignisse, führt nicht selten in eine persönliche Krise. Hat sich diese Frage erst mal einen Weg ins Bewusstsein verschafft, können wir nicht mehr so vorgehen, wie wir es gewohnt sind. Das ist ein Prozess des Innehaltens. Und auch, wenn die Einsicht mitunter schmerzt: Wir brauchen sie, um uns weiterzuentwickeln. Denn erst durch die Einsicht lernen wir unsere Handlungsstrategien, unsere Beziehungen und letztlich uns selbst besser zu verstehen. Diese Erkenntnisprozesse setzen nicht durch blindes Ausprobieren ein, sondern indem man ein Problem gedanklich umstrukturiert und neu organisiert. Emotionale Einsichten beruhen also auch darauf, die Wahrnehmungsstrukturen zu verändern. Wir sprechen dann von einer tief verinnerlichten Interpretation des Problems. Deshalb würde ich Sie bitten, darüber nachzudenken, ob Ihre derzeitige Situation tatsächlich aus dem Nichts gekommen ist. Damit machen wir dann nächste Woche weiter.« Zum Abschied bekam Nora noch einen Din-A4-Umschlag in die Hand gedrückt. »Und es wäre schön, wenn Sie mir den bis Mittwoch ausgefüllt rüberfaxen könnten, ja? Wir sehen uns dann Donnerstag, um zehn. Sollte vorher etwas sein, Sie wissen ja, Sie können mich jederzeit anrufen!«

Der Termin begleitete Nora einige Tage mit Nachwehen. Vor allem sein Ende. Nora konnte nicht sagen, ob sie das, was Rosa da gesagt hatte, gut fand oder nicht. Hatte sie Nora durch die Blume mitgeteilt, sie sei verantwortungslos? Mit Unterstellungen fühlte sich Nora gar nicht wohl, und alles in ihr bäumte sich auf. Am Wochenende war sie sogar so sauer, dass sie sich fragte, ob der ganze Beratungsscheiß überhaupt das Richtige für sie war. Oder Rosa war die Falsche. Oder beides! Trotzig vertagte sie die Bearbeitung des Fragebogens von einem Tag auf den nächsten. Erst am Dienstag war sie in der Stimmung, all die Fragen zu beantworten. Natürlich vergaß sie, ihn vor der nächsten Sitzung zu faxen, aber zumindest hatte sie ihn am nächsten Donnerstag ausgefüllt dabei. In dieser Sitzung wich ihr innerer Widerstand einem komischen Gefühl der Erleichterung gepaart mit Traurigkeit. Als Nora sich am selben Abend um 19 Uhr in einer Galerie in der Südstadt wiederfand, um mit Kim die Vernissage seiner neuen Ausstellung zu feiern, fühlte sie sich gar nicht wohl. Außer Kim hatte sie bisher nur Frauke gebeichtet, dass sie sich »in Therapie« begeben hatte. Ihren Eltern würde sie gar nichts davon erzählen. Nora wollte sie nicht damit belasten, und vor allem wollte sie sich auch die Theatralik ihrer Mutter in Form von Fragen à la »Kind, was haben wir bei dir denn bloß falsch gemacht?« ersparen. So war es besser. Jetzt fremdelte sie unter all den Menschen. Die Galerie war pickepackevoll. Kunstliebhaber, Kritiker, Familie und Freunde waren gekommen und bestaunten Kims jüngste Werke – eine Mischung aus Fotografie und Ölbildern unter dem Motto »Ein Moment…«. Kim hatte sie kurz begrüßt, sie in den Arm genommen und gesagt: »Wenn du durch die Ausstellung gehst, halt die Augen offen. Ich habe eine Überraschung für dich!« Wenig später stand sie, ganz alleine, ein Champagnerglas umklammernd, vor einem großen Ölgemälde mit dem Titel »…tiefer Freundschaft«. Es zeigte einen Kopf, der zu jeder Seite ein Profil trug. Rechts erkannte Nora Kims Profil, links fand sie ihr eigenes. Sofort liefen ihr Tränen über die Wangen. Diese Überraschung war so ergreifend, dass es wehtat. »Süße, was ist denn los?«, Frauke war neben sie getreten.

»Das ist so…«, stammelte Nora.

»Ja, ich glaube, das ist der schönste Freundschaftsbeweis, den ich je gesehen habe. Du solltest dich freuen.«

»Ich freue mich ja.« Jetzt schluchzte sie hemmungslos.

»Süße?! Komm, ich bringe dich hier raus.« Frauke griff Nora am Arm und führte sie durch den Hinterausgang der Galerie nach draußen. »Warte hier, ich hole nur noch schnell unsere Jacken, ja?!« Sie ließ Nora auf der Seitenstraße zurück. Die Luft war klar, es ging ein leichter Wind, und es roch herrlich frisch – nach Sommer. Wenig später kam Frauke zurück, reichte ihr ihre Jacke und sagte: »Ich weiß, wo wir jetzt hingehen. Da können wir auch in Ruhe sprechen.« Sie gingen in eine kleine, französische Weinbar, in der nur ein Pärchen saß. Frauke deutete auf einen Tisch im hinteren Teil der Bar. Sie bestellte eine Flasche Merlot, Jahrgang 2008. »Aber du bist doch schwanger«, sagte Nora erstaunt. »Ein Gläschen ist o.k. Ich steig gleich um auf Wasser. Der Rest ist für dich.« Als

Frauke den Wein fachmännisch gekostet hatte und ihre gefüllten Gläser vor ihnen standen, fragte sie: »Nora, was ist denn los? Ich dachte, die Gespräche mit dieser Frau tun dir gut?!«

»Tun sie ja auch. Es wirbelt nur so viel auf: Gedanken, Gefühle, Fragen …«

»Was denn zum Beispiel?« Frauke sah besorgt aus. Nora erzählte von ihrer heutigen Sitzung. Dass Rosa ihr etwas über Selbst- und Fremdwahrnehmung erzählt hatte und dass Noras Wahrheiten noch lange nicht die der anderen sein mussten. Nora beschrieb, wie Rosa sie mit Fragen bombardiert hatte.

»Was für Fragen?«, wollte Frauke wissen, die jetzt ihre Hand auf Noras gelegt hatte.

»Kann man hier rauchen?«, fragte Nora.

»Nein, Nora. Das ist doch verboten.«

»Scheiße.«

»Was für Fragen hat sie dir gestellt?«, wiederholte Frauke.

»Zum Beispiel, ob Heiraten die logische Folge einer langjährigen Partnerschaft sei. Oder der dramaturgische Höhepunkt einer romantischen Beziehung. Ob ich akzeptieren kann, dass es für manche etwas Magisches ist – ein mystisches Ritual, dessen Zauber sie enger aneinander bindet … Ob ich das akzeptieren kann oder es für ein törichtes Unterfangen halte. Ob ich Angst habe, ernsthafte Beziehungen einzugehen. So etwas halt.«

»Gott, wie hast du dich dabei gefühlt?«

Nora musste lächeln, das hätte Rosa jetzt auch gefragt. »Ein bisschen wie auf dem Verhörstuhl. Da hat nur noch eine Lampe gefehlt, die mir grell ins Gesicht strahlt und mich blendet.«

Frauke lachte nicht über Noras ironische Bemerkung. »Und, was hast du geantwortet?

»Dass das alles nicht für mich gilt, aber dass ich Respekt habe vor Menschen, die sich für die Ehe entscheiden. Ich halte die Ehe für einen ehrlichen Versuch, für einen romantischen Gedanken, der meist nur in Hollywood-Possen sein Happy End findet. Als ich ihr das gesagt habe, fragte sie mich, ob ich Angst vor ernsthaften Beziehungen hätte. Das fand ich fast schon frech! Und als sie dann noch nachgehakt hat, ob ich nur vorgeben würde, mich zu binden, mir aber immer eine Hintertür offen halte, da konnte ich gar nichts mehr sagen. Nichts, Frauke.«

Frauke strich ihr zärtlich über die Hand, da Nora schon wieder die Tränen in die Augen schossen.

»Und dann, als ich sagte, ich sei gerne frei, weißt du, was sie da geantwortet hat?«

»Nein, Nora.«

»Wer frei ist, reist mit der Einsamkeit.« Da kullerten sie wieder, die Tränen. »Ich habe halt gerne alles unter Kontrolle. Ich will mich nicht ausliefern – weder irgendwelchen Umständen noch anderen Menschen. Ich will mich nicht verlieren. Und als ich das gesagt habe, hat sie gesagt, dass ich doch deshalb hier säße, weil ich mich verloren habe, obwohl ich dachte, ich hätte alles unter Kontrolle.«

Der Kellner trat an ihren Tisch und reichte Nora kommentarlos ein Taschentuch.

»Danke. Kann man hier rauchen?«

»Nein, das tut mir leid. Dazu müssten Sie leider rausgehen.«

»Erzähl weiter«, sagte Frauke.

Das tat sie. Rosa hatte verschiedenste Thesen aufgestellt: »Nora will nicht erwachsen werden«, »Nora ist beziehungsgestört«, »Noras Welt dreht sich nur um Nora« oder »Nora hat keine Ahnung, was es heißt, Mutter zu sein«. Gegen ein paar hatte sie sich gesträubt, aber mit der letzten These hatte Rosa Recht. »Dann hat sie mich noch gefragt, was mich am meisten an den Müttern in meinem Umfeld nervt.«

»Und, was nervt dich denn am meisten an uns?«, fragte Frauke, ohne jeglichen Vorwurf in der Stimme.

»Na, die ganze Aufregung. Die Aufregung um alles: den richtigen Kinderwagen, die richtige Klamotte, die ständige Hektik wegen all der Termine, das Klagen, um dann wieder alles schönzureden. Probleme. Überall Probleme. Alles ist plötzlich so existentiell wichtig und schwer. Das Kind krabbelt noch nicht, es läuft noch nicht, es spricht noch nicht. Ständig sind alle so panisch. Fast alle, du bist zum Beispiel total cool, aber die meisten drehen ja nur noch am Rad.«

»Na ja, Nora, Kinder und alles was damit zu tun hat, ist auch existentiell. Wirklich. Das sind echte Sorgen und Ängste, die sich da in einem breitmachen. Plötzlich ist man kein Paar mehr, sondern eine Familie. Die Partnerschaft muss neu definiert werden, und dann ist da dieses hilflose Baby, das die nächsten Jahre von dir abhängig ist. Da kommt man schnell ins Zweifeln: Schaffe ich das? Bin ich eine gute Mutter? Kriegen wir das finanziell alles hin? Und auch, wenn das jetzt doof klingt, aber solange man keine eigenen hat, kann man das auch nicht nachvollziehen.«

»Aber ich will keine Kinder!«

»Warum bist du dann so verunsichert?«

Das hatte Rosa sie auch gefragt. Nora wusste es nicht. »Vielleicht habe ich Angst, euch zu verlieren.« Noras Stimme war zittrig geworden.

»Das ist doch Blödsinn«, antwortete Frauke bestimmt. So blödsinnig fand Nora das allerdings nicht. Für sie gründeten sich Liebe und Freundschaft auf Vertrauen und Zuneigung, die man dem anderen freiwillig gab, ohne etwas dafür zu erwarten. Man entschied sich, einen Teil des Lebens miteinander zu teilen, so lange, wie es eben passt. Rosa hatte sie gefragt, warum sie ihren Freunden nicht gestatte, festzustellen, dass der Abschnitt mit Nora nun beendet sei, weil die Lebensumstände jetzt nicht mehr deckungsgleich seien. Schließlich gelte doch der freie Wille für alle. Auch darauf wusste Nora keine Antwort. So hatte sie das noch nie gesehen. Frauke lächelte sie an, während sie ihr aufmerksam zuhörte.

»Frauke, komme ich so rüber, als ob ich euch belächele, weil ihr Spießer seid? Also, so als fände ich euch jetzt mit Familien uncool?«

Frauke atmete tief ein, bevor sie antwortete. »Ich für meinen Teil kann das nicht bestätigen, Nora. Zwischen uns hat sich nur wenig geändert. Aber ich halte es für möglich, dass sich die ein oder andere so fühlt, wenn sie dir begegnet.«

Nora lachte bitter. Keine schöne Erkenntnis. Sie erinnerte sich, was Rosa ihr mit auf den Weg gegeben hatte. »Es gibt immer zwei Seiten einer Medaille«, hatte sie gesagt. »Auf Müttern lastet ein unglaublicher Druck, unsere Leistungsgesellschaft diktiert Perfektion: Das bedeutet für diese Frauen, eine gute Mutter zu sein, den Mann glücklich zu machen, schnell wieder schlank und erfolgreich im Job zu sein. Nur Mutter sein ist out. Dem folgt gleich die Frage: Kriege ich meinen Job wieder? Die wenigsten Firmen haben ja Interesse daran, ihre nicht mehr voll einsetzbaren Mitarbeiterinnen wieder einzustellen. Ich hatte mal eine Klientin, deren Stelle fiel weg, weil im Konzern angeblich umstrukturiert wurde. Die Frau war derart getroffen, dass ihr die Milch wegblieb und sie ihr Kind nicht mehr stillen konnte. Und schon hatte sie das Gefühl, als Mutter zu versagen. Sie fiel in ein tiefes Loch. Und das war tatsächlich ein existentielles Problem, Nora. Hinzu kommt der soziale Druck. Eltern von heute haben cool, locker und trendy zu sein und nebenbei die Familie am Laufen zu halten. Rund ums Kinderkriegen hat sich eine wahre Lifestyle-Industrie gebildet: von der Designer-Wickeltasche über den Designer-Kinderwagen, die batteriebetriebene Wippe, Schwangerschaftsyoga, 3-D-Ultraschallbilder, Babyzeichensprache, Baby-Englisch-Kurse bis zur Nanny. Trug man früher in der Schule vielleicht nicht die hippste Jeans, so schiebt man heute den falschen Kinderwagen vor sich her. Verstehen Sie mich jetzt nicht falsch, Nora, es geht mir nicht darum, mich auf die Seite der Mütter zu stellen. Ich bin nicht parteiisch. Es geht hier nur um einen Perspektivenwechsel.«

»Und was ist dann passiert?«, unterbrach Frauke Noras Redefluss. Das Pärchen verließ gerade die Weinbar, und Nora und Frauke waren jetzt, bis auf das Personal, ganz alleine.

»Rosa hat mir gesagt, ich soll mich fragen, wie sehr ich tatsächlich am Leben meiner Freunde teilnehme. Oder ob ich nur Zaungast bin, der von seinem gemachten Nest aus beobachtet und die ganze Aufregung nicht versteht.«

Frauke nickte vielsagend, als sie antwortete: »Kluge Frau, diese Rosa.«

Dass Rosa sie gebeten hatte, darüber nachzudenken, wovor sie tatsächlich Angst habe, erwähnte Nora nicht mehr. Ihr reichte der Seelenstriptease für heute.

Angst! Wovor hatte Nora Angst? Als sie am Sonntagnachmittag bei Kim im Loft saß, hatte sie sich diese Frage noch nicht beantworten können. Kim hatte sie, nachdem Nora mit Frauke so überstürzt seine Vernissage verlassen hatte, zum Kaffee eingeladen. Er hatte dafür gesorgt, dass sie ungestört waren. Marie war mit den Kindern in irgendein Spaßbad gefahren. Auf dem Tisch stand ein gerahmtes Foto von dem Ölgemälde »… tiefer Freundschaft«, das Kim für sie gemacht hatte. Sie hatte ihm eine Flasche schottischen Single Malt mitgebracht – den liebte er so. Kim wäre nicht Kim gewesen, wenn er mit der Tür ins Haus gefallen wäre, also berichtete er zuerst ausführlich von der Vernissage, die ein voller Erfolg gewesen war. Von 35 Bildern hatte er schon am ersten Abend 16 verkauft. »Das ist ja großartig«, freute sich Nora. »Mensch, du wirst noch ein echter Versorger. Hätte ich das früher geahnt und dich auch nur ein bisschen sexy gefunden, dann hätte ich mir dich gekrallt, bevor Marie bis drei hätte zählen können.«

Kim nahm diese Vorlage dankend an und stieg ohne Umschweife ins Thema ein. »Das heißt, der Argentinier ist definitiv kein Kandidat mehr für diese Rolle?«

»Wir haben derzeit Funkstille.« Sie erzählte ihm kurz von ihrem letzten Telefonat mit Mariano.

»Ich habe dir doch gesagt, dass der Knabe es ernst meint«, sagte Kim.

»Ja, hast du. Aber ehrlich gesagt, habe ich mir über Mariano gar keine Gedanken mehr gemacht. Es gibt gerade so viel anderen Kram, den ich sortieren muss, bevor ich zu dem Thema ›Beziehung‹ komme.«

»Und das wäre?«

Sie gab ihm einen kurzen Abriss ihrer bisherigen Besuche bei Rosa und setzte dort an, wo sie bei Frauke aufgehört hatte. »Und jetzt soll ich mir überlegen, ob ich tatsächlich am Leben der anderen teilnehme, warum ich so verunsichert bin und was mir eigentlich Angst macht.«

»Ich hatte eigentlich immer den Eindruck, dass dein Lebensentwurf ziemlich gefestigt ist. Du warst für mich nie eine dieser Frauen, die plötzlich so einen immensen Druck in Sachen Familienplanung verspüren, nur weil ihnen die Zeit davonläuft oder ihr Freundeskreis hauptsächlich aus Menschen besteht, die sich gebunden und Kinder bekommen haben.«

Nora lachte. Rosa hatte etwas Ähnliches zu ihr gesagt, aber dass Kim jetzt so sprach ... »Wie redest du denn? Aus welcher Frauenzeitschrift hast du das denn geklaut?«

»Nun ja, ich leide halt mit dir«, sagte er augenzwinkernd. »Aber echt, ich habe gelesen, dass es vielen Frauen ohne Kinder so geht, weil sie sonst plötzlich ganz alleine dastehen im Freundeskreis.«

Telefonierte Kim heimlich mit Rosa? Genau das waren ihre Worte gewesen. Sie hatte Nora erzählt, dass Frauen oft irgendwann unter Zugzwang stünden und es dann nicht mehr um die Frage ging, ob man Kinder will, sondern wann und wie.

Der Satz mit » ... im Freundeskreis ganz alleine dastehen« hatte schon bei Rosa seine Wirkung nicht verfehlt und diese zur finalen Frage der letzten Sitzung veranlasst: »Fragen Sie sich, wovor Sie tatsächlich Angst haben.« Als sie hier so bei Kim saß, musste sie sich eingestehen, dass sie tatsächlich Angst davor hatte, ganz alleine dazustehen. Grundsätzlich war sie zwar ein Mensch, der viel und gerne Zeit mit sich verbrachte, aber ihre Freunde waren stets wie ein sicherer Hafen dagewesen, wenn Nora wieder den Anker werfen wollte. Und jetzt schien dieses Bild zu bröckeln. »Vielleicht«, sagte sie zu Kim, den sie an ihren Gedanken teilhaben lassen wollte, »stimmt ja der Vergleich mit dem Vogel im Nest, der die anderen aus der Ferne nur beobachtet. Also, dass ich mich wirklich auf einer ›exklusiven Außenposition‹ befinde, wie du es in unserem Gespräch genannt hast…«

»Aha«, sagte Kim.

»Na ja, vielleicht nehme ich ja tatsächlich nicht richtig teil. Vielleicht nehme ich auch diese ganzen Erwachsenen-Probleme mit Kindern nicht richtig ernst. Ich habe immer gedacht: Mein Gott, selbstgewähltes Schicksal! Nerv mich nicht.«

»Ziemlich arrogant, Nora.«

»Mmmh.«

»Die Läuterung der Nora L.«, rief Kim frohlockend.

»Hey, das bedeutet nicht, dass ich jetzt sämtliche Asche ausschließlich in mein Nest werfe. Ein bisschen mehr Aufmerksamkeit und Umsicht von meinem Umfeld würde ich mir auch wünschen. Das habe ich ehrlich vermisst in den letzten Wochen und Monaten. Schließlich stehe ich auch vor einem existentiellen Problem, nämlich dem, dass ich meinen Job geschmissen habe und nicht weiß, wie es weitergeht. Das ist zwar auch selbst gewählt, aber kein Luxusproblem. Klar?!«

»Jawohl, Sir! Aber, Nora?«

»Ja?!«

»Dann musst du auch uns auch an deinen Sorgen teilhaben lassen, o.k.?«

»Ja«, antwortete sie kleinlaut.

Die folgende Woche verging wie im Flug. Sie hatte Luna, die am Wochenende mit ihr hatte clubben wollen, auf das nächste vertröstet. Sie musste erst mal all ihre Gedanken, die sich in den Gesprächen mit Frauke und Kim noch klarer herauskristallisiert hatten, sortieren. Sie schrieb und schrieb und schrieb – seitenweise – zu jeder Frage ihre Antworten in das Therapie-Tagebuch, das Rosa ihr bei der letzten Sitzung mitgegeben hatte. Ein unheimlich befreiendes Gefühl.

Donnerstags kam Nora fast aufgeräumt zu Rosa und begann, gleich zu erzählen: Nein, sie habe nicht wirklich teilgenommen am Leben ihrer Freunde. Zumindest nicht bei allen. Bei denen, die ihr wirklich wichtig waren, mit denen sie eine tiefe, liebevolle Freundschaft verband, schon. Bei denen, die für Nora in der zweiten oder dritten Reihe standen, wo die Freundschaft nicht mehr so tief ging und in Bekanntschaft abdriftete, da war das etwas anderes. Da war sie ungeduldig und schnell genervt. Da stieß es ihr auch viel mehr auf, wenn diese Personen an ihr herumkritisierten. Nora war ganz offen und gab zu, dass diese Kritik ihr eigentlich nur zeigte, dass sie anders war, dass sie vielleicht nicht mehr dazugehörte. Und davor hatte sie Angst. Und nur, weil sie »noch nicht mal alleinerziehend« war? Was sollte denn das für eine Rechnung sein, bitte!

»Wer teilnimmt, Nora, wird selten von denen ausgeschlossen, die einen auch lieben. Die Frage lautet: Brauchen Sie dieses ganze soziale Konstrukt in Ihrem Leben? Und wenn ja, wie viel davon? Und wie viel glauben Sie kontrollieren zu können?«

Es entstand eine kurze Pause, ehe Nora antwortete: »Das mit der Kontrolle hat mich ziemlich beschäftigt. Und es fällt mir gar nicht leicht, das auszusprechen. Aber ich neige wohl dazu, alles kontrollieren zu wollen. Nur dann fühle ich mich sicher. Ich kann mich da nur ganz schwer entspannen.«

»Und denken Sie, nach den Erfahrungen der letzten Wochen, dass Sie überhaupt Kontrolle ausüben können?«

»Wahrscheinlich nicht. Ich kann vielleicht Entscheidungen treffen, versuchen, Risiken abzuwägen, die Konsequenzen abzuschätzen und Vorbereitungen für alle Fälle treffen. Aber letztlich kann ich dann ja nur noch auf das Echo warten und die Konsequenzen tragen.«

Rosa lächelte irgendwie zufrieden. »Und was löst das in Ihnen aus, Nora, zu wissen, dass Sie nicht alles und jeden kontrollieren können?«

»Panik, Aufgeregtheit und ein irgendwie nicht dazu passendes Gefühl von Entspannung.«

»Ein gutes Gefühl, oder?«

»Ja, eins, das zuversichtlich ist, trotz der Panik.«

»Schön, Nora, sehr schön.«

»Ich hätte da noch eine Frage.«

»Nur zu.«

»Mir geistert die ganze Zeit Ihre Bemerkung im Kopf herum, warum ich meinen Freunden nicht zugestehe, selbst zu äußern, wenn etwas nicht mehr passt. Also, warum ich ihnen das Recht verweigere, unsere Freundschaft zu beenden. Ehrlich gesagt habe ich darauf keine Antwort gefunden.«

»Nun, haben Sie mal überlegt, wie dies im Kontext zu ihren Verlustängsten und dem Thema Kontrolle steht?« Nora verstand.

»Sie selbst haben gesagt, dass Freundschaften und Liebe

auf dem freien Willen basieren. Eine Freiheit, die Sie selbst in vollen Zügen genießen und ganz bewusst in Anspruch nehmen. Wenn Sie selbst aber alles kontrollieren möchten, weil Sie Angst haben, verlassen zu werden …«

»… dann kann ich das natürlich nicht zulassen.«

Rosa nickte. Ihre Augen waren voller Mitgefühl, und Nora hätte sie am liebsten sofort umarmt.

»Erinnert Sie das an eine gleichberechtigte Partnerschaft?«

»Eher nicht.«

»Woran dann?«

»Eine Diktatur?«

»Nein, das fände ich zu scharf formuliert.«

»An Monarchie? Die Prinzessin auf der Erbse? Rumpelstilzchen?«

Rosa lächelte und zuckte mit den Schultern. »Das können nur Sie beantworten. Wie ich eben sagte, entscheidend bei all diesen Dingen sind die Fragen: Wen brauchen Sie wirklich in Ihrem Leben? Zum jetzigen Zeitpunkt? Oder auch in der nahen Zukunft?«

Rosa hatte die Antworten ihres Fragebogens ausgewertet und ihr etwas über ein »Inneres Team« erzählt, so eine Art Entscheidungsgremium im Inneren, das dafür verantwortlich ist, mit welcher Motivation und mit welchen Ansprüchen man Dinge macht oder entscheidet. Demnach waren da fünf Vorsitzende mit den Namen »Sei perfekt!«, »Beeil dich!«, »Streng dich an!«, »Mach es allen recht!« und »Sei stark!«. Diese sollten sich aus sogenannten »Elterngeboten« entwickelt haben, die für Kinder einen Absolutheitscharakter besäßen, der nicht angezweifelt werde. Die Nichteinhaltung könnte zur Folge haben, nicht mehr geliebt zu werden, und somit würde das eigene Verhalten darauf ausgerichtet. So hatte Rosa das erklärt und hinzugefügt: »Erst im Erwachsenenalter haben wir die Möglichkeit, zu erkennen, dass es Alternativen zu den elterlichen Botschaften gibt. Zu diesem Zeitpunkt haben sich diese Botschaften jedoch schon stark im Unterbewusstsein verankert. Unbedacht versuchen wir daher auch als Erwachsene im Privat- wie im Berufsleben die Forderungen der Gebote zu erfüllen, als ob wir unter einem geheimen Zwang stehen würden.«

»Zwanghaft?«, fragte Luna, die bei Nora in der Küche saß und die Analyse von Noras »Innerem Team« in den Händen hielt. Luna schien ziemlich überfordert. Schließlich hatte sie die Freundin lediglich zuhause abholen wollen, um mit ihr die Samstagnacht zu feiern. Seit der Taufe waren sie nicht mehr richtig zusammen ausgegangen. Stattdessen beichtete Nora ihr jetzt, im Jogginganzug und eine Flasche Wein öffnend, sie sei in psychologischer Beratung und habe irgendwelche Persönlichkeitsanteile, die sie zwanghaft kontrollierten.

»Du bist doch nicht ernsthaft krank, oder? Hat dir diese Tussi etwa Psycho-Pillen verschrieben?«

Nora lachte. »Quatsch! Ich bin ja nicht schizophren!«

»Sicher?«

»Ganz sicher. Die Typen da hat jeder von uns in sich!«

»Aha. Also, sorry, Süße, aber ich weiß nicht, ob das gut ist, was du da machst. In mir wohnen die nicht.« Luna wedelte mit dem Blatt, auf dem jeder von Noras »Innerem Team« seinen eigenen, farbigen Balken erhalten hatte, durch die Luft.

Laut Rosas Auswertung hatte Nora eine überdurchschnittlich starke Ausprägung der Spieler namens »Sei stark!«, »Beeil dich!« und »Sei perfekt!« und im oberen Mittelfeld angesiedelte Ansprüche in Sachen »Mach es allen recht!« und

»Streng dich an!«. Rosa hatte sie aufgefordert zu überlegen, ob und wo sich diese in ihrer momentanen Situation widerspiegelten. Beruflich, in der Art und Weise, wie sie ihre Jobs anging, konnte sie viele Manifestationen finden. Auf privater Ebene hatte Nora allerdings viel mehr das Gefühl, sich in einer Art Revolution zu befinden. Und mit dem Anteil »Mach es allen recht!« konnte sie gar keine Verbindung aufnehmen. Nora war unkonventionell und gegen jede Form von Uniformität.

Rosa hatte dazu nur Folgendes bemerkt: »Könnte es etwas mit Ihrer Unsicherheit hinsichtlich Ihres Lebensmodells zu tun haben? Schließlich lauten die möglichen Konsequenzen derzeit, dass Sie am Ende alleine dastehen. Dass Sie nicht mehr geliebt werden, wenn Sie Ihr Leben anders gestalten. Wie gesagt, Nora, als Erwachsene haben wir die Möglichkeit, diese Dinge für uns neu zu definieren und nach Alternativen zu suchen. In diesem Zusammenhang würde ich auch Ihre Wahrnehmung bezüglich einer Revolution einordnen. Das System funktioniert nicht mehr. Es befriedigt nicht mehr die Bedürfnisse der anderen und Ihre. Sie sind an die Grenzen geraten und suchen bereits nach Alternativen.«

Nora brauchte eine Weile, um zu verstehen, aber ja …

»Und wer von denen hat jetzt entschieden, dass der knackige Mariano das Feld räumen muss?«, unterbrach Luna ihre Gedanken und sah sie herausfordernd an.

»Wir alle zusammen!«, antwortete Nora.

»Ich verstehe dich nicht. Er ist jung, sexy, Kohle scheint er auch zu haben. Was spricht denn dagegen?«

»Er ist verliebt und ich nicht.«

»Aber ihr könnt doch noch ein bisschen Spaß miteinander haben?«

»Für ihn ist es aber kein Spaß mehr. Er ist unglücklich. Das Pferd ist tot!«

»Und wie lange willst du ihn jetzt noch zappeln lassen?«

»Der Fisch ist vom Haken.«

»Waaaaaas?« Luna war ehrlich entsetzt. »Wann?«

»Gestern. Er war hier.«

Sie hatte ihn zu sich eingeladen. Es war tatsächlich das erste Mal, dass er in ihre Wohnung kam, ohne dass er sie nur abholte. Sie hatten nie Zeit bei Nora verbracht. Er hatte nie auch nur eine Nacht in ihrem Bett geschlafen. So weit hatte sie ihn nicht in ihr Leben gebeten. Sie hatte es nie vorgehabt.

Die Frage, die Rosa in den Raum gestellt hatte – »Wen brauchen Sie tatsächlich in Ihrem Leben?« –, bedeutete, dass Nora Entscheidungen treffen musste und Veränderungen anstanden. Auch was Mariano betraf. Nora hasste Veränderungen, nicht beruflich, aber definitiv in ihrem privaten Umfeld. Warum war das so? Hielt sie an Altem fest? Ihr Freundeskreis war ein tapferer Überlebender ihrer Jugend, der es ins Jetzt geschafft hatte. In die Zukunft würde es, wie es schien, nur seine limitierte Auflage oder eine Special Edition schaffen. Die alten Regeln galten nicht mehr. Freunde, Partner und Affären waren Lebensabschnittsgefährten. So hatte Nora das stets betrachtet. Aber wie verbindlich und verlässlich war Nora eigentlich in all ihren Beziehungen? Hatte sie Angst, Verantwortung zu übernehmen? Scheute sie die Konsequenzen? All diese Überlegungen hatten Nora dazu gebracht, als Erstes mit Mariano reinen Tisch zu machen. Im Gegensatz zu ihm wusste sie nicht, wo es sie hinzog. Sie wusste nur, wo es sie nicht mehr hinzog: zu ihm. Also musste sie ihn verlassen. So behutsam wie möglich hatte sie ihm gesagt, dass sie seine Gefühle nicht erwiderte. Er trug es mit Fassung. »Ich konnte leider nichts anderes hoffen«, hatte er, wie es so seine Art war, ganz blumig formuliert. »Weißt du, Nora, ich bin auch nicht sicher, ob ich dich noch will. So hat mich in meine ganze Leben noch keine Frau gehandelt.« Beinahe hätte sie über seinen Versprecher gelacht, aber sie konnte es sich verkneifen. Er war verletzt in seinem männlichen, argentinischen Stolz. Und Nora konnte das gut verstehen. Hätte er sie so behandelt, hätte sie ihm höchstwahrscheinlich eine gescheuert. Er hatte ihr ein Küsschen rechts und links auf die Wange gegeben und war aus ihrem Leben verschwunden.

»Die Alte hat dich doch total verhext«, lautete Lunas Kommentar, als Nora mit ihrer Erzählung fertig war. Sie goss sich ein weiteres Glas Prosecco ein. »Und wer fliegt als Nächstes? Ich?«

»Luna, Baby. I love you!«

»Ich würde sagen, nichts Genaues weiß man nicht. Wenn du jetzt Stimmen hörst, die dir etwas befehlen. Wer weiß …« Es war zwecklos. Luna hatte zu solchen Dingen nicht wirklich Zugang. Sie war da eher pragmatisch. Und hinzu kam, dass Luna ihre eigene Interpretation der Psycho-Nummer viel mehr Spaß machte. Und gerade darauf wollte Nora auch in Zukunft nicht verzichten.

Die nächste Verabredung mit Rosa hatte Nora bereits am Dienstag.

»Ein wichtiger Punkt an dieser Stelle ist die Antwort auf die Frage, wen Sie in Ihrem Leben tatsächlich brauchen. Ich würde gerne etwas mit Ihnen ausprobieren. Möchten Sie?«

»Gerne!«

Rosa ging zu ihrem Schreibtisch und kam mit einer großen, weißen Box zurück. »Am besten setzen wir uns auf den

Boden«, sagte sie und hockte sich auf die freie Fläche zwischen ihrem Schreibtisch und der Sitzecke. Sie schüttete eine riesige Box mit unzähligen Figuren aus. »Ich fände es schön, wenn Sie sich in aller Ruhe die Figuren anschauen und dann für jeden Menschen, der in Ihrem Leben eine Rolle spielt, eine passende wählen. Auch für sich selbst. Dann stellen Sie die Figuren einfach so, wie Sie denken, dass sie zu Ihnen in Verbindung stehen. Sie können alles wählen und dazulegen, wovon Sie denken, dass es Ihr soziales System am deutlichsten beschreibt.« Nora brauchte eine Weile. Da waren Tiere, Mainzelmännchen, Comicfiguren, Soldaten, Könige, Prinzessinnen, Ritter, Autos, Symbole wie Kelche, Glücksschweine, Taler, Schwerter, Pistolen, Spritzen – unglaublich viel Zeug. Als sie fertig war, hatte sie jede Menge Figuren um sich, alias Kim Possible, die mutige Comic-Heldin, aufgereiht.

»Meine Güte, Nora, da stehen Sie ja inmitten einer wahren Menschenansammlung. Spielen all diese Menschen tatsächlich eine Rolle in Ihrem Leben?«

Nora nickte. »Irgendwie schon.« Sie erklärte detailliert, warum.

»Wie wirkt das auf Sie, wenn Sie sich dieses Bild aus der Distanz anschauen?«, fragte Rosa und machte ein Foto von Noras Arrangement auf dem Boden.

Nora überlegte. »Irgendwie wie eine Belagerung. Da ist gar nicht genug Platz für alle.«

»Wie wäre es, wenn Sie sich Ihr System noch einmal in Ruhe anschauen? Überlegen Sie ganz genau, wen Sie gerne in Ihrem engeren Kreis haben möchten. Wer ist gut für Sie? An wem haben Sie ein aufrichtiges Interesse? Auf wen möchten Sie nie und nimmer verzichten? Wen lieben Sie bedingungslos und wer liebt Sie genauso? Entscheiden Sie das ganz ohne Scheu. So wie Sie es empfinden!«

Nora überlegte gewissenhaft. Wie in einer Schachpartie fielen die Figuren auf dem Boden, eine nach der anderen. Am Ende hatte sich das Feld mehr als gelichtet: Um Nora standen nur noch ihre Eltern, Geschwister, Neffen und Nichten, Frauke, Sven und Kira, Kim, Marie, Anton und Claire, Luna, Kiki, Senta und Tobi. »Das heißt aber nicht, dass ich die anderen nicht mag.«

»Darum geht es auch nicht, sondern darum, wer für Sie unersetzlich ist. Wen Sie in Ihrem Leben brauchen. Wenn Sie sich diesen Kreis anschauen, wie viele gibt es, die Sie nicht mit allen Konsequenzen so nehmen, wie Sie sind?«

Nora überlegte. »Im Grunde nehmen mich alle von denen so, wie ich bin. Natürlich gibt es immer mal wieder Situationen, wie mit meiner kleinen Schwester, die mich für neurotisch hält und gerade nicht mit mir reden will …«

»Wird sie Sie deshalb ausschließen aus ihrem Leben?«

Nora musste lächeln. »Nein, ich glaube nicht.«

»Und können Sie alle, die hier jetzt noch stehen, so nehmen, wie sie sind? Mit allen Konsequenzen?«

»Ja!«

»Menschen spiegeln sich gegenseitig, Nora. Und wir sind alle unterschiedlich. Im besten Fall ergänzen wir uns gegenseitig, in anderen Fällen trennt uns das voneinander. Das bedeutet nicht zwangsläufig, dass dies schlecht ist oder dass etwas mit uns nicht stimmt. Wenn wir sicher sind, für uns die richtigen Entscheidungen getroffen zu haben, aus tiefster Überzeugung, dann zeigt dies uns vielmehr, wo wir hingehören, wo wir gut aufgehoben sind und wo nicht. Niemand außer Ihnen entscheidet, in welcher Form und wie Sie Ihr Leben gestalten.«

Nora traten schon wieder die Tränen in die Augen.

»Nichts ist in Stein gemeißelt. Sie können sich jeden Tag, jede Stunde und jede Sekunde dazu entscheiden, Ihr Leben zu ändern. In jeder Hinsicht. Wenn Ihnen eine Situation nicht gefällt, dann können Sie entweder versuchen, sie zu verändern, Sie können sie so akzeptieren, wie sie ist, oder Sie können sie verlassen. Das sind Ihre Optionen. Wenn Sie sich entschieden haben, haben Sie lediglich die Konsequenzen zu tragen, bis Sie eine neue Entscheidung treffen. Alles ist selbst gewählt und somit selbst zu verantworten. Solange Sie nicht einen Weg einschlagen, der gegen Sie arbeitet, sind Sie auf dem richtigen Weg.«

Nora nickte. Sie wollte ihre eigenen Bedürfnisse nicht länger ignorieren, ganz im Gegenteil. Sie hatte viel zu viel Zeit und Energie damit verschwendet, sich zu rechtfertigen, warum sie weder Ehe noch Kinder wollte.

»Eines möchte ich Sie noch fragen.« Rosa sah ihr direkt in die Augen.

»Ja?«

»Wo ist der junge Mann, den Sie zurzeit sehen? Sie haben ihn nie mehr erwähnt, und er scheint in Ihrem System keine Rolle mehr zu spielen.«

»Das liegt daran, dass ich ihn nicht mehr treffe. Wir hatten unterschiedliche Bedürfnisse. Ich habe das letzte Woche beendet.«

»Welche Rolle hat Angst bei dieser Entscheidung gespielt?«

Nora schaute Rosa fragend an. »Angst? Wovor hätte ich Angst haben sollen?«

»Vor Nähe? Vor Bindung? Vor Verbindlichkeit?«

»Nein, darum ging es nicht. Ich habe keine Angst, mich zu binden, wenn ich verliebt bin. So viel habe ich herausgefunden. Ich sehe mich nach wie vor nicht vor einem Altar oder im weißen Brautkleid. Aber ich weiß, dass ich das Bedürfnis nach Nähe und Verbindlichkeit habe, wenn ich jemanden liebe. Aber ich war nicht in ihn verliebt. Vielleicht hätte ich das Ganze noch eine Zeit lang aufrechterhalten können, aber dann hätte ich ihn nur noch mehr verletzt. Und dazu mochte ich ihn zu gerne.«

Rosa tätschelte Noras Hand. Sie hockten immer noch nebeneinander auf dem Boden. »Bereuen Sie es?«

»Nein.«

»Was meinen Sie, was Sie da gemacht haben, indem Sie so entschieden haben?«

Nora schaute Rosa mit festem Blick an. »Verantwortung übernommen.«

Rosa drückte einfach nur Noras Hand und zwinkerte ihr zu.

Angst, Reue, ein mulmiges Gefühl, Wut oder ein schlechtes Gewissen, so hatte Rosa ihr noch mit auf den Weg gegeben, seien wichtige Indikatoren dafür, dass man eventuell auf dem Irrweg sei. Es sei wichtig, für dieses »innere Alarmsystem« empfänglich zu sein und zu bleiben. Es funktioniere wie ein Stoppschild, das einem die Zeit verschaffe, innezuhalten, zu überdenken, neu abzuwägen und eine andere Richtung einzuschlagen, wenn nötig. Nora fand das ungemein beruhigend. Irgendwie gab es ihr das Gefühl, mit allem fertig werden zu können, weil sie mit einem Super-Navigations- und Gefahren-Abwehr-System ausgestattet war! Im Moment schlug nichts in ihr Alarm. Alles war friedlich ...

Und, wie soll es jetzt weitergehen?«, fragte Frauke und schaute Nora von der Seite an. Es war Ende Juni, ein herrlicher Sommertag. Sie saßen nebeneinander auf einer Bank, auf dem neuen Abenteuerspielplatz in der Marienburg. Kira spielte seelenruhig im Sandkasten mit anderen Kindern, die alle von ihren durchgestylten Müttern beobachtet wurden. Nora zuckte mit den Schultern. »Ich weiß es noch nicht genau. Vorerst habe ich mich entschlossen, das zu tun, was ich kann: Imageberatung.«

»Aber das wolltest du doch nie mehr machen?!«

»Stimmt, aber ich muss ja irgendwie Geld verdienen. Die Geldkeller sind leer und schreien nach Aufmerksamkeit. Und bevor ich nicht die rettende Idee habe…« Nora machte eine Pause, sah sich auf dem Spielplatz um und lachte. »Hey, vielleicht sollte ich hier einfach einen Prosecco-Stand aufmachen? Die Ladys sitzen doch total auf dem Trockenen. Ich könnte auch Latte Macchiato anbieten. Und Lachshäppchen. Das wäre bestimmt der Renner.«

Frauke lachte und schüttelte den Kopf. »Du spinnst!«

»Erzähl mir etwas, das ich nicht schon weiß!«

»Na ja, meinst du denn, das klappt, wenn du wieder in deinen alten Job gehst? Du hast da so einen Hals geschoben… Ich hätte mit allem gerechnet, aber nicht damit.«

Nora schmunzelte. Sie hatte sich bei Rosa ebenfalls intensiv mit dem Thema »berufliche Zukunft« auseinandergesetzt. Rosa hatte ihr einen unfassbar langen Fragenkatalog gegeben, den Nora ganz ehrlich beantwortet hatte. Laut Rosa schrie jede ihrer Antworten nur ein Wort: Freiheit! Die Selbstständigkeit schien für Nora die beste Wahl zu sein. Dennoch hatte Rosa ihr ans Herz gelegt, sich in Strukturen einzufügen, Kompromisse zu schließen und zukünftig nicht die Dinge aufzugeben, bevor sich die passenden Alternativen böten. »Was wollten Sie werden, als Sie klein waren?«, hatte Rosa sie gefragt.

Nora schüttelte den Kopf und gab ihr keine Antwort.

»Nora, was wollten Sie werden, als Sie klein waren?«

»Peter Pan!«

»Bitte?« Rosa schaute sie nun amüsiert, aber auch ein wenig ungläubig an.

»Ja, ich dachte, dass sei ein echt krasser Job, dafür zu sorgen, dass in Nimmerland alles so läuft, wie es eben läuft. Gefahren abzuwehren und so...« Nora musste jetzt selbst lachen, fuhr dann aber ernst fort: »Wissen Sie, Frau Glücksburg, darüber hinaus hatte ich nie einen konkreten Berufswunsch.« Das stimmte. Nora war eher in alles reingeschlittert. Das Gefühl, keine Entscheidungen getroffen zu haben, immer nur auf fahrende Züge aufgesprungen zu sein, um bei der nächsten Station wieder auszusteigen, belastete sie. »Nun«, hatte Rosa gesagt, »wenn ich mir Ihren Lebenslauf anschaue, dann haben Sie viele Entscheidungen getroffen. Sie haben sich für oder gegen ein Angebot entschieden. Aber Sie haben sich entschieden, Nora. Definitiv.«

»Ist es nicht furchtbar beunruhigend, keine konkrete Vorstellung davon zu haben, was du in Zukunft machen möchtest?«, fragte Frauke jetzt weiter.

»Ach Frauke, weißt du, es soll Menschen geben, die werden in ihrem Leben nicht nur einen Beruf ausüben. Die haben viele Anlagen und Interessen. Es gibt hier nicht nur Schwarz und Grau. Niemand sagt, dass ich einen bestimmten Beruf ausüben muss. Für manche Menschen ist das wichtig, weil sie Sicherheit brauchen. Für mich ist Selbstverwirklichung wichtiger. Wichtig ist lediglich, dass ich in solchen Übergangsphasen, also jetzt, dafür sorge, dass meine Existenz nicht vollkommen zusammenbricht.« Nora schmunzelte, sie zitierte soeben ihre psychologische Beraterin. Rosa hatte ihr von einem Klienten erzählt, der mit 52 angefangen hatte, Psychologie zu studieren, nachdem er früher Steuerberater und dann 15 Jahre Vorstandsmitglied einer großen Bank war. Heute hatte er eine eigene Praxis. Dieses Beispiel hatte Nora ziemlich beeindruckt und gleichzeitig entspannt. »Ich habe zwei neue Klienten, und es läuft ganz gut an. Solange ich mich bei der Imageberatung nicht völlig verbiegen muss und nicht alles in mir ›Nein!‹ schreit, verschaffe ich mir damit Raum, bis ich weiß, was ich tatsächlich machen möchte. Ich baue mir quasi meine finanzielle ›Freio‹-Zone. Ach, und dann habe ich mir noch einen Nebenjob gesucht.« Zufrieden schaute Nora Frauke an.

»Diese Psychonummer hat dir tatsächlich richtig gutgetan, oder?«

»Yep!«

»Gehst du noch zu ihr?«

»Ja, wir müssen ja noch rausfinden, was ich als nächstes werden will …«, sagte Nora mit einem Schmunzeln. »Aber da ich nicht mehr irre bin, muss ich auch nicht mehr so oft hin.«

Frauke lachte. »Und, vermisst du deinen jungen …«

»Nope.«

»Nora! Du bist unmöglich! Ich fasse zusammen: Du bist

zwar geheilt, aber quasi arbeitslos und darüber hinaus auch mittellos. Du stehst auf jüngere Männer, benutzt sie, um dann, wenn sie dich sexuell nicht mehr überraschen können, ihr Herz zu fressen. Wie eine schwarze Witwe. Ich weiß nicht, ob das die Eigenschaften sind, die dich qualifizieren.«

»Für was qualifizieren?«

»Na, für das, was ich mit dir vorhabe?«

»Frauke, ich habe keine Ahnung, wovon du sprichst…«

Diese streichelte über ihren immer größer werdenden schwangeren Bauch, in dem sich, wie sie Nora mitgeteilt hatte, ihre zweite Tochter immer breiter machte. »Nora, Sven und ich würden uns freuen… Nein, wir wünschen uns, dass du Nadjas Patentante wirst. Wir könnten ein bisschen coole Unterstützung gebrauchen. Was meinst du?«

Nora war ganz gerührt. »Seid ihr euch da sicher?«

»Würde ich sonst fragen? Das war für uns schon klar, als ich erfahren habe, dass ich schwanger bin.«

Nora sprang auf und veranstaltete einen Freudentanz und schrie: »Yiiiiiiahhhhh!« Kinder und Erwachsene starrten sie erschrocken an. Dann fiel sie Frauke um den Hals. »Klar kann ich mir das vorstellen. Auf jeden Fall! Das heißt…« Nora setzte sich wieder neben Frauke und schaute sie ernst an.

»Was?«

»Unter einer Bedingung…«

Frauke schürzte die Lippen. »Die da wäre?«

»Ich heiße auf keinen Fall TANTE Nora. Es ist euch verboten, vor dem Kind das Wort Tante mit meinem Namen in Verbindung zu bringen. Ob ich dabei bin oder nicht. Ist das klar?«

»Das geht klar, du Hippe!«

Nora umarmte Frauke und drückte sie an sich. Ihr war so, als kullerte Frauke eine Träne die Wange herunter.

»Also, ich habe das schon genau vor Augen. Ihr erstes Wort wird ›Nein‹ sein, dann fände ich ›alleine‹ schön, oder wie wäre es mit ›will aber‹. ›Cool‹, ›krass‹ und ›geil‹ sollten die nächsten sein …«

»Nora?!«

»Keine Sorge! Mir liegt nichts ferner, als meinen neuen Status bei euch zu gefährden. Schließlich gehöre ich ja jetzt quasi zur Familie.«

»Du hast schon immer zur Familie gehört, du blöde Kuh!«

»Ja, aber jetzt so richtig, mit Titel und so.«

Sie lachten.

»Apropos Familie. Wie läuft's denn mit Sophie seit eurer großen Aussprache?«

Nora hatte Sophie vor einiger Zeit angerufen, kurz nachdem sie mit Rosas bunten Figuren den Kreis ihrer Vertrauten neu bestimmt hatte. Es ging ihr zwar gegen den Strich, dass Sophie sich nicht einmal bei ihr gemeldet hatte, um diesen unsäglichen Streit aus der Welt zu schaffen, aber sie wusste: Wenn sie sich nicht meldete, würde Sophie trotzig schweigen, bis ihr zweites Kind auf der Welt war. Das Gespräch war zunächst ziemlich eisig verlaufen. »Ich würde nichts von dem zurücknehmen, was ich damals gesagt habe«, hatte Sophie auf ihrem Standpunkt beharrt, um dann einlenkend hinzuzufügen: »Aber sicherlich bin ich etwas übers Ziel hinausgeschossen.« Nora verbuchte das auf dem Konto »Entschuldigungen«. Seitdem gingen sie zwar kritisch, aber behutsam miteinander um, wenn sie sich samstags bei ihren Eltern trafen.

»Nun, ich würde sagen, es geht so in Richtung ›Warschauer Pakt‹. Etwas unterkühlt, aber kooperativ. Eigentlich sind wir noch total angepisst voneinander, aber wir wissen, dass es nur zusammen geht. Ist halt Familie.«

Frauke schüttelte den Kopf. »Und was ist das für ein Nebenjob, den du noch machen willst?«

Nora lachte. »Das kann ich dir nicht sagen.«

»Warum nicht!«

»Du wirst ausflippen!«

»Quatsch, jetzt sag schon.«

»Ich arbeite zweimal die Woche in einem Klamottenladen.«

»Das ist doch nicht schlimm! Was zahlen die denn so?«

»Zehn Euro die Stunde!«

»Ist doch gut. Und wo?«

»Gleich bei mir in Sülz, kann ich zu Fuß hingehen.«

»Super, wie heißt der Laden?«

»Ilkas Puppenkiste.«

»Ist das nicht ...«

»...ein Klamottenladen für Kinder? Jaaaa!«

»Nora?«

»Na, der Laden gehört der Freundin einer Bekannten, und sie hat jemanden gesucht. Die Kohle stimmt. Und wo könnte ich meine Mutter-Phobie besser in den Griff kriegen? So ganz nach dem Motto ›Leben und leben lassen‹. Da können Universen verschmelzen. Ich betrachte es als soziales Projekt. Und es macht natürlich meine Patenschaft noch unbezahlbarer.«

»Nora, das glaubt mir niemand.« Frauke bekam jetzt einen regelrechten Lachkrampf.

»Hey Frauke!« Ein großer, dunkelhaariger Typ in lässigen Klamotten war an die Bank getreten und reichte Frauke die Hand. Neben ihm nahm artig ein brauner Labrador Platz. Nora hatte das Gefühl, ihn irgendwo schon einmal gesehen zu haben.

»Clemens! Hallo! Wie schön. Was machst du denn hier?« Frauke schüttelte seine Hand.

Der gutaussehende Clemens lächelte Nora an und gab keine Antwort.

»Clemens, das ist Nora, Nora, das ist Clemens. Wir haben uns auf Bills und Toms Taufe kennengelernt. Da müsstet ihr euch eigentlich auch begegnet sein. Obwohl, da waren ja so viele Leute ...«

Klar, natürlich hatte Nora Clemens schon mal gesehen. Das war der notgeile Typ, den selbst Baby und Frau nicht davon abgehalten hatten, Nora offensiv anzumachen. Geschmacklos. Ätzend. Nora lächelte gequält.

»Ja, ich erinnere mich gut. Schön, dich wiederzusehen, Nora«, sagte Clemens und reicht nun ihr die Hand.

Nora ignorierte sie. »Wo hast du denn dein Baby gelassen?«, fragte sie stattdessen süffisant.

»Baby? Ich habe kein Baby.«

»Na klar. Du warst doch mit deiner Frau und deinem Baby auf der Taufe. Ganz sicher.«

»Ich habe weder ein Baby, noch bin ich verheiratet«, er lachte etwas verlegen. »Du musst mich verwechseln.«

»Auf keinen Fall! Du hast doch die ganze Zeit einen Kinderwagen geschoben. Hast du nicht sogar am Essenswagen eine Milchflasche zum Aufwärmen abgegeben?«

»Ich bewundere dein Gedächtnis, aber ich habe kein Kind.«

»Aber ...«

Clemens schien amüsiert. »Das war das Kind meiner Schwester. Ich bin halt ein fürsorglicher Onkel. Aber ehrlich gesagt, reicht mir das völlig. Ich für meinen Teil bin vollkommen glücklich mit Benny.« Er deutete auf die hechelnde Hündin zu seinen Füßen. »Baby und Frau in Personalunion. Mit ihr ist meine Familienplanung eigentlich abgeschlossen.«

Nora kam sich ziemlich blöd vor. Ihr erstes Zusammentreffen erschien nun in einem ganz neuen Licht. Dämlich! Dämlich! Nora war so dämlich! Und oberflächlich.

Frauke lachte: »Na, Leute, wenn das nicht der Beginn einer wunderbaren Freundschaft ist…«

Clemens reichte Nora erneut die Hand und sagte: »Alles geht. Nichts muss…«

1000 DANK

Ich danke meiner Familie und meinen Freunden, die immer für mich da sind und mir den »Kopf waschen«, wenn es nötig ist. Danke dafür und fürs MICH-SEIN-LASSEN. Ich liebe Euch!

B. T. G. G. – Danke für eine unglaubliche Erfahrung! Ihr seid immer in meinem Herzen!

Shary, ohne dich wäre dieses Buch vielleicht nicht entstanden.

Karl Heinz, für dein Vertrauen in eine Idee und mich, ohne zu wissen, was dich erwartet – Wahnsinn!

Sabine, für denselben Glauben und die Unterstützung auf allen Ebenen.

Katja, für deine aufmunternden Worte, Geduld und dein Verständnis. Übrigens, »Adrian« findest du am »Freio«.

Christine – keine Worte, aber grenzenloser Dank!

Michaĩ, danke, dass du diesen Trip begleitet hast – und geblieben bist.

Mein besonderer Dank gilt all den großartigen Frauen und Männern, die mich zu diesem Buch inspiriert haben. Ich habe mir erlaubt, euch zu nehmen, wild zu mischen, neu zu skizzieren und dabei extrem zu überzeichnen. Michael hätte gesagt: It's all in love! In diesem Sinne: Peace!

Dunja M. Pechner

Martin Rütter

Wie immer Chefsache

Der erste Roman von »Hundeprofi« Martin Rütter

Klappenbroschur – 352 Seiten
Hörbuch (Autorenlesung) – 5 CDs

Mattes Reuter hatte immer das Ziel, Redakteur bei der ZEIT zu werden. Leider hängt er aber noch mit vierzig als freier Mitarbeiter bei einem Stadtteilmagazin fest und wohnt, nach einer gescheiterten Beziehung, mit Hund Mina bei seiner erfolgreichen Schwester. Das liegt nicht zuletzt an seiner Philosophie, dass es »Sucher« und »Finder« gibt und Mattes eindeutig zu denen zählt, die lässig warten, bis sie von ihrer Chance gefunden werden. Widerwillig kommt er der Anfrage nach, bei dem Hundemagazin »Hassos Herrchen – Finas Frauchen« als Chefredakteur zu beginnen und merkt mit Entsetzen, dass er sich damit beruflich zunächst nicht verbessert. Aber er hat nichts zu verlieren und pokert hoch. Seine neu eingeführte Magazinrubrik »Ich hätt' da mal 'ne Frage ...«, in der er unter dem Pseudonym ›Mina R.‹ die Probleme verzweifelter Hundehalter beantwortet, macht ihn zum Hundeexperten und sein Leben nimmt unerwartet Fahrt auf ...

Nathalie Bergdoll

Hochgefickt

»Herrlich gemein« *JOY*

Klappenbroschur – 320 Seiten
Hörbuch (Autorenlesung) – 4 CDs

Jacqueline Große ist ein sympathisches Landei aus der Eifel mit einem IQ von 132, von dem sie jedoch mit üppiger Oberweite und hellblonden Haaren geschickt abzulenken weiß. Im Friseursalon ihrer Mutter hat sie sich durch jahrelangen Yellow-Press-Konsum auf eine Karriere im Showgeschäft fundiert vorbereiten können und arbeitet konsequent auf ihr großes Ziel hin: »reich und berühmt werden«. In den 90er Jahren rutscht sie über Musiker, Sportler und Schauspieler in den Fokus der Boulevard-Berichterstattung, wo sie sich mithilfe von BRAVOBILDBUNTE als Promi etablieren kann. Nach einer eigenen Fernsehshow folgen Plattenaufnahmen, Werbung, Playboy-Fotos, Kinofilme – das ganze Programm eben. Auf dem Zenit ihres Erfolges kommen ihr aber dann die Langeweile und die Liebe in die Quere und sie beginnt mit kriminellem Kalkül einen kuriosen Coup zu planen, bei dem ein tiefgefrorenes Wildschwein eine nicht unerhebliche Rolle spielt …